風が踊ったかと思うと、三人のルテティア兵が兜を割られ、
あるいは肩口から血を流して崩れ落ちる。
「命が惜しければ、指揮官までの道を開けろ」
魔弾の王と凍漣の雪姫《ミーチェリア》 8 川口士 イラスト／美弥月いつか
Lord Marksman and Michelia
Presented by Tsukasa Kawaguchi / Illust. = Itsuka Miyatsuki

「恥知らずとは、貴様のためにあるような言葉だな。
殿下の御手をわずらわせるには及ばぬ。我が剣で貴様を討つ」

「よろしい。王子がじきじきに稽古をつけてやる。
逃げ上手のロラン卿よ、ナヴァール城砦で見せてくれた
逃げ足の速さを、ここでも披露できるかな」

「あなたの気持ちに、
全力で応えたいと思ったの……」
ティグルはミラを抱きしめ、
彼女の気持ちを確認するように愛撫を繰り返す。

ダッシュエックス文庫

魔弾の王と凍漣《ミーチェリア》の雪姫8

川口 士

ルヴーシュ
オステローデ
レグニーツァ
●王都シレジア
ブレスト
ライトメリッツ
ジスタート
アルサス
オルミュッツ
ポリーシャ
城砦
ムオジネル
エレシュキルト
アニエス
王都パルティア●
黄金の海

アスヴァール島
王都コルチェスター
オード
ルテティア
王都アスカニア
ブリューヌ
アスヴァール
ナヴァール城砦
王都ニース
ネメタクム
ザクスタン

Character / Lord Marksman and Michelia

リュドミラ＝ルリエ

ジスタート王国のオルミュッツを治める戦姫で『凍漣の雪姫』の異名を持つ。18歳。愛称はミラ。ティグルとは相思相愛の仲。

ティグルヴルムド＝ヴォルン

ブリューヌ王国のアルサスを治めるヴォルン家の嫡男。18歳。ベルジュラック遊撃隊の副官を務め、リュディとブリューヌのために奮戦する。

ミリッツァ＝グリンカ

ジスタート王国のオステローデを治める戦姫で『虚影の幻姫』の異名を持つ。16歳。エレンとともにブリューヌに向かう。

エレオノーラ＝ヴィルターリア

ライトメリッツ公国を治める戦姫で、愛称はエレン。18歳。『銀閃の風姫』の異名を持ち、長剣の竜具、銀閃アリファールを振るう。ミラとは険悪な間柄で有名。

リュディエーヌ＝ベルジュラック

ブリューヌ王国の名家ベルジュラック公爵家の娘で、レグナス王子の護衛を務める騎士。18歳。ベルジュラック遊撃隊の指揮官を務める。

エリザヴェータ＝フォミナ

ジスタート王国のルヴーシュを治める戦姫で『雷渦の閃姫』の異名を持つ。18歳。愛称はリーザ。右腕と記憶を失っている。

バシュラル

ブリューヌ王国の庶子の王子。20歳。ファーロン王に正式に王子として認められたのは昨年で、ガヌロン公爵が後見役となった。

ロラン

ブリューヌ王国西方国境を守るナヴァール騎士団の団長で『黒騎士』の異名を持つ。29歳。国王から宝剣デュランダルを貸与されている。

プロローグ

マクシミリアン＝ベンヌッサ＝ガヌロン公爵が王都ニースで公開処刑を行ったのは、太陽が初夏の熱と輝きを帯びはじめたある朝のことだった。

王宮の前庭に並べられたのは二百人。国王ファーロンや宰相ボードワンと親しくしていた者と、その家族たちだ。貴族だけでなく、職人や商人などの平民もいた。

彼らは老若男女の区別なく、一糸まとわぬ姿で後ろ手に縛られている。罪状は、「ブリューヌ王国への反逆罪」だった。

臨時の処刑場となった前庭の周囲は、大勢のひとであふれている。このことが告知されたのは昨日の朝だったが、一日足らずの間に王都中に広まったのだ。

最初の犠牲者は、三人の親子だった。

紫の絹服と帽子に同色の豪奢《ごうしゃ》なローブという姿のガヌロンが、微笑を浮かべて罪状を読みあげると、まだ十歳にもなっていなかった少女が、両親の目の前で首を落とされた。

次《つ》いで、母親の首が地面に転がった。

父親は泣き叫び、何人かの罪人たちが嗚咽《おえつ》の声を漏らしたが、観衆は無言だった。

悲惨な光景に言葉を失ったというだけではない。何か一言でもつぶやけば、自分たちも処刑されるのではないかという恐怖が、彼らを押し包んだのだ。

このような非道がまかり通るのも、現在の王都の主がガヌロンだからだった。

一ヵ月以上前、ガヌロンは手勢を率いて王宮を襲撃し、そこにいた者たちを片端から惨殺した。王宮を守る騎士や兵士だけでなく、従者や官僚、侍女にいたるまで。

王宮は壁といわず床といわず流血で染めあげられ、逃げることができた者はひとりもいなかったという。生き残ったのはただ二人、国王ファーロンと、最後まで王を守って戦ったベルジュラック公爵だけだ。二人は囚われの身となり、一室に閉じこめられた。

その後、ガヌロンは、「国王不予につき、自分が政務を代行する」と発表した。そして、己の領地から連れてきた者たちにさまざまな役目を与えて、王都を掌握したのである。

もはや王都で彼に逆らえる者はいないかと思われた。

「では、三人目だ」

ガヌロンが父親を指で示した。筋骨たくましい処刑人が、父親の首に狙いを定めて処刑用の斧を振りあげる。

前庭の片隅で騒ぎが起こったのは、そのときだった。

「道を空けろ！」

観衆を左右に押しのけて、十人ほどの集団が姿を現す。ほとんどが鈍色《にびいろ》の甲冑に身を固めたブリューヌ騎士だが、先頭にいる男だけは白を基調とした軍衣をまとい、細かな金の装飾をほどこした白い大剣を背負っていた。

年齢は二十歳前後だろう。長身で、痩せ気味ながら、鍛え抜かれた肉体の持ち主であることが服の上からでもわかる。白く短い髪の下には整った顔があり、右目のあたりにうっすらと傷跡が残っていた。

彼の名はバシュラル。昨年、ファーロン王に息子と認められた庶子の王子だ。

バシュラルは処刑人に歩み寄ると、突然のことに驚いている彼の腕をおさえた。

「もう終わりだ。戻っていい」

処刑人が愕然とした顔になる。刑の終わりを告げられたからではない。バシュラルにおさえられた腕を、まったく動かせなくなったからだ。処刑人も膂力《りょりょく》にはそうとう自信があったのだが、バシュラルの怪力は尋常なものではなかった。

バシュラルは怒りも露《あら》わにガヌロンを見下ろして、一瞬、訝《いぶか》しそうに眉をひそめる。だが、すぐに気を取り直し、鋭い語調で問いただした。

「ガヌロン公、どういうつもりだ」

公開処刑のことをバシュラルが知ったのは、一刻前のことだ。彼は兵を統率して王都を守る役目を負っており、城壁のそばにいる時間が長く、多忙だった。市街を巡回している兵から報告を受けて、急いで駆けつけたのである。

ガヌロンは薄い笑みを浮かべ、慇懃無礼《いんぎんぶれい》な態度で答えた。

「王国の敵を排除しようとしただけです。殿下こそ、邪魔をしないでいただきたい」

「敵か。ならば、王都の守護者である俺の管轄だな。この罪人たちは俺が預かろう」

「預かって、どうなさるので？」

「まとめて地下牢に放りこむ。いまはそれで充分だ」

二人の視線が空中で衝突して、見えざる火花が音もなく弾ける。

本来、バシュラルにとってガヌロンは恩人といえる相手だ。バシュラルがファーロン王に会えるよう取りはからったのはガヌロンであり、王子となったバシュラルの後見役を務めているのも彼なのだから。

だが、バシュラルは彼に恩義などまったく感じていなかった。ガヌロンの行動が善意によるものではないとわかっているからだ。よくいっても共犯者というところである。

その共犯者は、拍子抜けするほどあっさりと、バシュラルの要求を受けいれた。

「かしこまりました。殿下のおおせの通りに」

バシュラルは処刑人から手を離して、観衆を振り返る。

「処刑はこれで終わりとする！　解散せよ！」

よく通る声で叫ぶと、人々は我に返ったように身体を震わせ、ひとり、またひとりと立ち去りはじめた。さらに、バシュラルは連れてきた騎士たちに、罪人たちを地下牢へ連れていき、そこで服と食事を与えるよう命じる。

「貴様……」

妻と娘を殺された男が顔をあげたのは、このときだった。さきほどまで地面にうずくまって泣いていたからだろう、その顔は土と涙でひどく汚れ、目には激情が輝いている。

「私たちを助けて、恩に着せたつもりか。私はこの怒りを忘れんぞ、絶対に……」

バシュラルの反応は冷ややかだった。彼は男を一瞥《いちべつ》し、それから転がっている二つの首を見ると、しゃがみこんで男に顔を近づける。ささやくように、聞いた。

「おまえ、どうして先に死ななかった？」

呆然とする男に、バシュラルは続ける。

「おまえが先に身を投げだしていれば、どちらかは助かったかもしれねえ。少しでも妻や娘を助けようとあがいたか？」

「妻や娘の名を何度も叫んではいたが、そのような言葉は一度も聞かなかったな」

口の両端を吊りあげて答えたのは、ガヌロンだ。思いがけないことを言われた男は、哀れなほどに狼狽《ろうばい》している。さきほど見せた怒りは完全に失われていた。

バシュラルは男の顔を軽く殴ると、騎士たちに連れていかせる。

前庭にいるのは、バシュラルとガヌロンだけになった。

「酷なもの言いをする。進んで身代わりになれる者など、そうはおらぬだろうに」

ガヌロンの言葉に鼻を鳴らし、バシュラルはさきほどから気になっていたことを聞いた。

「おまえ、その頭は鬘《かつら》か？」

バシュラルの知るガヌロンは、四十代とは思えないほど小柄で、髪も髭もなく、まぶたが大きく、目は細く、奇相というべき容貌をしていた。数日前まではたしかにそうだったのだ。

だが、いま目の前にいるガヌロンは背筋を伸ばし、灰色の髪を撫でつけ、顔には生気があふれている。別人とまではいわないが、まるで若返ったかのようだった。

「むろん地毛《じげ》だとも。さわってみるか？」

頭に載せている小さな帽子をとって、からかうようにガヌロンは答える。

「私の髪のことなどより、他に話があるのではないかな、殿下」

バシュラルはひとつ舌打ちをして、周囲を見回しながらガヌロンを睨《にら》みつけた。

「何を考えてこんなことをしやがった。これから敵が攻めよせてくるってときに」

王宮を我がものとし、王都をおさえたガヌロンだが、すべてが上手くいったわけではない。

まず、宰相ボードワンをはじめとする幾人かの重臣は、王国のどこかで生きている。ガヌロンの襲撃を予想したファーロン王が、事前に王都の外へ使いに出していたからだ。

また、王都の外には多くの敵がいる。レグナス王子の軍、テナルディエ公爵の軍、リュディエーヌ＝ベルジュラックの率いるベルジュラック遊撃隊《ファルタス》などが、ガヌロンとバシュラルを討つべく、兵を率いて王都を目指していた。

これらの敵と戦うのはバシュラルだ。この状況でガヌロンに面倒ごとを増やされては、たまったものではなかった。

ガヌロンは転がったままの少女の首を無造作に蹴りあげ、爪先の上で転がしながら、わざとらしく首をかしげる。

「敵を排除すると言ったではないか。敵の軍勢が城壁のすぐそばまで迫ったときに、城壁の内側で蠅の群れが小うるさく飛びまわっては厄介であろう」

「人質にすれば充分だ。野次馬を集めて大々的に殺すことはねえ」

「ぬるい」

ガヌロンの両眼が凶悪な輝きを放った。

「逆らえば、誰であろうと首を落とされる。一切の例外なく。そう思わせなければならぬ」

バシュラルは顔をしかめる。ガヌロンは、すさまじいまでの恐怖で自軍をまとめあげようとしているのだろうか。己の領地たるルテティアでやってきたように。

――いや、違うな。

ガヌロンは、まさに虫を踏みつぶすような感覚で人間を処刑できる男だが、もっともらしい理由を述べるあたりが、かえって怪しい。

「見せしめ以外に何の目的がある？」

バシュラルは率直に訊いた。腹の探りあいも嫌いではないが、相手による。

「ほう、知恵がまわるようになったな」

おおげさに驚いてみせたあと、ガヌロンは飽きたように首を蹴りとばした。

「あれらは供物だ」

「供物？」

「農夫が豊作を願って生きたままの羊を捧げ、戦士が勝利を願って捕らえた敵の首をはねる。古の時代のそれらと同じだ。たった二人の首しか落とせなかったのはつまらぬが……なに、どうせすぐに大量の血が流れる。供物が足らぬということはない」

バシュラルは強烈な不快感に襲われた。大量の血というのは、自分たちと敵軍との戦いのことだろう。それを、神か何かに捧げるというのだ。

「神官気取りだな。次は祈りの言葉でも唱えるのか」

「その通りだ」

皮肉に対して、ガヌロンはいつになく真面目な顔でうなずいた。

「供物を捧げ、祈りを捧げて天地の理を整える。言葉を彼方へ届かせ、それを顕現させる。神官でなければできぬことではない。それができる者たちが最初の神官になったに過ぎぬ」

バシュラルは無言でガヌロンを見つめる。いまの説明はほとんど理解できなかったが、この男が明確な考えのもとにこれだけの処刑を行おうとしたのはわかった。

——はじめて会ったときから得体の知れないやつだと思っていたが……。

バシュラルの右手が、背中の大剣へと伸びる。

オートクレールというのが大剣の名だ。尋常でない硬さと鋭さを持つ一振りで、鉄の甲冑を叩き斬っても刃こぼれひとつせず、『黒騎士』の異名を持つロランが振るっていた宝剣デュランダルと激突しても、折れるどころか歪むことさえなかった。

バシュラルの膂力とオートクレールの刃をもってすれば、ガヌロンなど瞬時に両断できるであろう。

「やってみるか？」

ガヌロンが笑みを浮かべた。その瞬間、息苦しくなるほどの重圧がバシュラルの全身にのしかかる。

「おぬしが身のほどを超えた野心を持っていることは、知っている。その最大の障害が私であることもな。この機会を逃せば、次はないかもしれんぞ」

「そいつは思いあがりがすぎるな」

ガヌロンの挑発を、その重圧ごとバシュラルは笑いとばした。大剣をつかもうとしていた手をだらりと下げる。ガヌロンが失望の表情をつくった。

「何だ、やらぬのか」

「ここで腹いせにおまえを斬っても、敵を喜ばせるだけじゃねえか。しかも、おまえの仕事まで俺がやる羽目になっちまう」

「一国を治めるとはそういうことだ。内政も外征も自分でやらなければならぬ」

「おまえの尊敬する始祖とやらも、自分で何もかもやっていたわけじゃないだろう」

バシュラルが悪態をつくと、ガヌロンは大きく目を見開いた。

「誰から聞いた？」

「覚えてねえよ。たしか、おまえの屋敷に始祖シャルルの肖像画が飾ってあるとかいう話だったな……。いや、そんなことより大事な話がある」

ガヌロンが強い反応を示したことを不思議に思いながらも、バシュラルは話題を変える。彼が王宮に出向いたのは、処刑を中止させるためだけではなかった。

「おまえの領地の兵をここによこせ。いまの兵力じゃ王都を守るのに足りねえ」

「どのていど足りないのだ」

「俺の指揮下にある兵は二万と少しだ。この王都を目指している敵の兵力を合計すると、三万を楽に超える。敵より一万以上も少ないわけだ」

数字を強調して説明するバシュラルを、ガヌロンは嘲《あざけ》るような表情で見上げた。

「合計、か。おぬしが考えている敵とは三つの軍勢であろう。南からこの王都に迫っている六千のレグナス王子軍と、二万以上のテナルディエ公爵軍。そして北からやってくる六千のベルジュラック遊撃隊。どうかな？」

バシュラルの視線が剣呑《けんのん》なものになる。だが、彼はどうにか穏やかな声を吐きだした。

「話が早くてけっこうだ。おまえの領地には、まだ多数の兵がいるはずだろう。一万ぐらいは融通をきかせられるはずだ」

「兵が足りないのは、おぬしらの過失ではないかな」

神経を逆撫《さかな》でするようなのんびりとした口調で、ガヌロンが続ける。

「おぬしの副官が首尾よくパーニアの地を平定し、兵を集めてベルジュラック遊撃隊を殲滅していれば、敵との兵力差がここまで開くことはなかった。違うか？」

パーニアは、ガヌロンの腹心と呼ばれていたグレアスト侯爵の領地だ。グレアストがドレカヴァクという魔物によって殺害されたあとは、彼の親族や重臣たちが支配者の座を巡って争い、無法の地と化していた。

ガヌロンは、バシュラル軍の副官タラードに、パーニアで兵を集めて遊撃隊を討つように要請した。しかし、タラードは遊撃隊に敗れ、二千余りの敗残兵をまとめてパーニアから撤退したのだった。

「グレアストの親族や部下どもがパーニアを引っかき回していることを、おまえは知っていながら俺たちに黙っていた。そうだろう？」

バシュラルは傲然《ごうぜん》と言い返した。パーニアでの出来事については、数日前に王都に到着したタラードから聞いている。敗北した彼に責任がないとは思わないが、ガヌロンが充分な情報を用意しなかったために、余計な苦労を強いられたのは事実だ。

「もっとも、過ぎたことについて長々と議論をする気はねえ。これからの話だ。ここで俺が負けるのは、おまえにとっても都合が悪いはずだ」

バシュラルが言い募《つの》ると、ガヌロンはこれ見よがしにため息をつく。

「わかった。ルテティアから一万の兵を出させよう。遊撃隊を討ったのち、ここへ来るように命じておく。おぬしは兵の到着を待って、レグナス王子の軍と、テナルディィエの軍を相手にすればいい」

「そうさせてもらう」

言葉を返しながら、食えない野郎だと、バシュラルは内心で毒づいた。

——……一万の兵を出すと、あっさり言いやがった。

とにかく兵を出させる約束は取りつけた。いまはそのことに満足すべきだった。それに、他にも手は打っている。

「私の希望としては、先にテナルディエの軍と戦ってもらいたいのだがな」

ガヌロンが、バシュラルの背負っている大剣を指で示した。

「おぬしにオートクレールを貸し与えたのは、魔物を討たせるためだ」

魔物という単語を聞いても、バシュラルは困惑もしなければ訝りもしなかった。

知っているのだ。超常の力を持つ、ひとならざる異形たちの存在を。

現在、人間を装《よそお》ってテナルディエ公爵に仕えている魔物がいる。テナルディエと戦えというのは、その魔物——ドレカヴァクを滅ぼせという意味だった。

「忘れちゃいねえ。だが、敵より多数の兵をそろえ、なるべく少数の敵から倒すのが戦の常道ってもんだ。それに、王子を討ったあとの方がテナルディエと戦いやすくなる」

「そうか」

バシュラルは反論を予想していたが、ガヌロンはあっさりと納得する。だが、こちらの内心を見透《みす》かしているとでもいいたげな、薄気味の悪い笑みを浮かべた。

「おぬしは私以上に魔物を討ちたがっていると思ったのだがな。考えがあってのことならば、それでよい……。ところで、ひさびさに王宮に来たのだ。父親に会っていってはどうかな」

「あいにく忙しいんでな。だが、そうだな、『お達者で』とでも伝えておいてくれ」

バシュラルの表情と声音には、毒気が多分に含まれている。

父親などいないものとして育てられ、そのように生きてきたバシュラルだ。ファーロンを父親だと思ったことはない。はじめて会ったときも、とくに感慨は湧かなかった。

――庶子だからという理由で王位継承権は与えられなかったが……。

だが、もうじき王位はバシュラルのものとなる。王都に向かっている三つの軍勢をことごとく討ち滅ぼせば、そうなるはずであった。

「くれぐれも言っておくが、今日のような真似《まね》は二度とするなよ」

歩き去るガヌロンの背中に、怒りをはらんだ声音で釘を刺す。返事はなかった。

「ふん……。俺とファーロンを会わせて、何の話をさせるつもりだったのやら」

苛立たしげに吐き捨てたとき、五人の男がこちらへ歩いてくることに、バシュラルは気づいた。そのうち四人は、罪人たちを地下牢へ連れていった騎士たちだったが、ひとりは違う。

短い金髪と碧い瞳の持ち主で、年齢は二十代半ば。中肉中背で、青を基調とした軍衣をまとっている。弓を背負い、腰には剣を吊していた。

アスヴァール人ながら、バシュラルの軍の副官を務めるタラードだ。彼は周囲に視線を巡らせてから、バシュラルの前までやってきた。

「だいたいの話は騎士たちから聞いた。ガヌロンはどうした？　おまえとともにここに残ったそうだが」

バシュラルは後ろを振り返り、王宮を顎で示す。

「お帰りなさったよ。そっちの方は何かあったか？」

「ああ、おまえにお客さんだ。東の城門に来てくれ」

そう言ってから、タラードは地面に転がっている二つの首と、死体に視線を向けた。

「処刑されたという母娘《おやこ》か」

「埋葬してやるか。六人もいれば、四半刻とかからないだろう」

副官の心情を察してバシュラルが言うと、タラードは無言でうなずいた。

昼になったころ、バシュラルとタラードが東の城門に着くと、そこではちょっとした騒ぎが起きていた。

城門のそばにブリューヌ兵たちが集まり、槍と盾をかまえて城門の外を睨みつけている。いまにも戦いがはじまりそうなものものしさだ。

バシュラルたちに気づいた兵のひとりが、慌てて駆け寄ってくる。

「殿下。殿下にお会いしたいという男が……大軍を連れて」

「わかっている。おまえは他の連中に、外にいるやつらは味方だと教えてやってくれ」

安心させるように兵士の肩を軽く叩くと、バシュラルはタラードをともなって悠然と歩きだす。他の兵たちに手を挙げて応えながら、城門をくぐった。

城壁から三百アルシン（約三百メートル）ほど先に、数千人の男たちが立っている。

年齢はばらばらで、まだ二十歳になっていないだろう者もいれば、もう四十近いと見てとれる者もいる。共通しているのは、誰もが腰にぼろ布を巻きつけただけの格好で、両足を鎖でつながれており、左腕に檻を意匠化した刺青が彫ってあることだ。

彼らは皆、奴隷だった。

バシュラルとタラードが彼らのところまで歩いていくと、ひとりの男が現れる。

「おお、やっと来たな。このままここで日没を迎えるかと思ったぞ」

おおげさな台詞は、ムオジネル訛りのあるブリューヌ語で発せられた。褐色の肌が特徴的なムオジネル人で、鼻から下が黒い髭に覆われているため、年齢はわかりづらいが、四十代と思われる。赤い布を頭に何重にも巻きつけ、ゆったりとした青い服を着ていた。

バシュラルは歓迎するように両手を広げた。

「ひさしぶりだな。商売を続けていて安心したぜ」

それから彼は、タラードにムオジネル人を紹介する。

「奴隷商人のタリブだ。傭兵だったころにつきあいがあってな」

タラードが微妙な顔になったのは、タリブの身体から強い香油の匂いがしたためだった。それでも彼はぎこちない笑みをつくって、手を差しだす。タリブはその手をとらず、タラードの指先に自分の指先を軽く合わせた。

「これが我々の挨拶だ。ムオジネル全土で通じる挨拶ではないが」

タリブはバシュラルにも同様の挨拶をすませると、奴隷たちを振り返る。

「ご要望通り、男を五千人連れてきた。ムオジネル人はいない。ブリューヌ、ザクスタン、アスヴァール、ジスタートの人間だ」

「よく連れてきてくれた。大変だったろう」

「ヴォージュ山脈を越えたからな。この季節でなければ倍の金額でも断っていたところだ」

二人のやりとりに、タラードは驚きを禁じ得なかった。

ムオジネル王国からブリューヌ王国に来るには、南東にあるアニエスの地を通るのが一般的だ。しかし、五千もの人間がそこを通れば、王国の騎士団か諸侯に見つかってしまう。

バシュラルはそれを警戒して、ヴォージュ山脈を越えてくるよう頼んだのだろう。晩春から初夏の間ならば、山脈越えもそれほど困難ではない。

そこまで考えて、タラードはひとつの疑問を抱いた。

「バシュラル、まさか、ムオジネルはブリューヌに攻めてこないのか？」

昨年の春、ブリューヌはジスタート王国と組んで、ムオジネルに攻めこんだ。両国はムオジネルに打撃を与えたものの、反撃に苦戦し、最終的には何も得ることなく撤退した。

ムオジネルはその報復を考えており、今年の春か、遅くとも夏には攻めてくるだろうというのがブリューヌ側の認識だった。

実際、ムオジネルが軍備を整えているという情報はいくつも届いていたし、レグナス王子やテナルディエ公爵は、ムオジネルの侵略に対抗するべく動きまわっていた。

だが、ムオジネルが本当にブリューヌを攻めるつもりなら、いくらつきあいのあったバシュラルに頼まれたからといって、五千もの奴隷を連れてこられるとは思えない。

「さすが副官殿。察しがいいな」

バシュラルは感心したように笑ったが、すぐに真面目な表情になる。

「誰にも言うなよ。ムオジネル王フーズィートが病で亡くなった。王様には王子が二人と王女が二人いてな、いまごろどうなっているかは言うまでもないだろう」

タラードはうなずいた。国王の不予と、それに続く王子たちや王女の争いを、彼は生まれ育ったアスヴァールで体験している。ムオジネルでも同様のことが起きているに違いない。しかし、そこで新たな疑問が湧きあがった。

「争いになるというなら、奴隷が兵力として必要になるんじゃないか」

「金がかかる」

そう答えたのは奴隷商人のタリブだ。

「奴隷は何も持たない。持つことを許されない。だから、武器も鎧も、食糧も水もこちらで用意してやらなければならん。だが、奴隷にばかり金を使うことはできん」

「そういうわけだ」

ほがらかに笑って、バシュラルが説明を引き継ぐ。

「奴隷を金に換えれば、他の兵にいい武具を用意することもできるし、有力な諸侯に取り入ることもできる。ただ奴隷を引き連れて誰かの下についても、自前の食いものも用意できなけりゃ、迷惑なたかりでしかねえさ」

もっともな話だった。タラード自身、アスヴァールで一軍の将を務めていたころ、援軍を自称しながら、実際には食糧の無心に来ただけの部隊に腹を立てたことがある。

ふと、タラードは後ろを振り返って王都を仰ぎ見た。

――王都を手に入れたことを、こんなふうに使うとはな。

五千もの奴隷をムオジネルからここまで連れてくるのに、それこそどれほどの金がかかったのか。つきあいがあったからというだけで、奴隷商人が動くはずがない。

おそらく、ずいぶん前から、バシュラルはタリブに話をしていたのだろう。自分たちが王都を手に入れたら、多くの奴隷を戦士として買いあげたいと。そして、タリブは準備だけは進めつつ、本当に王都を手に入れるか様子を見ていたに違いない。

バシュラルは奴隷たちの前まで歩いていくと、背負っていたオートクレールを抜き放った。奴隷たちが驚きと警戒の声をあげる。

だが、それに続くバシュラルの行動は、彼らの予想を裏切るものだった。バシュラルはひとりの奴隷の足下に大剣を近づけ、彼の両足をつなぐ鎖を断ち切ったのだ。

呆然と立ちつくす奴隷に、バシュラルは傲然と笑いかける。

「これでおまえは戦えるようになった」

次いで、バシュラルの指が、奴隷の左腕に彫られた刺青を示した。

「武勲をたてたら、そいつを消してやる。おまえは戦士になる。奴隷でも戦奴でもなく」

バシュラルの言葉の意味を理解して、その奴隷は両手を握りしめる。言葉にならない叫びをあげて、地面に膝をついた。一連の光景を見ていた周囲の奴隷たちも、次々に彼に倣《なら》う。その動きは瞬く間に広がって、すべての奴隷がバシュラルに服従を誓った。

タラードを手招きして隣に立たせてから、バシュラルは奴隷たちに向き直る。

「おまえたちはいまからバシュラルの兵だ！　ブリューヌに忠誠を誓う必要はない。おまえ自身に忠誠を誓い、おまえのために剣を振るい、おまえのために血を流せ！　戦いが終わったら、自由と俸給を与えてやる！　俺に従う者には家を用意し、故郷に帰りたい者には路銀を出してやる！」

バシュラルはブリューヌ語でそう叫び、タラードにアスヴァール語で同じ言葉を叫ばせた。ジスタート人とザクスタン人には、それらの言葉がわかる奴隷たちが教えるはずだ。

間を置かず、四つの国の言葉で「忠誠と勇気を！」という叫びが返ってきた。

こうしてバシュラルは、五千の勇敢な兵を手に入れたのである。

その日の夜、バシュラルとタラードはこれからの戦いについて話しあっていた。

指揮所として使っている屋敷の一室だ。広い部屋で、中央には大きなテーブルが設置されている。燭台の灯りに照らされたテーブルには何枚もの地図が広げられ、十数個の駒が置かれていた。他に、葡萄酒《ヴィノー》を満たした二つの銀杯がある。

王都とその周辺を描いた地図の上に、タラードが駒をひとつ置いた。

「まず俺たちだが、現在の兵力は二万五千。他にあてはあるか？」

「数日中に、傭兵が二千ばかり到着する予定だ」

バシュラルは胸を張って答える。傭兵だったころの伝手を使って交渉したのだ。これも、王都を手に入れてなければ上手くはいかなかっただろう。

「それを入れて二万七千か。大軍だが、見事なぐらいの混成軍だな」

内訳は、ガヌロンに従っている北部の諸侯の兵が約一万六千、テナルディエ公に従うのを拒んでバシュラルについた南部の諸侯が約二千、タラードがパーニアから連れてきた兵が二千余り、今日、バシュラルに忠誠を誓った奴隷たちが五千、そして傭兵が二千である。

考えも価値観も違う者たちを統率するのだから、混成軍の指揮官には尋常でない力量が求められる。だが、バシュラルには彼らを使いこなす自信があった。

「次に俺たちの敵だが……」

タラードが三つの駒をつかんで、ひとつを北に、二つを南に置く。

「北からはベルジュラック遊撃隊六千」

タラードの態度も声音も冷静そのものだが、碧い瞳には闘志がゆらめいている。

彼はパーニアのトルヴィリエで遊撃隊と戦い、指揮官としても、ひとりの弓使いとしても敗れた。彼らに対する戦意をおさえることは難しい。

だが、タラードは個人的な武勇を満足させるよりも、全体の勝利こそが雪辱を果たす唯一の方法であるとわかっている。感情を露わにせず、説明を続けた。

「南からは二つ。まず、レグナス王子の軍約六千」

「王子、か」

バシュラルは笑った。レグナスが本当は女性であることを、二人とも知っている。ファーロン王が何らかの理由によって、娘を王子として育ててきたのだ。

「構成は？　ナヴァール騎士団とラニオン騎士団だけでは六千もいかないだろう」

「両騎士団だけだと約四千というところだな。南部の諸侯の何人かが従っているらしい。テナルディエの下では使い潰されるだけと思った連中だろう」

タラードの説明に、バシュラルは「違いない」と、笑った。

「そして、テナルディエの軍は二万三千。テナルディエ自身の兵は一万余りで、残りはやつに従う南部の諸侯らの兵だそうだが」

「さすがブリューヌを代表する大貴族のひとりだな。ガヌロンとやりあえるわけだ」

口笛を吹くバシュラルに、タラードが聞いた。

「そのガヌロンはどう動く？」

「やつは領地のルテティアに一万五千の兵を残している。そのうちの一万を遊撃隊に差し向けると約束させた。それから、やつの部下から聞きだしたんだが、遊撃隊に降伏勧告の使者を送ったそうだ。父親の命が惜しければ……というやつだな」

タラードが顔をしかめる。いまさら遊撃隊が降伏などするはずがない。だが、その動きをいくらか鈍らせることはできるだろう。そうして時間を稼ぎ、ルテティア兵を追いつかせるというわけだ。

「やつらしいいやがらせだな。残り五千の兵は動かさないのか？」

「領地の守りを固めるとやつの部下は言っていたが、おそらく嘘だ。この状況なら、二千も置いておけば充分だからな。残りの兵は、やつ自身のために動かすつもりだろう」

「結局、やつの息の根を止めるまで警戒を緩めることはできないか」

葡萄酒を傾けながら、二人は地図へと視線を戻す。バシュラルが口を開いた。

「タラード、策を言え」

「敗軍の将に意見を求めるのか？」

「いちいち気にしてたら身がもたねえよ。俺だって何度も負け戦を味わってる」

傭兵だったころの話だ。王子となってからは、負けたことのないバシュラルだった。

タラードはうなずき、レグナスを意味する駒を指でつつく。

「ルテティア兵の到着は待たない。準備ができ次第、お姫さまの軍を仕留める」

「遊撃隊はルテティア兵に任せるとして、テナルディエの軍はどうする？」

「後回しでいい。テナルディエは、俺たちとお姫さまがぶつかりあうのを待っている。いちばんおいしいところを持っていくためにな。だから、いまだにお姫さまの軍に合流していない。その隙を、突く」

レグナスを討ちとれば、バシュラルたちは一気に有利になる。ベルジュラック家もテナルディエ家も、大貴族であっても王族ではないからだ。レグナスの代わりにはなれない。

「よし、それでいこう」

気負うふうもなく、バシュラルは決めた。その表情を見てタラードがからかう。

「おまえも同じことを考えていたんだろう」

「まあな。ただ、数の力で圧倒するだけじゃなく、できれば一手ほしい。レグナスが実は女だと公表して、相手の動揺を誘うのはどうだ?」

「難しいな」と、タラードは首を横に振った。

「ファーロンもレグナスも、いままでこの秘密を隠し通してきた。俺たちが公表しても、レグナスを貶めるために言いがかりをつけていると思われるだけだろう。聞いた者が、もしかしたらと思うようなものが必要だ」

「だめか。他に手はあるか?」

「手というほどのものじゃないが」

そう前置きをして、タラードは地図上の王都を指で示した。

「王都から南へ半日ほど歩いていくと、アルドンという広い草原があるだろう。大軍を展開しても余裕がありそうな」

バシュラルがうなずくのを確認して、タラードは続ける。

「そこに壕を巡らし、騎兵の突撃を阻む馬防柵《ばぼうさく》を立てろ。この意味がわかるな?」

「陽動だな。そこで敵を待ち受けるつもりだと思わせるわけだ」

燭台の灯りに照らされている二人の顔には、いたずらについて話しあう子供のような笑みが浮かんでいる。

「作業期間はせいぜい数日というところだが、この作業を通じて我らが混成軍を掌握しろ。その間に、俺はお姫さまの軍の動きをさぐって、どこで仕掛けるのかを決める」

「わかった。あとは……そうだな、遊撃隊のことだが」

遊撃隊を意味する駒を一瞥したあと、バシュラルはタラードに視線を向けた。

「もしも遊撃隊と戦うときがきたら、ティグルヴルムド＝ヴォルンは俺に譲ってくれ」

ベルジュラック遊撃隊は決して弱くない。数において優るルテティア軍を打ち破り、王都に向かってくるというのはありえる話だった。

「何か理由があるのか？」

タラードに聞かれて、バシュラルは自分の右頰を指でなぞる。

「まだ借りを返していない」

バシュラル軍が遊撃隊に勝利をおさめたティエルセの戦いで、バシュラルはあと一歩のところでリュディエーヌ＝ベルジュラックと、戦姫リュドミラ＝ルリエを討ちとれなかった。ティグルに邪魔されたからだ。しかも、ティグルはリュドミラが生みだした氷塊に矢を当てて軌道を変えるという奇策を用いて、バシュラルに矢を届かせた。

矢は頬をかすめただけに留まり、もう傷跡も残っていないが、そのときのことをバシュラルは克明《こくめい》に覚えている。

「武勲の一人占めはするな。黒騎士はともかく、お姫さまは他の者に譲ってやれ」

「わかってる。傭兵の間でも、手柄の総取りは恨まれるからな」

タラードに軽口を返すと、バシュラルは別の地図に目を向けた。

地図の上半分にはブリューヌをはじめとする諸国が描かれている。下半分には南の海が広がっており、端にわずかながら陸地があった。その陸地にはイフリキア、キュレネーといった国名が書かれている。

ブリューヌを手に入れることは、バシュラルにとって手段であり、目的ではない。

南の海を越えて、イフリキア王国を征服するのが彼の目的だ。そのために、勇敢で有能な将はひとりでも多くほしかった。

「ファーロンが俺を庶子として認め、王位継承権をよこさなかったのは、結果的にはありがたかったな。俺の母親は、国王がたわむれに手をつけた身分の低い女だと、誰もが思っている。イフリキアの王女だったことを知っている者はごくわずかだ」

バシュラルの母の素性が公表されないのには、理由があった。

イフリキアでは、二十三年前に政変が起きた。

三人の王弟が兵を率いて国王を討ち、玉座を奪ったのである。王と親しかった者たちは命からがら国外へ逃げた。バシュラルの母も、そのひとりだった。

彼女はブリューヌに逃げ、まだ王子だったファーロンに保護された。そして、ファーロンの子を身籠もると、別れを告げて王宮から去ったのである。彼女はカルパントラという町に落ち着いて、そこでバシュラルを生んだ。

イフリキアにとって、バシュラルの母は討つべき政敵のひとりなのだ。そのような人物をかくまっていたことがわかれば、イフリキアはブリューヌを敵と見做《みな》すだろう。

しかも、現在に至るまでブリューヌとイフリキアの間に国交はない。おたがいに、相手についてよく知らないのだから、落ち着いた話しあいが成立する可能性はきわめて小さい。

そのような事情から、ブリューヌはバシュラルの母について、何も語らないのだ。

母の素性についてバシュラルが知ったのは、昨年の春だ。病で亡くなった母が、死の間際に教えてくれたのである。

幸せになって。それが、母の最期の言葉だった。

バシュラルは銀杯を煽って母のことを意識の片隅へと追いやる。

タラードと、葡萄酒を酌み交わしながら談笑に移った。話すことはいくらでもあった。

バシュラル軍の総指揮官と副官が酒杯を手に談笑していたころ、ガヌロン公爵はルテティアにある己の屋敷にいた。

ついさきほどまで、彼は王宮にいた。政務の処理をはじめ、今日やるべきことをだいたいかたづけ、それから空間を飛び越え、一瞬でここに移動したのである。約三百年前、ひとならざる身になって得た能力のひとつだった。

ガヌロンが立っているのは、屋敷の奥にある自分の寝室だ。明かりひとつない中、テーブルの上の鈴を手にとって鳴らす。

ほどなく、ランプを手にした老僕が現れた。彼はガヌロンを見ても驚くことなく、うやうやしく一礼する。この主が突然姿を消すことなど日常茶飯事であり、騒ぐようなことではない。どこに行っていたのかなどと問いただすこともしなかった。

「お帰りなさいませ」

「林檎酒《サガルド》を。よく冷やしてな」

「かしこまりました」

続けて、林檎酒のついでのようにガヌロンは命じた。

「兵を動かすようナヴェルに伝えよ。一万の兵を南下させ、ベルジュラック遊撃隊を討て」

ナヴェルはガヌロンに仕えている騎士だ。主に忠実で、村を焼くとか、赤子を殺すといった非道な命令にもためらうことなく従う男である。ガヌロンは、このルテティアにいる兵の編制と指揮を彼に任せていた。

「それから、歩兵を三千ほどそろえてアルサスに向かわせるのだ。北東の端、ヴォージュ山脈の近くにあり、ジスタートと国境を接している小さな地でな。町がひとつに村が四つだか五つだかある。ことごとく焼き払い、領民は連れ去るか、殺せ。ひとりも残してはならぬ」

「承知いたしました。ナヴェル様には、そのように」

眉ひとつ動かすことなく、老僕は頭を下げて退出する。彼もまた、ガヌロンの残虐さに慣れていた。だからこそ、この屋敷の一切を任されている。

ガヌロンは手近なソファに腰を下ろして、林檎酒がくるのを待った。

アルサスを襲う理由は三つある。

ティグルを苦しめるためというのが、ひとつ。彼が大切なものを失って、怒りに我を忘れるか、心に闇を抱えてくれれば、何かとやりやすくなる。

ジスタートが、アルサスをだしにしてこちらに介入してくるのを防ぐのが、ひとつ。ジスタートの有力な諸侯や重臣の幾人かに鼻薬をきかせて、介入しないか、しても最小限に留めるよう仕向けさせてはあるが、念には念を入れておきたかった。

黒弓にまつわる記録が残っている可能性を焼き払うためというのが、ひとつ。

「魔弾の王は、まだ使い道がある。だが、古のことを知るのは私だけでよい……」

肘掛けの上に置いた手を、ガヌロンは無意識のうちに強く握りしめた。

1　策動

ティグルヴルムド＝ヴォルンは、薄暗い廊下に立っていた。

自分がどこにいるのかは、すぐにわかった。生まれ育った屋敷の一階だ。

まっすぐ廊下を歩いて、奥の部屋に入る。

隅に置かれたベッドの上に、母のディアーナがいた。身体を起こしてこちらに微笑みかけている。窓から射しこむ陽光が、室内を薄明るく照らしていた。

「ティグル」と、母が息子を愛称で呼んだ。

頭の片隅で、これは夢だと自覚する。母は、ティグルが九歳のときに病で亡くなった。

しかし、目覚めることなく夢は続く。

母のそばに駆けていって、ティグルは報告した。

かあさま、あのね、あのね、今日は七十アルシンも矢を飛ばすことができたんだよ。

そのときになって気づいたが、夢の中の自分は五歳の子供の姿で、小さな弓を持っていた。

母は笑顔で、「よかったわね」と言うと、ティグルの手をとって優しく握りしめる。

弓矢の訓練の成果について、ティグルが真っ先に報告する相手はいつも母だった。

父のウルスは領主として多忙な身で、日の出ている間は屋敷にいないことなどしょっちゅうだ。その点、身体が弱い母はほとんどの場合、寝室のベッドにいた。

ブリューヌ王国では、弓は臆病者の武器という扱いを受け、蔑まれている。

しかし、父は自分が弓の腕を鍛えることを認めてくれた。

母は、自分の話を聞くたびに褒めてくれた。

側近のラフィナックや側仕えのバートラン、幼なじみのティッタに褒めてもらえるのももちろん嬉しいが、やはり父と母の言葉は特別だった。

「いまの気持ちを大切になさい」

息子の手を握りしめたまま、ディアーナは言った。

「その思いが、つらいときにもあなたを支えてくれる。あなたの世界を広げてくれる」

当時のティグルには、母の言葉の意味がよくわからなかった。ただ、それは優しい声音とともに心の奥底に染みこんで、かけがえのない記憶のひとかけらとして残った。

ディアーナが視線を窓際に向ける。一輪の黄色い花が、細長い花瓶におさまっていた。

「あの花は、もともと南の海の向こうの国々にしかなかったそうよ。悪いおまじないの材料として使われて、嫌われていたの」

ティグルはきょとんとした顔になる。南はわかるが、海というものが何なのか、わからなかった。息子の手を撫でながら、母は続けた。

「それが、どういうわけか魔除けの花としてこの国に持ちこまれたのね。いまではどこにでもあるありふれた花のひとつ。——海の向こうでは、もうなくなってしまったらしいけれど」

ディアーナの父は、王宮に勤めている庭師だ。それもあってか、母は草花に詳しく、ときどき思いだしたように、ティグルに花の話をしてくれた。

ほんとうに魔除けの力があるのと聞くと、ディアーナは苦笑を浮かべる。

「もしかしたら、あるかもしれないわね」

手を離して、母は息子の頭を撫でた。くすぐったさにティグルは目を細める。

そこで目が覚めた。幕舎《ばくしゃ》の薄暗い天井が、視界に広がる。

ティグルは身体を起こして、壁に立てかけてある漆黒の弓を見つめた。

元は狩人だったという初代ヴォルン伯爵から代々受け継がれてきた家宝の黒弓。ジスタートの戦姫たちが持つ竜具《ヴィラルト》と共鳴し、魔物と戦う力を備え、夜と闇と死の女神ティル＝ナ＝ファと何らかの関係があるらしい不思議な弓だ。

——母上も、まさかこうなるとは思ってなかっただろうな。

夢の内容を断片的に思いだしながら、ティグルは複雑な笑みをこぼす。

弓の腕を鍛え続けたことによって、自分の世界は想像以上に広がった。

ミラ——リュドミラ＝ルリエと出会えたのは、彼女の母のスヴェトラーナに弓の技量を見出されたからだ。リュディことリュディエーヌ＝ベルジュラックが遠路はるばる自分を訪ねてきたのも、レグナス王子が自分の弓の腕に感心したからといえるし、ロランと友情を育むことができたのも、弓の技で彼に協力できたのがきっかけだった。

むろん、つらいことや苦しいこともたくさんあった。自分が罵倒されるのはともかく、父が他の貴族や諸侯から嘲笑《ちょうしょう》されるのは、胸が痛かった。剣や槍が不得意だからといって、本当に弓の鍛錬ばかりしていていいのかと悩み続けたこともある。

それでも最後は、ティグルは弓とともにあることを選んだ。

そして、いまがある。

立ちあがって、黒弓を手にとる。手入れをするときを除いて、ティグルは弓弦を張りっぱなしにしていた。ふつうの弓と異なり、弦を張ったままでも、歪んだり、傷んだりしないので、何かあったときに備えていつでも使えるようにしておこうというわけだ。

「これからも頼むぞ」

黒弓に呼びかけ、矢筒を腰に下げて、ティグルは幕舎を出た。

朝の清涼な空気が肌を撫でる。見上げれば、水色の空が広がっていた。

まわりにはいくつもの幕舎が設置されており、そのそばで兵士たちが火を起こしながら談笑したり、賭け事に興じたりしている。掲げられている旗のほとんどは、青地に白い天馬を描いたベルジュラック家のものだ。

ここは、街道から外れた草原に築いたベルジュラック遊撃隊《ファルタス》の幕営だ。数日前にパーニアの地を発ち、王都に向かって進軍中だった。ちなみにティグルは遊撃隊の副長を務めている。

こちらに気づいて敬礼してくる兵たちに手を振って応えると、ティグルは幕営を出て、近くの川に向かった。

ティグルとミラがザクスタン王国からブリューヌ王国に入ったのは、草原を吹く風に、春の息吹が感じられてくるころだった。ブリューヌの西方国境を守るナヴァール城砦から火の手があがったことを教えられて、懸命に馬を走らせてきたのである。

そのときは二人だけでなく、ティグルに仕えるラフィナックと、ミラに仕える老騎士ガルイーニン、『羅轟の月姫《バルディッシュ》』の異名を持つ戦姫オルガがともにいた。

だが、ようやくたどりついたナヴァール城砦にいたのは庶子の王子バシュラルと、彼に従う諸侯の兵たちであり、ナヴァール騎士団の姿はなかった。しかも、ティグルはジスタート王国に内通しているという疑いをかけられており、捕まってしまったのだ。

窮地に陥ったティグルを城砦から脱出させてくれたのは、小さいころに友情を育んだ仲のリュディだった。彼女はレグナス王子の護衛を務める騎士になっており、ブリューヌ王国を包む深刻な混乱について、ティグルたちに説明してくれた。

バシュラルという若者が、昨年の秋に王子としてファーロン王に認められたこと。残虐非道で知られるガヌロン公爵が、バシュラルの後見役になったこと。

数々の武勲をたてて諸侯の信頼を得たバシュラルが、突如としてレグナス王子の命を狙ったこと。そのとき、王子はナヴァール城砦を視察中であったこと。

ナヴァール騎士団は王子を守って城砦を捨て、北西にあるラニオン城砦に逃げたこと。

そして、ティグルに内通の疑いをかけたのは、ガヌロン公爵の腹心といわれるグレアスト侯爵であったこと。

王子のために遊撃隊を組織するというリュディに、ティグルたちは協力することにした。

ティグルとミラはリュディと行動をともにし、オルガは王都へ、ラフィナックとガルイーニンはマスハス＝ローダント伯爵のもとへそれぞれ助けを求めに行った。マスハスはティグルの父ウルスの親友であり、ティグルも小さいころから彼に可愛がってもらっていたのだ。

ベルジュラック遊撃隊は、一度はバシュラル軍に敗れたものの、マスハスの協力を得て、ティグルとリュディの指揮の下で再起を果たした。そして、何ものかに殺害されたグレアスト侯爵の領地であるパーニアを平定した。

しかも、その過程で遊撃隊にはミラの他に三人の戦姫が加わった。

王都から帰ってきたオルガと、『光華の耀姫《ブレスヴェート》』の異名を持つソフィーヤ＝オベルタス、『雷渦の閃姫《イースグリーフ》』の異名を持つエリザヴェータ＝フォミナだ。彼女らは客将という扱いである。

だが、その間にガヌロンは王宮を襲撃し、王都ニースを我がものとした。バシュラルも王都を守るべく兵を集めているという。

遊撃隊はバシュラルとガヌロンを打ち倒すべく、ニースを目指しているのだった。

川に着いたティグルが顔を洗っていると、後ろから声をかけられた。

「――おはよう」

振り返ると、ミラが立っている。鮮やかな青い髪は腰に届くほど長く、青い瞳は想い人への愛情に満ちて、美しい顔だちには一点の曇りもない。蒼い軍衣をまとい、『凍漣の雪姫《ミーチェリア》』に与えられた槍の竜具ラヴィアスを肩に担いでいた。

「もう起きてたのか。早いな」

「私もさっき起きたばかりよ。あなたが川に向かうのが見えたから」

ティグルは立ちあがると、川の先を見ながら「少し歩かないか」と、ミラを誘った。

二人はゆっくりとした足取りで川辺を歩く。夏のはじめの風は、心地よい涼しさをともなって髪をそよがせた。草原を見れば、春の花と夏の花が入り乱れて、草の間に紫や赤、白といった色を鮮やかに散らしている。

「昨年のいまごろは、ヴォージュ山脈を越えてオルミュッツに向かっていたんだったな」

ファーロン王にジスタートへ行くよう命じられ、ラフィナックだけをともなってアルサスを発ったのだ。すぐにミラに会えたのは嬉しかったが、つい調子に乗って怒らせてしまった。

ふと、ティグルはラフィナックとガルイーニンのことを考える。二人がオードを訪れたあと、アスヴァールへ向かったという話はマスハスから聞いていた。

──あれからもう二ヵ月以上過ぎている。

まだアスヴァールにいるのか。それともブリューヌに帰ってきているのか。

二人とも旅慣れているから、たいていのことは切り抜けられるだろう。それでも、ティグルは無事でいてくれと願わずにはいられなかった。

「だいじょうぶよ。あなただって、二人を信頼してるから任せたんでしょ」

表情から内心を読みとったらしい、ミラが安心させるように言った。ティグルはうなずき、草原を眺めながら話題を変える。

「春のうちに、君をアルサスに連れていきたかったな」

「アルサスの春は、どんな感じなの？」

「そうだな。はじめのうちは、雪がまだ残っているから山は寒い。川も雪解け水のせいで冷たいな。森に入ると、冬眠から覚めたばかりの獣に出くわすことがあってけっこう危ない」

「もう少しいいところはないの……？」

少し呆れた顔になるミラに、ティグルは穏やかな表情で答えた。

「毎日草原を駆けて、山や森の中を歩いていると、少しずつ変わっていくのがわかる。山や森は暖かくなって、花や蝶が増えていく。川でも、魚や蛙をよく見かけるようになる。もちろん獲物も獲れるようになって、春が……どう言えばいいかな、馴染《なじ》んでいくんだ」

ティグルの脳裏には、故郷の山野の情景が浮かんでいる。表情からそれを察したのだろう、ミラは嬉しそうにうなずいた。

「じゃあ、来年、連れていって。どこをまわるか、ちゃんと考えておいてね」

「よし、アルサス中を連れまわすから覚悟しておいてくれ」

他愛のない約束だが、二人はおたがいの言葉を心の奥底に刻みこんだ。

幕営から充分に離れ、また周囲にひとがいないことを確認すると、ミラが腕を絡めてくる。

「そういえば……」

母の夢を見たと言いかけて、ティグルは言葉の続きを呑みこむ。

ミラがオルミュッツを離れたのは、昨年の夏の終わりごろだ。アスヴァール、ザクスタン、ブリューヌと諸国を巡って、ずいぶん長く己の公国を空けてしまっている。ここで親の話をしたら、彼女を寂しがらせてしまうかもしれなかった。

「どうしたの？」

ミラが不思議そうな顔でこちらを見る。ティグルはくすんだ赤い髪をかきまわして、とっさにごまかした。

「いや、ザクスタンからずっと俺につきあわせて悪いなと思ってさ」

「逆の立場だったら、あなたは私にずっとつきあってくれた？」

「当たり前だろう」

　即答すると、ミラはくすりと笑った。

「だったら悪いなんて思わなくていいわよ。私だって好きでやってるんだから。——それで、本当はなんて言おうとしたの？」

　お見通しらしい。「すまなかった」と、謝ってから、ティグルは素直に夢の話をした。

「俺は、オルガのおかげで父上と会うことができた。でも、君はテオドール様にもラーナ様にも会えていないだろう」

「気を遣いすぎよ。まだ一年も過ぎてないんだから。お母様なんて、いまごろ我が物顔で公宮を切りまわしてるわよ、きっと」

　その光景が容易に想像できて、ティグルは吹きだした。ミラの母のスヴェトラーナは、先代の凍漣の雪姫だ。公国の統治については、戦姫になってまだ四年のミラよりもはるかに上手いだろう。だからこそ、ミラも母にあとを任せ、安心して公国を離れたのだ。

「でも、よかったわ。あなたがいい夢を見られたみたいで」

　ミラの言葉に、「ああ、そうか」と、ティグルはあることを思いだした。

　昨夜、ティグルはミラに、薬葉《エルヴ》を用いた紅茶《チャイ》をご馳走になったのだ。気分を落ち着かせ、安らかな眠りをもたらす効果があるという話だった。

「そうだな。君のおかげだ」

足を止めて、ティグルはミラを見つめる。ミラは組んでいた腕を離して、ティグルの正面に立った。周囲にひとけがないことを、あらためて確認する。

ミラが目を閉じる。ティグルは、「ありがとう」とささやいて彼女を抱きしめ、唇を重ねた。顔を離すと、今度はミラの方から唇を近づけてくる。

しかし、彼女は不意に顔をしかめて動きを止めた。険しい顔で周囲を見回し、川に視線を向ける。水面に二つの黒い影が浮かびあがった。

飛沫をまきちらして水面が弾け、二人の娘が姿を現す。オルガ＝タムと、リーザことエリザヴェータ＝フォミナだ。二人とも素裸で、濡れた髪を顔に張りつかせていた。

リーザの瞳は左右で色が違い、右が金色で、左が碧色をしている。ブリューヌやジスタートでは、このような瞳を異彩虹瞳《ラズイーリス》と呼んでいた。

「おかまいなく」

愛想のない顔でオルガが言い、リーザも笑顔で「おかまいなく」と、真似《まね》をする。ミラは赤面しつつ、ティグルの顔をすばやく手で覆うと、二人を睨《にら》みつけた。

「いつからいたのよ」

「少し前から。片手でできる泳ぎを教えていた」

オルガの視線が、リーザの右腕に向けられる。彼女の右腕は肘から先が失われていた。何ものかに斬られたようなのだが、リーザが記憶を失っているため、詳しいことはわからない。

必要なことは答えたというふうに、オルガはリーザとともになめらかな動きで川を泳いでいく。ティグルはミラの手をやんわりと外して、遠ざかっていく二人を見送った。

「気づかなかったな。たいしたもんだ」

「まったく、ラヴィアスで川の水を冷たくしてやろうかしら」

憤然として、ミラが頬をふくらませる。ティグルはなだめるように彼女の肩を叩くと、「戻ろうか」と、笑って言った。邪魔者は消えたが、やり直しをする気分にはなれない。

「あれでオルガは兵たちからけっこう人気があるのよね」

遊撃隊において、オルガは「斧姫《タポレーサ》」、あるいは「小さな斧姫」と呼ばれ、親しみのこもった尊敬の眼差しを向けられている。「斧姫」というあだ名は、トルヴィリエの戦いで彼女自身が考えたものだ。リュディの「金貨一万枚の女」よりははるかにましだろう。

そして、オルガは文字通りの奮戦によって多くの味方を助け、遊撃隊の中で確固たる立場を築いたのだ。「斧姫」のあだ名は、頼もしい小さな戦士への尊称になった。いまではオルガを見ると敬礼をする兵もいるほどだ。

「人気でいうなら、ミラもそうとうなものだぞ」

ティグルが言うと、ミラは「あなたもでしょ」と、返した。

「ねえ、ティグル」

並んで歩きながら、思いついたようにミラが言った。

「春じゃなくていいわ。この戦いが終わったら、私をアルサスに連れていって」

「俺はかまわないが……いいのか？」

　さきほど、ミラは、「まだ一年も過ぎてない」と言った。だが、いくら信頼できる者たちがいるとはいえ、統治者が長く領地を空けるべきではないのだ。

「あなたのお母様にご挨拶をしないまま帰ったら、むしろ叱られるわよ。それに、私はオルミュッツの統治者として、友好を結んだ相手であるアルサスをこの目で見る義務があるわ」

　どこか得意げに説明するミラに、ティグルは口元を緩ませた。

「そういうことなら喜んで歓迎するよ。母も、もちろん父も喜んでくれる」

　だが、それもこの戦が終わってからだ。

　二人はどちらからともなく手を握りあって、幕営へと歩いていった。

†

　ティグルとミラが幕営に戻ると、炊事の煙が何本もあがっていた。

　兵たちが鍋いっぱいのスープをつくっているのだ。土を盛り、石を積んだ急ごしらえのかまどの上で、焦げ跡だらけの鍋が湯気を立ちのぼらせている。

　鍋の中身は干し肉、干し野菜、炒り豆で、行軍中の食事の中ではだいぶいい方だった。この他に固く焼きしめたパンと、親指ほどの大きさのチーズがつく。

鍋を囲んでいる者たちの中に、マスハス配下のオード兵たちを見つけたティグルは、彼らのそばまで歩いていった。遊撃隊が組織されて間もなかったころから、ティグルたちに従っている者たちだ。彼らもこちらに気づいて、笑顔で頭を下げてくる。

「みんな、調子はどうだ。腹を壊した者はいないだろうな?」

「この中には、腹を壊したていどで歩けなくなるやつなんていませんよ」

オード兵たちを束ねているロイクが、笑って軽口を返す。年齢は三十代半ば、厳つい顔とがっしりした身体の持ち主で、ティグルとは昔から親しくしていた。

「副長殿、よかったら食べていきませんか。野草入りですが」

鍋をかきまぜている若い兵が、からかいまじりに勧めてくる。

野草入りというのは、近くでてきとうに採った野草を入れたスープということだ。たいていの場合、まずい。笑えないものになると、腹を下すような代物ができあがる。

体調を崩すほどになると、部隊長も放っておくことはできず、原因をつくった者を罰するのだが、野草をスープに入れる者は後を絶たない。それだけ食事に物足りなさを覚える兵が多いというのもあるが、度胸試し、運試しという娯楽でもあるからだ。

ティグルに勧める以上、そこまでひどいものではないと思うが、味に関しては期待どころか覚悟しておく必要があるだろう。

「私も一杯もらおうかしら」

ティグルが答える前に、ミラが口を開く。その兵は緊張した顔でミラを見上げた。

ミラは戦姫であることを彼らに隠しているが、戦場に立つ彼女を一度でも見れば、卓越した技量を持つ戦士だとわかる。オード兵たちはミラにだいぶ慣れているものの、じかに何かのやりとりをするとなると、さすがに硬くなってしまうようだった。

兵が差しだした木製の椀を受けとって、ミラは一口する。固唾《かたず》を呑んで見守るオード兵たちにブリューヌ語で笑いかけた。

「少し苦いけど、おいしいわ」

オード兵たちが顔を見合わせて、安堵《あんど》の息を漏らす。ティグルも彼らから木製の椀を受けとった。すすってみると、ミラの言った通り独特の苦みを感じる。知っている味だった。

「鍋に入れた野草は、手のような形をした葉を持つやつだろう」

驚きの声をあげる兵たちに、ティグルは助言を付け加える。

「あれは茎を折らず、葉をちぎらないようにして丸ごと入れれば、あまり苦くならないぞ」

それからティグルとミラは、彼らと雑談に興じた。行軍中の不満や、兵たちの間で何か問題が起きていないか、士気はどうかといったことを訊いていく。ただし、ミラは自分があれこれ言うべきではないと思っているようで、ほとんどの質問をティグルに任せた。

「食糧が毎日用意されているのはありがたいですが、パンとスープばかりじゃあ飽きますね。

たまには肉か魚を食いたくなりますよ」

「酒も飲んでねえなあ。リンゴひとつありゃ酒がつくれるのに」

兵のひとりが笑いながら愚痴《ぐち》っぽく言うと、他の兵がすかさず茶化《ちゃか》す。

「酒になる前に食っちまうだろう、おまえ。俺なら服の穴をふさぐ当て布がほしいな」

「もしも当て布をもらえたら賭け代に使うんだろう、おまえさんは」

また別の兵が皮肉をぶつけて、場が笑いに包まれた。

彼らは、不満を冗談や戯《ざ》れ言《ごと》で薄めることに慣れている。それに、まだ話題を選ぶ余裕もあった。同席しているのがティグルだけだったら、女がほしいという話も出ていただろう。

——放っておくわけにもいかないか。

ともすれば聞き流してしまいそうな、ささやかな要求だが、こうした不満ほど大きくふくれあがりやすい。

「何もかもというわけにはいかないが、いくつかは善処してみよう。二、三日後には町で食糧を補充する予定だ。酒も手に入ると思う」

ティグルの言葉に、オード兵たちは無言で視線をかわした。誰が発言をするのかを押しつけあっているようだ。ほどなく、ロイクが不安そうな顔でティグルを見つめた。

「ティグル様、俺たちはこれから王都を攻めに行くんですよね。俺は王都に行ったことがあるんですが、あのでかい城壁には度肝《どぎも》を抜かれました……」

大男のロイクが肩を縮こまらせて言うのだから、受けた衝撃の大きさが想像できる。他のオード兵も、声を低めてティグルに尋ねた。

「バシュラルが率いている兵は、俺たちよりずっと多いって聞きました。ぴかぴかに磨かれた剣と甲冑がずらっと並んでるとか……。勝てるんでしょうか」

ティグルは彼らの顔をゆっくりと見回した。

「俺たちだけでは勝てないな。王都の城壁を越えることもできないだろう。――だが」

少しだけ力をこめて、言葉を続ける。

「レグナス殿下の軍が南から王都を目指しているという話は、おまえたちも聞いてるだろう。殿下の軍には、あの黒騎士殿がいる」

黒騎士の異名に、オード兵たちは顔を輝かせた。ティグルは心の中でロランに感謝する。ひとに勇気を与えられる者こそが勇者であるというのは、誰の言葉だったか。

そのとき、それまでほとんど発言しなかったミラが口を開いた。

「あなたたちも、自分が思っているほど弱くない。私たちはティエルセで負けたけど、オードで勝ち、パーニアでも勝った。私やティグルヴルムド卿、総指揮官のリュディエーヌ殿の力だけで掴みとった勝利ではないわ。もっと自信を持ちなさい」

抑制のきいた静かな声は、彼らの心を激しく揺さぶった。ロイクも感激に顔を赤くし、拳を強く握りしめて、「は、はい」と声を震わせる。

「俺たちはそろそろ行く。スープの礼に、あとで兎の干し肉を持ってくるよ」

立ちあがりながらティグルはそう言ったが、兵たちはぼんやりとうなずいただけだった。

彼らから充分に離れたところで、ティグルは隣を歩くミラにささやく。

「さすがだな。惚れ直した」

兵たちに語りかけていたあのとき、彼女は間違いなく戦姫であり、凍漣の雪姫だった。

「あなたが言おうとしていたことを先に言っただけよ」

横を向いてそう答えたミラの頬は、かすかに赤く染まっている。その反応を可愛らしいと思いながら、ティグルは首を横に振った。

「誰が言っても同じように響く言葉なんて、俺はないと思う。上手くは言えないんだが……」

そこまで言ったとき、離れたところからティグルを呼ぶ声がした。

見ると、リュディが小走りに駆けてくる。頭の後ろで結んだ長い銀色の髪が大きく揺れ、碧と紅の瞳は活力にあふれていた。彼女も異彩虹瞳の持ち主なのだ。

小柄な身体つきをしているが、リュディはティグル、ミラと同じ十八歳だ。白と黒を組みあわせた軍衣をまとっており、右脚は黒い薄地の布に、左脚は橙色の布に包まれていた。

「おはようございます、ティグル、ミラ」

明るい笑顔で挨拶をしてから、リュディは無造作にティグルの胸元へと顔を寄せた。

「かすかにスープの匂いがしますね。もう朝食はすませたんですか?」

「ついさっきな。しかし、そんなに匂うか？」

「私は鼻がききますから。チーズを匂いでかぎわけるときに便利ですね」

得意そうに、リュディは胸を張る。彼女はチーズが好物ではあるが、職人などではない。それを思えば驚くべき才能かもしれなかった。

「それじゃ、朝の会議をはじめましょう。もうローダント伯爵とソフィーは私の幕舎に来ていますから。あとはオルガとリーザですが……」

ソフィーというのは、ソフィーヤ＝オベルタスの愛称だ。リュディははじめのうちこそ「ソフィーヤ殿」と、呼んでいたが、今日までの間に打ち解け、愛称で呼ぶようになっていた。

彼女の言葉にティグルとミラは顔を見合わせる。ミラが肩をすくめて答えた。

「あの二人は川で泳いでいたから、放っておきましょう。私たちだけで充分よ」

「泳ぎですか。いいですね」

リュディがうらやましそうな顔で空を仰いだ。春が過ぎて、日中は徐々に暑くなっている。一軍を率いる身でなければ、泳ぎたい気分だろう。

「日が沈んだあとで水遊びをするのはどうだ。気分転換にもなると思う」

遊撃隊の兵の数は、約六千。水を確実に調達するためにも、川から大きく離れたところに幕営を築くことはできない。だから、暗くなってから川に行くのは可能だった。

「昔みたいにいっしょに泳ぎますか？　まわりが暗ければ問題ないですし」

いたずらっぽくリュディが笑いかける。それに対してティグルが何か言うよりも先に、ミラが横から口を挟んだ。

「私がつきあってあげる。ティグルは手癖が悪いから、暗くても安心できないわよ」

前科のあるティグルはまったく反論できなかった。リュディも、ナヴァール城砦の地下での出来事をはじめ、旅の中でのあれこれを思いだしたらしく、頬を赤らめて目をそらす。

「そ、そうですね……。この話はまた今度にしましょうか」

三人はリュディの幕舎に向かう。ふと、思いだしたようにリュディが言った。

「そういえば、ティグルに朗報です。あなたに弓を教わりたいという兵たちがいるんですよ。さすがです。ご褒美に秘蔵のチーズを少しあげますね」

「弓を？」

これにはティグルだけでなく、ミラも驚いた。リュディは「はい」と、大きくうなずく。

「数は八人。みんな、諸侯が自分の領地から連れてきた兵士で、弓への忌避感はあまりないようです。理由を聞いてみたんですが、あなたの活躍を見て弓に興味を持った者と、敵の弓使いの恐ろしさから、対策を考えなければと思った者が半々というところですね」

敵の弓使いというのは、タラードのことだ。かつてはアスヴァールの将だったが、いまはバシュラルに協力している。どのような経緯でそうなったのかは不明だが、一軍を任されていることから考えても、彼がバシュラルに信頼されているのは間違いなかった。

　タラードの弓の技量はティグルに匹敵するもので、遊撃隊がバシュラル軍に敗北したティエルセの戦いでは、部隊長を次々に射倒して遊撃隊の動きをかき乱した。混乱の渦に叩きこまれた兵たちの恐怖は、尋常ではなかっただろう。

「だが、教わりたいと言われてもな……」

　戸惑い、ためらうティグルの背中を押すように、ミラが微笑を浮かべた。

「いいんじゃないの。オルミュッツにいたころ、何人かに弓を教えていたでしょう」

「そうだな……」

　ティグルは笑顔をつくって応じたが、本心をいえば、素直に喜ぶ気にはなれなかった。

　興味を持ってくれるのは嬉しいが、心の底に弓矢を侮《あなど》る気持ちがあるのなら、どう学ぼうと中途半端になるだろう。また、彼らが真剣だったとしても、周囲の蔑《べっ》視《し》が冷水となって熱意を消しにくるのが容易に想像できる。オルミュッツとはそこが決定的に違うのだ。

　——いや、悪い方にばかり考えるのはよくないな。

　以前、側近のラフィナックにもこぼしたが、自分がいままでブリューヌに背を向けて生きてきたのはたしかだ。これも、この王国に向きあう機会だと考えるべきかもしれない。

「ひとまずやるだけやってみなさい。愚痴ぐらいは聞いてあげるから」

　ミラが笑って励ませば、リュディも力強く応援する。

「だいじょうぶですよ。私が全力で補佐します」

「ありがとう、二人とも」

照れているのをごまかすように、くすんだ赤い髪をかきまわして、ティグルは二人に心からの礼を言う。ちょうど幕舎が見えてきた。


幕舎に入ったティグルたちが見たものは、灰色の髪と髭を丁寧に撫でつけ、いつになく凛々しい顔をして壁を睨みつけているマスハス＝ローダントと、丁寧な手つきで羊皮紙に絵筆を走らせているソフィーの姿だった。

「おお、来たか、ティグル」

マスハスはティグルを見て顔をほころばせたが、すぐに謹厳《きんげん》な顔つきに戻る。ソフィーが微笑を湛《たた》えて言った。

「ローダント伯爵、絵はほとんどできあがりましたから、もう動いてもかまいませんわ」

「そうでしたか。絵を描いてもらうなどはじめてのことで、緊張しましたな」

どうやらリュディがティグルたちをさがしに行っていた間、マスハスはソフィーに肖像画を描いてもらっていたらしい。ティグルが見せてもらうと、そこには二、三割増しで美化されたマスハスが描かれていた。

「ちょっと格好よすぎるんじゃないか？」

ティグルが遠慮なく感想を述べると、マスハスは上機嫌で首を横に振る。

「いやいや、ティグルよ。たしかにソフィーヤ殿の腕前は見事と言うほかないが、これほどありのままを描きだしたものはないぞ。いや、魂を描きだしたと言うべきか」

ティグルは「はあ」と、気のない返事をしつつ、そっとソフィーに視線を送った。彼女は小首をかしげて口元に笑みをにじませる。やはり、いくらか誇張《こちょう》したようだ。

マスハスは五十七歳。ブリューヌ北部にあるオードの地を治める領主貴族である。

彼は早くから遊撃隊に協力し、遊撃隊がティエルセの戦いで敗北したときも、喜んで受け入れた。この老伯爵がいなければ、ティグルたちは再起を果たすことなどできなかっただろう。まさしく恩人だった。

ソフィーもまた、不思議な巡りあわせで遊撃隊に加わっているひとりだ。

彼女とリーザは昨年の冬までアスヴァールにいたのだが、何らかの出来事によって記憶を失ったリーザを守るために、ソフィーはブリューヌにやってきたのである。しかし、ティグルたちと偶然再会して、その窮状を知ると、彼女は迷うことなく力を貸してくれた。

外交のために何度もブリューヌを訪れたことのあるソフィーには、ティグルやミラにはない人脈があり、彼女は親しい貴族や諸侯に手紙を送って遊撃隊への協力を求めた。そうしてソフィーもまた、遊撃隊には欠かせないひとりになったのだ。

「リーザとオルガはどうしたの？」

ソフィーに聞かれて、ミラが説明する。ソフィーは「あらあら」と、笑った。

「二人いっしょなら安心ね。オルガにはあとでお礼を言わないと」

「あの子は軍議に参加した方がいいと思うけどね」

ミラが苦笑する。オルガも戦姫として、いずれは自分の治めるブレストに帰るのだから、軍議などの経験は少しでもあった方がいいはずだ。もっとも、リーザとの交流もいましかできないものであり、どちらを優先すべきかは難しいところだった。

二人が話している間に、マスハスが何枚かの地図を絨毯の上に広げ、リュディが人数分の飲みものとチーズを用意する。飲みものは水でかなり薄めた葡萄酒《ヴィノー》だ。

五人で地図を囲むように座る。マスハスが口を開いた。

「現在、わしらがいるのはガルランドという地だ」

「兵の数は約六千。歩兵が五千、残りが騎兵というところですね。パーニアを発ったときは四千弱だったことを思えば、おおいに戦力が増強されました」

リュディが誇らしげな笑みを浮かべる。遊撃隊に勝機があると考えた幾人かの諸侯が、兵を率いて協力を申してできたのだ。

「食糧も用意してほしかったけどね」

ミラの皮肉に、他の四人はそれぞれ大きくうなずいたり、諦観の笑みを浮かべたりした。

兵に食糧と武器を用意できてこそ、軍は成り立つ。ところが、戦列に加わった諸侯たちのほとんどはせいぜい二、三日分の食糧しか持っていなかった。それが尽きたら、遊撃隊に食糧を用意してもらうつもりだったのだ。

この問題を解決したのは、総指揮官たるリュディだ。彼女は二つの手を打った。

まず、大貴族たるベルジュラック公爵家の名を使って、周辺から食糧をかき集めた。

次《つ》いで、これから王都に向かうまでの間に立ち寄る予定の町へ使者を送り、六千の兵の胃袋を満たすだけの食糧を購入するので、必ず用意しておいてほしいと頼んだのである。

略奪もしなければ徴発も行わない遊撃隊が食糧を安定して手に入れ、形を保っているのは、リュディの努力とベルジュラックの名に依るところが大きい。彼女がいなかったら、遊撃隊は三千以上の勢力になれなかったか、崩壊していただろう。

「とはいえ、油断はできん。わしやソフィーヤ殿が調べたところ、バシュラルは王都に二万以上の兵を集めたという話じゃからの。さて、ここからどのように軍を進めるかだが……」

一枚の地図に手を伸ばしながら、マスハスがそこまで言ったときだった。幕舎の外から、見張りの兵がリュディを呼んだ。

「閣下、ガヌロン公爵の使者と名のる者が、閣下にお会いしたいと申しています」

ティグルたちは顔を見合わせる。驚いていない者はひとりもいなかった。

「会いましょう。ただし、少し待ってもらいなさい」

待たせるのは、もったいぶってのことではない。戦姫たちの存在を隠すためだ。

緊迫した空気が満ちる中、リュディの色の異なる瞳には戦意が輝いていた。

†

昼近くの暖かな陽射しを浴びながら、草原に挟まれた街道を進む二つの騎影がある。ティグルとオルガだ。二人はこの先にある橋を目指して、馬を走らせていた。約六千の兵が渡っても耐えられそうな橋かどうか、調べるためだ。周辺の偵察も兼ねている。

なぜ、ティグルがこのような役目を引き受けたのかといえば、遊撃隊が進軍を中断せざるを得なくなったからだ。加えて、ティグルの胸中には怒りが渦巻いている。考えごとをするにしても、幕営の中では落ち着いていられそうになかった。

「人質か」

オルガがぽつりとつぶやく。ガヌロンの使者の要求を、ティグルはその場にいなかった彼女に説明していたところだった。

「ああ。ベルジュラック公爵ラシュロー卿が、王宮の楽しい暮らしを捨てたくない、しかし一人娘には何としてでも会いたいと言うので、ガヌロン公爵が自分を遣わしたと、使者はそう言った。リュディが望むなら、彼女だけを王宮に迎えいれる用意があると」

怒りも露《あら》わに、ティグルは吐き捨てる。ラシュローがそのようなことを望むはずがない。ティグルは彼に会ったことはないが、そのぐらいはわかる。

軍を解散して降伏しなければ父親の命はないと、ガヌロンがリュディを脅しているのだ。

「その使者はどうした？」

「帰さざるを得なかった」

使者を拘束したら、それを理由にラシュローを殺害される恐れがあるからだ。

ガヌロンの使者が帰っていったあと、リュディは幕営を引き払わず、そのままにするようマスハスに頼んだ。今日は進軍せず、ガルランドに留まるということだ。

「夕方にもう一度、軍議を開きます。そのときに、これからの行動を決めます……」

苦渋に満ちた顔と、消え入りそうな声でリュディは言い、その場は解散となった。

リュディが父を尊敬し、ラシュローもまた娘を愛していることを、ティグルは知っている。

彼女がナヴァール城砦の隠し通路やシャルルの抜け道について知っていたのは、父から教わったからだ。ラシュローは、知るかぎりのことを娘に伝えていたのだろう。

幕舎から動こうとしない彼女の背中に、ティグルは声をかけなかった。

いま必要なのは、下手な慰めの言葉ではない。彼女のために考えることだ。

その後、ティグルはマスハスに頼まれて、偵察に出た。オルガは、ティグルが馬に乗ろうとしているところに居合わせて、半ば勝手についてきたのだ。

「公爵閣下は父の恩人だ。俺は、できれば閣下をお助けしたい」

春の半ばごろ、王宮に滞在していたウルスとオルガに逃げるようにと言ってくれたのは、ラシュローだった。もしもウルスたちが王宮に留まっていたら、ガヌロンの襲撃に巻きこまれていたかもしれない。

「とはいえ、どうすればいいのか、いまのところはさっぱりだ。リュディの動きにも気をつけないといけないいんだが……」

オルガが首をかしげてこちらを見上げる。ティグルは困った顔で説明した。

「リュディはひとりで王宮に乗りこみかねない」

王子の護衛であるにもかかわらず単独で行動し、情報収集のためにナヴァール城砦に潜りこむような娘である。無謀さは保証つきだ。オルガは納得して大きくうなずいた。

「でも、あの城砦と王都は全然違う。大きさも、城壁の高さと厚みも」

彼女の言葉を聞きながら、ティグルは今朝、ロイクたちと話したことを思いだす。豪胆な彼でさえ、王都には圧倒されていた。

それに、敵はガヌロンだけではない。バシュラルが大軍を従えて王都を守っている。

「ベルジュラック公爵は、生きていると思う？」

簡潔かつ率直な質問をぶつけられて、ティグルは彼女らしいと思いながら、空を仰いだ。

「わからないが、生きていると思いたい」

生きているとしても、ラシュローが無事でいる可能性はきわめて小さいだろう。何しろ王宮の主は、非道さにおいても王国で一、二を争うガヌロンだ。

「リュディは遊撃隊を解散するのか？」

続いての質問に、ティグルは首を横に振る。

「この手の要求を呑めばどうなるか、リュディだってわかってるはずだ」

もしもリュディが単独で王都を訪れたら、ガヌロンは喜んで彼女を処刑し、総指揮官を失った遊撃隊を潰しにくるだろう。

「でも、呑まなければ公爵は死ぬ」

「そうだ。俺たちが進軍しても、すぐに公爵の命を奪うことはないと思う。こちらが素直に従うとも思ってないだろうし、もう一度ぐらい牽制してくるはずだ。だが、このまま王都までの距離を縮めていけば、やつは容赦なくやる。リュディに、父を見捨てろとは言えない」

鞍に差している黒弓の弦を、ティグルはもてあそぶ。今度はこちらから聞いた。

「オルガはベルジュラック公爵にお会いしたことがあるんだったな。どんな方だった？」

馬上でオルガは首を右に傾ける。三つ数えるほどの間を置いて、今度は左に傾けた。

「五十歳ぐらいの、強そうなひとだった。たぶん、わたしより強い」

「リュディの話だと、かつてナヴァール騎士団の団長を務めていたそうだからな」

ナヴァール騎士団が精強で知られるのは、昔からだ。隙あらば西方国境を侵してくるアスヴァール軍とザクスタン軍を退け続けて、身につけた強さだった。

そんなふうにあれこれ話しあっていると、目的の橋が見えてきた。

ティグルは考えを切り替え、橋に近づいて観察する。使われている板は厚く、幅も広い。足場もしっかりしている。大軍が渡るのに支障はなさそうだった。

「春の大水に耐えただけはあるな」

冬の間に積もった雪や凍った川が、春の訪れによって解け、雪崩や洪水を起こすことを、ブリューヌではそう呼んでいる。ティグルは満足そうにうなずくと、オルガとともに橋の中央まで進んだ。橋の向こうに広がっている草原を用心深く見つめる。

「敵の姿はなさそうだな。オルガはどうだ？」

オルガは首を横に振った。騎馬の民である彼女は目がよく、観察力もある。彼女とティグルの二人がかりで何も見つけられないなら、敵が潜んでいる可能性はないと思っていい。

「よかった。この橋を渡れなかったら、大きく迂回しないといけなかったからな」

むろん、現状ではいつ進軍を再開できるのかわからないが、だからこそ、いつでも行動できるように備えておくべきだった。

戻るべく、ティグルは馬首を巡らせる。その脳裏に、ふと閃くものがあった。

「迂回か……」

いくつかの情報が頭の中に浮かび、組みあわされて、ひとつの案としてまとまる。

隣で馬を進めるオルガを、ティグルはまじまじと見つめた。彼女が投げかけてきた数々の質問に答えたことで、いくらか落ち着いて考えを整理できた気がする。それが意図的なものだったのかはわからないが、ティグルは礼を言った。

「ありがとう、オルガ」

オルガが身体を傾けて、頭をこちらに向ける。

ティグルはそっと手を伸ばして、彼女の頭を撫でた。


ティグルとオルガが偵察に出ていたころ、ミラとリーザは遊撃隊の幕営から一ベルスタ（約一キロメートル）ほど離れた草原で、対峙していた。

ミラは蒼い軍衣をまとい、リーザは濃紫を基調として、随所に薄紫や金色をちりばめたドレスに身を包んでいる。ミラの軍衣にはわずかな汚れがついているぐらいだが、リーザのドレスは袖からスカートから泥だらけだった。

二人はおたがいに長柄の棒をかまえている。リーザの右腕には黒い義手があった。彼女の竜具であるヴァリツァイフが巻きついて、手を形作っているのだ。

そして、二人から十数歩ほど離れたところで、ソフィーが見守るように立っている。

「行くよ！」

リーザが叫んで地を蹴り、ミラに打ちかかる。ミラは手に持っている棒で、強烈な一撃を難なく受け流した。そのあともリーザは矢継《やつ》ぎ早《ばや》に攻撃を繰りだすが、ミラはそのことごとくをかわし、あるいは弾き返して、身体にかすらせもしない。

「そろそろ、こちらからいくわよ」

青い髪をひるがえして、ミラが攻めに転じる。踏みこみの鋭さといい、刺突の速さといい、驚くべき動きだった。リーザは懸命に避け、あるいは棒で受けたが、たちまちのうちに防戦一方に追いこまれる。顔中を汗で濡らしながら、彼女は懸命に反撃の機会をうかがった。

ミラが棒を左から右へと薙いで、リーザに足払いを仕掛ける。強烈な、しかし隙のできやすい大振りの一撃を、リーザは後ろへ跳んでかわした。

「これはどう!?」

ミラが距離を詰めるより先に、リーザは義手で持った棒をまっすぐ突きだす。

刹那《せつな》、義手がほどけて、先端に棒を絡めた一本の鞭となった。腕が驚異的に伸びたようなもので、ふつうなら届かないはずの距離を、強引に届かせる。

これにはミラも意表を突かれた。かろうじて棒をかわしたものの、体勢を崩す。リーザは鞭を操って棒を引き戻しながら、この機を逃さじとミラに躍りかかった。

ミラはとっさに地面を転がってリーザの一閃から逃れる。だが、身体を起こしたところへ第二撃が来た。正面からの一突きだ。

今度はリーザが驚く番だった。ミラは、リーザの棒を自分の棒に絡めて巻きとり、地面に叩き落としたのだ。一撃目を避けたのは、正面から突かせるためだった。

「まいった。まいりました」

リーザは素直に負けを認める。そして、棒を拾いあげると、すぐに元気を取り戻した。

「じゃあ六戦目をやろう！　いままで全部私が負けてるけど、次で勝ったら私の全勝ってことでいいね！」

「そんなに勝ちたいなら、せめてあなたの得意なもので勝負しなさいよ」

あまりにずうずうしい要求に、さすがにミラは呆れた顔で答えた。こちらにも自尊心というものがある。手加減はするが、それでも長柄の武器を使った手合わせで負けるつもりはない。

「二人とも、そろそろ休憩にしましょう」

ソフィーが手を叩いて、ミラたちに呼びかけた。彼女の足下には楕円形の籠があり、その中には焼き菓子や銀杯、それから葡萄酒や水を入れた革袋が入っている。

さきほどまでの意気込みを躊躇なく放り捨てて、リーザはソフィーのもとへ駆けていく。ミラもため息まじりに彼女のところへ歩いていった。

三人の戦姫は、籠を囲むように地面に座る。水を注いだ銀杯をソフィーから受けとると、ミラは一息に飲み干した。喉を通過していく水の冷たさが気持ちいい。

「それで、どうして急に手合わせをしたいなんて言ってきたの？」

一息ついて、ミラはリーザに尋ねる。この手合わせは異彩虹瞳の戦姫が望んだものだった。

さっそく焼き菓子を頬張っていたリーザは、菓子くずを飛ばしながら答える。

「私は急いで強くならなきゃいけないの」

色の異なる瞳に怒りと闘志を輝かせて、鼻息も荒くリーザは続けた。

「あの魔物が来たら、今度こそ倒してやるんだ」

トルヴィリエの地で、ティグルたちがタラードの軍とぶつかりあっていたとき、リーザとソフィーはバーバ＝ヤガーという魔物と戦っていた。二人によれば、人間に化け、空を飛び、炎や吹雪を操る恐ろしい魔物だったという。

リーザはバーバ＝ヤガーを撃退したものの、せいぜい一撃を与えたていどに過ぎないことをわかっており、遠くないうちにまた戦うことになると確信していた。

「その意気込みは立派だけど、なおさら鞭の腕を磨くべきでしょう」

「鞭は完璧」

得意そうに、リーザは胸を張る。だが、口のまわりが菓子くずだらけでは、微笑ましさしか感じられなかった。ソフィーが甲斐甲斐《かいがい》しく彼女の口を拭ってやる。

「あなた、リーザを甘やかしすぎじゃない？」

顔をしかめるミラに、ソフィーは淡い金色の髪を揺らして微笑んだ。

「これはがんばっているリーザへのご褒美よ。それに……」

微笑を消し、真剣な表情でソフィーは続ける。

「あなたが言うように特技を伸ばすのもひとつの手だけれど、浅く広く技を身につけるのも悪くない手だと思うわ。わたくしたちが一対一で魔物に勝つのは難しい。アスヴァールで戦ったトルバランもそうだったでしょう」

「そうね……」と、ミラは微量の苦みを含んだ顔でうなずいた。

トルバランだけではない、ムオジネルで戦ったルサルカも、ザクスタンで戦ったズメイも、ミラひとりではとうていかなわない相手だった。ミラにとって犬猿の仲であるエレンことエレオノーラ＝ヴィルターリアも、ひとりではレーシーに敗れて、捕らわれている。

リーザが焼き菓子に夢中になっているのを視界の端で確認して、ソフィーは言った。

「もしもリーザが一対一で魔物と戦うことになったら、どんな手を使ってもいいから、一瞬でも長く生き延びてほしいの。助けが間にあうように」

「わかったわ」

肩をすくめて、ミラはうなずいた。彼女にここまで言われてしまったら、もう少しリーザにつきあうしかなさそうだ。これからは、回避や防御を重点的に教えよう。ひとつでも記憶の片隅に残って、いざというときに彼女が助かるように。

焼き菓子をかじりながら、リーザがこちらに顔を向ける。金色の瞳と碧色の瞳が、不思議そうな輝きを放ってミラを見ていた。ミラは彼女の頭をそっと撫でる。

「いい？　困ったときは、遠慮せずに誰かに助けを求めなさい。それは恥ずかしいことでも何でもないの。あなただって、いままで誰かに助けを求められたら応えてきたでしょう」

口をむぐむぐと動かしながら、リーザはうなずいた。

「ところで、遊撃隊の方はだいじょうぶなの？」

焼き菓子をつまみながら、ソフィーが話題を変える。ミラは、そちらについては何も問題ないというふうに、あっさりとうなずいた。

「きっと、ティグルが何か考えてくれるわ。だから心配はいらない。一応、私もひとつぐらい案を用意しておこうと思ってるけど」

「それならいいけれど、もしもティグルの考えが上手くいったら、リュディはますます彼のことが好きになるんじゃないかしら。あなたはそれでいいの？」

首をかしげながら聞いてくるソフィーに、ミラは声を詰まらせる。

「も、問題ないわ。だって、ティグルだもの……」

どうにかそう言葉を返したものの、ミラの声音はいつにも増して不安定だった。

†

西の空を金色に輝かせ、草原を朱色に染めあげながら、太陽が沈んでいく。

ベルジュラック遊撃隊の総指揮官の幕舎には、ティグルとミラ、リュディ、ソフィー、マスハスの五人が集まっていた。オルガとリーザは朝と同じく欠席である。

「兵たちの様子はどうですか？」

リュディが真っ先に聞いたのは、そのことだ。答えたのはマスハスだった。

「とくに動揺などは見られん。敵の使者が来ることも、行軍を中断することも、戦ではよくあることじゃからな。だが、何日もこのままというわけにはいくまい」

マスハスは謹厳な表情をつくって身を乗りだす。間を置かずに言った。

「リュディエーヌ殿、わしをいくらでも罵ってくれてかまわぬ。斬られても仕方ない。だが、あえて申しあげる。お父君は見捨てるべきだ」

リュディが両目を大きく見開いて頬を紅潮させ、腰を浮かせかける。しかし、彼女はその姿勢でどうにか踏みとどまって、殴りかかろうという衝動をおさえた。マスハスが年長者の役割として、汚れ役を引き受けたのはあきらかだった。

「……他に意見はありますか」

努力してリュディは言葉を紡ぎ、他の三人を見回す。ティグルが口を開いた。

「ひとつ、聞いてほしい考えがある」

リュディが絨毯の上に座り直すのを確認すると、ティグルは視線でマスハスに謝罪する。彼より先に意見を述べるつもりでいたのに、出遅れた。もしかしたら、老伯爵は言いたくもないことを言わずにすんだかもしれなかったのに。

ともかく、ティグルは用意していた地図を皆の前に広げた。王都ニースを中心に描かれたものだ。リュディが訝《いぶか》しげな視線をティグルに向ける。

「救出のための部隊を組織して、王都に潜入させようというのですか？」

「それはたぶん無理だ。王都を見たことがあるひとは、誰もがそう言った」

「私自身で試してみましょうか。ナヴァール城砦だって何とかなったんですよ」

リュディは憤然として反発した。捕らえられているのが父親でなければ、彼女もここまで感情的にはならないだろう。それがわかっているので、ティグルは穏やかな表情で応じる。

「試すのは、俺の考えを聞いてからでも遅くないだろう」

王都の南側を指で示しながら、ティグルはマスハスに確認した。

「マスハス卿、レグナス殿下の軍は、王都の南側にいるはずですね」

「うむ。しかし、南側のどのあたりにいるのかはわかっておらん。兵力についても五千から八千という話で、ここからだと正確な数字をつかむのは難しい。あと、南側にはテナルディエ公爵の軍もいるという話じゃが、こちらもわかっていることは少ない」

偵察隊が王都の南側へ向かおうとすれば、王都の近くを通過せざるを得ず、こちらの動きを警戒しているバシュラル軍に見つかりやすくなってしまう。バシュラル軍を避けて大きく迂回することはできるが、それでは日数がかかりすぎる。

バシュラル軍が敵の動向をほぼ正確につかんでいるのに対して、遊撃隊がレグナス軍やテナルディエ軍についていまひとつ把握できていないのは、そのためだった。

「俺が考えているのは、ベルジュラック遊撃隊をなくしてしまうというものだ」

ティグルの言葉に、リュディが愕然とした顔になる。ソフィーとマスハスも目を瞠《みは》った。ミラだけは落ち着いた表情で、ティグルの言葉の続きを待っている。

「ど、どういう意味ですか？」

リュディが困惑した顔で説明を促す。ティグルは地図の上で、北から南へと指を動かした。

「五、六人……いや、三、四人ほどで王都の脇を突っ切って、南側へ出る。そして、レグナス殿下の軍をさがし、王都を迂回して北側に来てもらう」

「む……！」と、リュディが頬を紅潮させて、大声を張りあげた。

「無茶ですよ！　位置もろくにわかっていない軍をさがすなんて！」

「そうは思わない」

リュディの顔を見据えて、淀みのない口調でティグルは言葉を続ける。

「殿下の軍は、隠れながら動いているわけじゃない。むしろ、味方を集めるために自分たちの存在を主張しているはずだ。南側まで出れば、時間をかけずに居場所をつかめると思う」

「ふむ。それで、王都を迂回してこちら側まで来ていただくとは？」

マスハスが興味深そうに聞いた。

「ベルジュラック公爵に人質としての価値があるのは、リュディがこの遊撃隊の総指揮官だからです。リュディが総指揮官でなくなれば、少なくとも公爵を人質として使うことはできなくなる。殿下の軍に、遊撃隊を一部隊として吸収してもらうんです」

「それなら、私が今日にでも遊撃隊を去ればいいのでは……」

「あなたがここでいなくなったら、誰が遊撃隊を統率するのよ」

　ミラが叱るような声音で横から口を挟んだ。

「はっきり言ってしまうけれど、ティグルも、ローダント伯爵も、よくて代理の指揮官ぐらいしか務まらないわ。他の諸侯については言うに及ばずね。あなたの代わりができるのは、それこそレグナス殿下しかいないわよ」

「それに、遊撃隊の食糧事情を支えているのはベルジュラック公爵家でしょう。他の諸侯ではこれほどの信用は得られないと思うわ」

　ソフィーも控えめな口調で言い添える。リュディは言葉に詰まったが、地図を見つめて反論の糸口をつかんだらしく、ティグルに向き直った。

「でも、殿下の軍は王都をまっすぐ目指しているはずです。迂回なんて……」

「そこは殿下にお伺いしてみなければわからないが、可能性はある」

　地図上の王都に、ティグルは冷静な視線を向ける。

「殿下の軍とバシュラル軍の兵力差が俺たちの知っている通りなら、殿下は戦いよりも味方を増やすことを優先されるだろう。何より、王都を戦場にすれば民衆が巻きこまれる。殿下がそれをよしとなさるとは思えない」

「私から見ても、堅固な城壁を持つ王都を、少ない兵力で無理に攻めるよりは、あえて距離をとることで敵を王都から誘いだし、野戦で決着をつけた方がいいと思うわ」

ティグルの考えを後押しするように、ミラが補足気味に言った。

ようやく冷静さを取り戻してきたのか、リュディは静かに考えこむ。

「遊撃隊は、殿下の軍が来るまでこのガルランドに留まるのですか？」

「いや、動かないのはかえって不自然だ。こちらが悩んでいると相手に思わせるように、ゆっくりと進む。そして、このヌーヴィルの町に留まる」

ティグルは地図の一点を指で示した。ヌーヴィルは、ここから三日ほど南下した先にある。王都から見れば、北東に向かって三日というところか。

地図から顔をあげて、ティグルはリュディを見つめた。

「公爵閣下を救出できる手じゃない。閣下の安全を確保できるものでもない。だが、俺にはこれしか考えられなかった」

幕舎の中に沈黙の帳が下りる。しかし、それは重苦しさをさほど感じさせなかった。

「――ありがとうございます、ティグル」

リュディが微笑を浮かべる。疲労感がにじんではいたが、それは本心からのものだった。

「ヴォルン伯爵が届けてくださった父の手紙に書いてあったことを、思いだしました」

はじめたからには己の手で終わらせろ。

ラシュローが娘に宛てた手紙の、最後の一文だ。

「私が遊撃隊を組織したのは、殿下のお役に立つためでした。殿下の軍と合流し、その一部隊として組みこまれるなら、遊撃隊は役目をまっとうしたといえるでしょう。そして、そのことが少しでも父の助けになるなら……。私はあなたの案でいきたいと思います」

それから、リュディはミラたちを見回し、深く頭を下げる。

「取り乱してしまってごめんなさい。皆さんに迷惑をかけてしまいました」

「こんな事態だもの、仕方がないわ」

ミラが気にしていないというふうに言葉を返し、ソフィーもうなずいた。マスハスは無言で一礼したが、その顔つきは穏やかなものになっている。

「それでは細部を詰めていきましょう。ティグルは三、四人ほどで殿下の軍に向かうと言いましたが、その人選は考えていますか？」

リュディが聞いてきた。ミラが焦った顔でティグルを見る。ティグルは彼女の表情に気づいたものの、その意図までは読めなかった。ひとまずリュディの質問に、素直に答える。

「いや、これから決めようと思ってる」

すると、リュディは左右で色の異なる瞳を輝かせて叫んだ。

「わかりました。では、殿下のもとへは私が行きます！」

ティグルは呆気《あっけ》にとられた顔でリュディを見つめる。ソフィーとマスハスもだ。ミラだけが、額に手をやってため息をこぼした。


軍議を終え、自分の幕舎に戻ってきたティグルは、いっしょに来たミラに深く頭を下げた。

「すまなかった……」

「もう決まったことだから仕方ないわよ」

ティグルの後頭部を指でつつきながら、ミラはことさらに冷たい声音で突き放す。

軍議が終わったあとでミラが教えてくれたのだが、彼女もティグルとほぼ同じ考えを用意していた。すなわち、少数の部隊を編制して王子の軍に向かわせるというものだ。

ティグルの案と違うところは二つ。ミラは、リュディの代わりが務まりそうな人物を借りることができるなら、レグナス軍を北上させることにこだわらなかった。重要なのは、ティグルも言ったように、公爵の人質としての価値を失わせることにあるからだ。

もうひとつは、レグナス軍に向かう少数の部隊についてだ。リュディがこの案を聞けば、自分が動くと言いだすに違いない。そう考えたミラは、人選は決定済みなので総指揮官はおとなしくしているようにと言うつもりだった。

リュディの反応まで考えていなかったティグルは、最後の段階で詰めを誤ったのである。

「私たちも同行するから最悪の事態にはならなかったけど……。次からは、そこまで考えるよ
うにしなさい」

「肝に銘じておく」

リュディがレグナス軍へ行くと言ったあと、ティグルたちは懸命に彼女を説得した。総指揮
官が軽々しく動くものではない、急に姿が見えなくなったら兵たちが不安を抱くと。

リュディは胸を張り、こう言い放った。

「でも、この軍で、殿下と親しくさせていただいている者は私しかいないでしょう。私は名と
顔だけで殿下の前まで連れていってもらえます。誰よりも適任じゃないですか」

自慢げな顔だった。軍議をはじめた直後まではたしかにあった悲愴感は、微塵もない。

もっとも、リュディの主張は事実だった。マスハスがレグナスに声をかけてもらったのは、
光輪祭――新年を祝う祭りの場での挨拶ぐらいである。ミラやソフィーでは、ジスタートの戦
姫がなぜここにいるのかと怪しまれてしまう。

ティグルにしても、レグナスと会ったのは八年前だ。リュディによれば、レグナスはティグ
ルのことをしっかり覚えているそうだが、成長した姿まで知っているはずがない。

そのような次第で、一同は仕方なくリュディが軍を離れることを認めたのだった。

彼女には、ティグルとミラが同行する。これはミラの提案によるものだ。

バシュラルは、遊撃隊やレグナス軍の動きをつかむべく、王都の周辺に多数の兵を放って警

戒を強めているだろう。一度や二度は彼らに遭遇する可能性がある。

となれば、総指揮官には強力な護衛が必要である。加えて、リュディに何かあったときのために、名前と顔だけで王子のもとに通してもらえそうな者も同行させるべきだった。

そこで、遊撃隊の中で定まった役目を持たないミラと、ナヴァール騎士団団長ロランと親しいティグルが同行することになったのだった。

「――反省してる？」

ティグルが頭を下げてから百を数えるほどの時間が過ぎたころ、ミラが聞いてきた。その声に冷たさはない。「もちろんしてる」と、答えると、彼女はこう続けた。

「出発までしばらく時間はあるわね。ひとつ罰を受けなさい。それで許してあげる」

「わかった」

即答する。それで許してもらえるなら安いものだ。

「罰は、『毛皮の敷物の刑』よ。両手と両足を伸ばして仰向けになりなさい」

名前からはどのような罰なのか想像できなかったが、言われた通りにする。直後、やわらかな重みが身体の上に乗りかかってきた。ミラが倒れこんできたのだ。

「覚えてる？　公宮の私の部屋に、熊の毛皮の敷物があったこと」

ティグルの胸に、ミラが頭を乗せている。青い髪が、若者の両肩と顎を覆うように広がっていた。くすぐったい感触と甘い匂いに、身体が熱くなる。

「ああ。二人でよく毛皮の上に並んで寝転がったな」

過去の情景を思いだしながら、ティグルは彼女の背中に触れようと手を伸ばす。だが、ミラはその手をつまんで絨毯の上に戻した。

「だめよ、敷物が勝手に動いちゃ」

ようやく罰の意味がわかった。これは惚れた弱みを利用した、生殺しの刑だ。

彼女を抱きしめたいという衝動と、ティグルは懸命に闘わなければならなかった。こういうとき、冗談でも触れたりすれば、しばらく口をきいてもらえなくなる。

「かなり硬いけど、寝心地は悪くないわね」

からかうように笑って、ミラはティグルの身体の上で寝返りを打つ。ティグルは絨毯を両手で強くつかみ、苦しそうな顔で天井を見上げて、罰に耐え続けたのだった。


夜も更けたころ、旅支度を調《ととの》えたティグルとミラ、リュディは幕営を抜けだした。見送りに来たのはソフィーとオルガ、リーザだ。

ちなみにマスハスは、兵たちがこちらに来ないよう、離れたところで見張ってくれている。総指揮官と副長がにわかに姿を消せば不安を覚える者も出るだろうが、ベルジュラック公爵家に追加の支援を要請しに行くという、もっともらしい説明は考えてあった。

「気をつけてね。頼まれていたものはこれ」

励ましと気遣いの言葉をかけて、ソフィーがミラに一通の手紙を渡す。テナルディエ公爵に宛てたものだ。軍議が終わったあと、ミラが頼んでおいたのである。

テナルディエ軍について、遊撃隊はあまり情報を得られていない。これはレグナス軍の情報を優先的に集めるよう偵察隊に命じていたからで、仕方のないことではあった。

だが、テナルディエ軍が王都の南側にいるのはたしかであり、かなりの兵力を有していることは間違いない。接触する価値のある相手だった。

「ありがとう。使う機会があるかどうかはわからないけど」

「備えておくのは大事よ。それにしても、あなたも思いきったことを考えるわね」

リュディに聞こえないよう、ソフィーは声を潜める。

手紙の内容は、「ジスタートがレグナス王子に協力するので、テナルディエ公爵はブリューヌ南部の守りに専念してほしい」というものだ。

戦姫であるミラは、ジスタートにおいて大貴族に相当する立場にある。それでも、これは越権行為もいいところだ。ジスタート王と重臣たちはミラを責め、手紙をしたためたソフィーも非難をまぬがれないだろう。

「それぐらいでないと、テナルディエ公を引っかけられないわ」

ひとの悪い笑みを浮かべて、ミラは答えた。

テナルディエ軍がレグナス軍と別行動をとっているのは、レグナス軍に貸しをつくるためだろうと、ミラは推測している。レグナス軍が、テナルディエ軍の協力など不要になるほどの味方を得れば、テナルディエ軍は慌てて協力を申しでてくるはずだ。

「それに、バシュラルとレグナス殿下とでは、レグナス殿下がブリューヌの王になる方がジスタートにとってありがたいはずよ」

「ジスタートの国益にはなっても、あなたは責任を問われるわ。かといって、戦姫であることをやめることもできない」

戦姫が戦姫でなくなる条件は、竜具が戦姫のもとを去ることだ。戦姫が死ぬか、その言動によって戦姫たる資格を失ったときである。

「勝てばいいのよ」

おもいきり乱暴なミラの結論に、ソフィーは軽く目を瞠ったあと、小さく笑った。

二人の戦姫の隣で、ティグルはオルガと握手をかわしている。

「俺たちがいない間、頼むぞ、斧姫殿」

「任された」

ぶっきらぼうな口調で答えたあと、オルガは少し考えて付け加えた。

「魔物のことは心配しなくていい。わたしと、ソフィーと、リーザでやれる」

バーバ＝ヤガーについては、オルガも当然話を聞いている。ティグルはうなずいた。

「この戦が終わったら、オルガもアルサスに来てくれ。父も君に礼をしたがってるはずだ」

するとオルガは呆れた顔でティグルを見上げたものだった。

「女たらし」

ティグルは反応に困って、くすんだ赤い髪をかきまわした。

リュディを見送ったのは、リーザだ。「がんばって」と、いう言葉とともに差しだされたリーザの左手を、リュディはしっかり握りしめる。

「ありがとうございます。リーザも無理をしないよう鍛錬に励んでください」

リーザは手を離すと、まず自分の金と碧の瞳を、次いでリュディの碧と紅の瞳を指さした。

「幸せを運んでくれる目だから、絶対に成功する」

異彩虹瞳が幸運を運ぶというのは、リュディが以前、リーザに教えたものだ。リュディは微笑を浮かべて大きくうなずいた。

「ええ。私とあなたの二人分の幸運で、きっと何もかも上手くいきます」

ティグルたちは馬上のひととなり、暗がりにまぎれて幕営をあとにする。

「聞いてください。ティグル、ミラ」

三人で轡を並べて馬を進めていると、リュディが上機嫌で話しかけてきた。

「日が暮れたころ、我が家の従僕が母からの手紙を届けてくれたんです。私たちがパーニアを平定したのを知って、ようやく足取りがつかめたと言ってました」

「たしかにそれまでは転々としていて、どこにいるのやらという感じだったものね」

ミラが苦笑する。ティグルも同意してうなずいた。

「君のお母様は、何だって？」

リュディの母であるベルジュラック公爵夫人は、公爵家の娘として生まれ、しかるべき教育を受けてきたひとだ。ただ娘を気遣う手紙をしたためてきたとも思えない。

「父のことは気にするな、自分に任せて、やるべきことに集中しろと。考えてみれば、母が何もしないはずがありません。だから、私は自分のことに集中します」

「頼もしいお母様と思っていいのかしら」

「自慢の母です」

誇らしげな笑顔で、リュディはミラに答えた。

幕営から充分に離れたのを確認すると、三人は一列になって馬を走らせた。

†

王都ニースにおいて、夜明け前に目を覚ます者は少なくない。

朝の祈りの準備をする神官や仕込みをはじめる食堂の主人、城門が開いたら出発する予定の行商人、朝から仕事が入っている職人などがそうだ。

彼らの大半は、外に出ると、リュベロン山の中腹にたたずむ王宮を仰ぎみる。国王や王家に敬意を表する気持ちもむろんあるが、夜明けの光を浴びて輝く壮麗な王宮を見上げて、一日のはじまりを実感するのだ。

しかし、いま、王宮をそのような気分で見る者は皆無といっていい。先日は中止になったものの、またガヌロンによる処刑が行われる可能性は充分にあったし、いつ王都が戦場になるかもしれないと思うと、暗澹たる気分で王宮を見上げることしかできなかった。

そんな王宮の主であるガヌロン公爵は、早めの朝食をすませたあと、とある部屋に向かっていた。中に呼びかけることもなく、扉を開けて踏みこむ。

「ご機嫌いかがかな、ファーロン」

そこには二人の男がいた。ひとりはこの国の王であるファーロン＝ソレイユ＝ルイ＝ブランヴィル＝ド＝シャルル、もうひとりはベルジュラック公爵ラシュローである。ファーロンは椅子に座り、ガヌロンによって左脚の膝を砕かれたラシュローは、ベッドに横になっていた。

「たったいま、とても機嫌が悪くなったところだ、ガヌロン公」

ガヌロンを前にしてもひるむ様子を見せず、ファーロンは泰然と応じる。この二人には、以前にもいまの姿を見せたことがあるので、バシュラルのように驚くことはなかった。

「うむ。減らず口を叩く余裕があってけっこうなことだ」

捕まえた虫を観察する学者のような表情で、ガヌロンは国王を見つめた。

ファーロンをこの部屋に閉じこめる際、食事を与え、運動もさせるようにと部下たちに命じていたのだが、問題ないようだ。いくらか痩せているものの、血色は悪くない。

「今日は吉報を持ってきた。おまえの子が、軍勢を率いてこの王都に向かっている」

次いで、ガヌロンはラシュローに視線を向ける。ベルジュラック公爵は身体を起こして、強烈な敵意の眼光を叩きつけたが、ガヌロンは笑顔で受け流した。

「入り婿殿、おぬしの娘も遊撃隊を率いてパーニアを平定し、この王都を目指しているぞ。しぶとさは父親以上だな」

「……当然だな。あの子は、私などよりもよほど出来がよい」

驚くことでもないという顔をするラシュローだったが、ガヌロンが続けて発した言葉は、彼からいくばくかの冷静さを奪った。

「そこで、おぬしの娘のもとへ使者を送って、父親が会いたがっていると伝えておいた。父親思いの娘がはたして王宮に来るかどうか、私と賭けてみぬか？」

ラシュローの顔が怒りと屈辱に青ざめる。

両手を強く握りしめて感情をおさえながら、ファーロンが問うた。

「なぜ、私たちにそのようなことを教える？」

「むろん親切心だとも。子と再会する日が待ち遠しくなったであろう？」

二人は絶句する。ガヌロンが、レグナスとリュディエーヌの無惨な亡骸を自分たちに見せつける可能性を考えずにはおれなかった。

「貴様は……貴様だけは絶対に許さんぞ、ガヌロン」

ようやく怒りを言葉にして吐きだしたラシュローに、ガヌロンは冷笑を向ける。

「ひとりでは歩くこともままならぬ身でありながら、口先だけは威勢がいいな。おぬしはあくまで国王のついでで生きていることを忘れぬ方がよいぞ」

それから、ガヌロンはファーロンに視線を戻す。

「もう試したかもしれんが、自害はできん。おとなしく助けを待つことだ。囚われているのが四十過ぎと五十過ぎの男二人というのはちと興ざめだがな」

二人の顔色が変わったのを見て、ガヌロンはあざ笑うように口の両端を吊りあげた。

ファーロンたちには見えないが、この部屋にはガヌロンの配下の怪物が一体、控えている。いま言ったように、自害されるのを防ぐためだ。

客室をあとにしたガヌロンは、満足した表情を浮かべた。

――順調だ。遠からず、できあがるな。

ファーロンに与えている食事には、何種類かの薬草が混ぜてある。ある儀式に耐えられるようにするために。

だが、彼らはそのことに気づかないだろう。自分たちはあくまで人質として扱われていると思っているはずだ。それが現実的な判断というものである。

——もっとも、気を抜くことはできん。喜ぶのはすべてが上手くいったあとだ。

ガヌロンは静かに歩きだしたが、三歩と行かないうちに足を止めた。

十数歩先に、黒いローブをまとった三つの影が立っている。

目深《まぶか》にかぶったフードに隠れて顔は見えないが、人間ではないと、ガヌロンでなくともわかるだろう。それほどに異様な雰囲気を、彼らはまとっていた。

「キュレネーの方々か。何か用かな」

表情を消して、問いかける。キュレネーは、南の海を越えた先にある王国のひとつだ。ブリューヌ人のような白い肌を持つ者と、ムオジネル人のような褐色の肌を持つ者がいりまじって暮らしており、蛇神を信仰するなど、ブリューヌとは異なる文化を築いている。

直後、ガヌロンの意識に、砂を擦りあわせたような不快な声が響いた。目の前の存在が投げかけてきたのだ。はっきりとした言葉ではないが、急かしているのはわかった。

「こちらにはこちらのやり方がある」

突き放すように告げると、彼らの姿は音もなく消え去った。まるで、はじめからそこには何もいなかったかのように。

「まったく……。あやつらは礼儀というものを知らぬ」

ため息をついて、ガヌロンは再び廊下を歩きだした。

2　黒竜旗《ジルニトラ》は戦風にひるがえり

ソフィーの幕舎《ばくしゃ》をオルガが訪ねてきたのは、ベルジュラック遊撃隊《ファルタス》が街道の外れに幕営を築いて間もない昼下がりのことだった。ティグルたちが遊撃隊から離脱した翌日である。

そのとき、ソフィーは紅茶《チャイ》を飲むために、小さな鍋に湯をもらってきたところだった。幕営に商売に来た隊商から、紅茶の葉を買ったのだ。飲んでみて問題がなければ、あとでリーザとともに楽しむつもりだった。ジャムはミラが置いていったものがある。

「あら、いらっしゃい。でも、リーザはいないわよ」

彼女に用があるのだろうと思ったソフィーは、そう言った。リーザは、片手で馬に乗る訓練をするために幕営の外へ出ている。暗くなる前には戻ってくると言っていた。

ところが、オルガは首を横に振った。

「あなたに聞きたいことがある」

「わたくしに？　あらあら、何かしら」

珍しいと思いながらも、ソフィーは彼女を幕舎の中に招き入れた。オルガは湯気を立ちのぼらせている鍋を一瞥《いちべつ》したあと、絨毯の上に腰を下ろす。

「何か飲む？　葡萄酒《ヴィノー》と、水と、お湯があるわ」

さすがに買ったばかりで味もわからない紅茶を出すわけにはいかない。「水」と、オルガは簡潔に答えた。ソフィーが水を入れた銀杯を置くと、彼女は率直に用件を切りだす。

「リーザとエレオノーラの間には、何があった？」

一瞬、ソフィーは言葉に詰まった。

「どうしてそのことを？」

「他の戦姫のことについて、リーザに聞かれた」

ソフィーは納得してうなずく。バーバ＝ヤガーと戦ってから、リーザは他の戦姫に強い興味を持つようになっており、ソフィーも何度か話をせがまれたことがあったのだ。

「ここにいない他の戦姫というと、わたしはエレオノーラのことしか知らない」

オルガにとって、エレンは恩人だ。戦姫になって間もないころのオルガが、己の公国で事故の対応に失敗して狼狽《ろうばい》していたとき、たちどころに解決してくれたのがエレンだった。

しかし、オルガがそのことを話すと、リーザは複雑な表情になったという。「その戦姫は何だか好きじゃない」とまで言った。

──失敗だったわね。

自分のうかつさにため息をつく。ソフィーはリーザとエレンの確執《かくしつ》を知っているので、あえて触れないようにしていた。ミラはエレンのことを嫌っているので、まず彼女の話題を出さない。だから、だいじょうぶだろうと思っていたのだが、オルガの過去について失念していた。

「いまのリーザには話さないでおいてほしいのだけど」

そう前置きをして、ソフィーは話しはじめた。

「三年前、リーザの治めるルヴーシュ公国のとある村で、疫病《えきびょう》が流行《はや》ったの……」

そこは、エレンがまだ傭兵だったころに世話になった村だった。エレンはその村を助けるために力を貸したいと申しでたが、リーザは自分の領地のことだからと拒絶した。

その一件からしばらくあと、ジスタートの貴族だったリーザの父が、国王への叛逆をたくらんだ。ジスタート王はその計画を事前につかんで、エレンに討伐を命じた。リーザは自分にやらせてほしいと申しでたが、エレンは拒絶した。

「エレンがリーザの父を討ったあと、リーザはエレンに決闘を申しこんだわ。そして、エレンはリーザに勝った。それ以来、二人の間には修復できない溝ができたのよ」

「他には？」

「そうね。サーシャ……レグニーツァ公国を治める戦姫アレクサンドラ＝アルシャーヴィンのこともあるわ。彼女はエレンの親友なの」

ジスタートの西にあるレグニーツァと、北西にあるルヴーシュは、間に王家の直轄地を挟んでいるために国境こそ接していないが、おたがいの行き来は簡単で、利害の衝突から対立しがちだった。これも、リーザに対するエレンの敵意を強める形となっている。

「疫病の件より前はどうだった？」

水を一口飲んで間を置いたあと、オルガが聞いた。ソフィーは記憶をさぐる。

「あまり顔を合わせる機会はなかったと思うけど、そのころは険悪な関係ではなかったわね。リーザが笑顔でエレンに話しかけているところを見たことがあるわ」

そうしてソフィーが話を終えると、オルガは首をかしげた。

「リーザに話さない方がいいと思うのは、どうして?」

「自分が覚えていないことを事実として聞かされるのは、思っている以上に怖いことよ。いまのリーザに昔のことを話しても、不安にさせるだけだと思うの」

「記憶がいつまでも戻らなかったら、ずっと話さないのか?」

オルガの言葉は容赦がない。本人に責める気は一切なく、ただ気になっているだけなのだろうが、ソフィーは肩をすくめた。いずれはジスタートに戻る。そうなればエレンに会う機会も出てくるだろう。それを考えれば、黙っておくわけにもいかない。

「あなたの言う通りね。近いうちに機会を見て、わたくしから話してみるわ」

それから、ソフィーは「ありがとう」と、オルガに微笑みかけた。

「リーザのことを気にかけてくれて」

この遊撃隊の中でともに過ごすようになって、ソフィーはオルガを大切な友人だと思うようになっていた。もの言いも態度もぶっきらぼうだが、彼女はとても優しい娘だ。

オルガは左右に視線をさまよわせたあと、ソフィーの言葉が聞こえなかったかのように、「もうひとつ、聞きたいことがある」と話を変える。ソフィーの胸元に視線を向けた。

「どうやったらそんなに大きくなる？」

ソフィーは苦笑する。二人は談笑に移った。

†

ティグルたちが遊撃隊から離れて、三日が過ぎた。

急ぎの旅ではあるが、三人は敵兵に見つからぬよう街道を外れて山や森の中を進んでいる。狩りや釣りによって食糧を手に入れ、木の上や岩陰で眠っていた。

その甲斐《かい》あってか、いまのところバシュラル軍や野盗の類には遭遇していない。

「旅をするなら、いまぐらいの季節がいいわね。夜中でもあまり寒くないし」

「ちょうど葡萄の花が咲きはじめる時期です。これから徐々に暑くなりますよ」

ミラとリュディが馬上でそんな会話をかわすほど、旅は順調だった。

いま、ティグルたちは薄暗い森の中を慎重に進んでいる。視線を上に向けると、奔放に伸びた枝葉の隙間から、青い空と白く輝く太陽が見えた。

「あと半刻ほどで昼だな」

「何も起きなければ、日が暮れる前に森を抜けて、王都より南に出られそうね」

ティグルのつぶやきに、ミラが相槌《あいづち》を打つ。気がかりなのは、この森に狼の群れがいるらしいことだ。森の手前で会った行商人からそのような話を聞いたのである。

狼がたとえ二十四匹や三十四匹いようと、恐れる三人ではない。だが、万が一にでも馬をやられたら、一気に旅が困難なものとなる。

周囲を警戒しながら、三人は一列になって馬を進ませた。

ふと、先頭にいるティグルが右手を横に伸ばして、後ろの二人を止める。左手は鞍に差した黒弓をつかんでいた。

百アルシン（約百メートル）ほど先、木々の立ち並ぶ中に、狼の群れが見える。

狼たちもこちらに気づいているようだ。このていどの距離ならば、彼らは瞬く間に詰めてくるため、安心はできない。

「様子がおかしいな……」

ティグルは眉をひそめた。狼たちは、傷ついているかのように身体を揺らしながら、こちらへ向かってくる。もしも手負いであれば、逃げようとするか、その場から動かないはずだ。

風が吹いて、木漏れ日が狼たちの姿を照らす。三人は息を呑んだ。

狼たちは、いずれも頭部を半分近く吹き飛ばされていた。首が折れているものや、えぐられた腹部からはみ出た臓腑をひきずっているものもいる。

とうてい生きているはずがないのに、彼らは歩みを止めず、距離を詰めてくる。

ティグルは小さく息を吐くと、黒弓に矢をつがえた。

風を切る音とともに放たれた矢は、先頭にいる狼の額に突き立つ。狼はよろめいたが、悲鳴をあげることも、倒れることもなかった。

「シャルルの抜け道で見た怪物たちを思いだしますね……」

リュディが戦慄を帯びた声でつぶやく。春のはじめごろ、ティグルたちは、シャルルの抜け道と呼ばれる荒涼とした峡谷を抜けたことがあった。そこには武装した骸骨や動く死体、ひとの形をした黒い霧のようなものが潜んでおり、ティグルたちに襲いかかってきたのである。

ミラがラヴィアスをかまえて、前に進みでた。竜具《ヴィラルト》の穂先は白く淡い光を帯びている。使い手に警告を発しているのだ。

「弓や剣で狼の群れと戦うのは面倒でしょ。二人は下がってて」

「頼む」

いつでも彼女を援護できるように、ティグルは新たな矢を用意する。リュディも剣を抜き放って周囲に視線を走らせた。敵が目の前にいるものたちだけとはかぎらない。

ミラは地面の様子を確認すると、一気に馬を走らせた。狼の群れに接近しながら、ラヴィアスの柄を長く伸ばす。ミラの意思に応じて、この竜具は柄の長さを自在に操れるのだ。

二匹の狼が馬上のミラに、三匹が馬に襲いかかる。さらに二匹が馬の左右へと回りこもうとした。並みの人間ならば馬ともども噛み殺されてしまうに違いない。

　だが、ミラは表情ひとつ変えなかった。

　冷気をともなった白い閃光が立て続けに疾走《はし》る。ミラが右に左に槍を振るって、狼たちを薙ぎ倒したのだ。獣の群れは地面に転がり、あるいは木の幹に叩きつけられた。

　ラヴィアスの穂先が木漏れ日を反射して輝くたびに、狼たちは顔や脚を斬り裂かれて地面に転がる。しかし、彼らは苦痛の声を漏らすことなく起きあがった。

「埒《らち》が明かないわね」

　舌打ちをして、ミラはラヴィアスを垂直に掲げる。

「——静かなる世界《アーイズビルク》よ」

　ミラを中心に膨大な量の冷気が放たれ、地面を這って、狼たちを凍りつかせていく。狼たちはのろのろともがいたが、冷気の縛《いまし》めから逃れることはできなかった。

　狼たちをすべて無力化したあともミラはかまえを解かず、周囲の気配をさぐる。ティグルとリュディもまわりを警戒しながら、少しずつ彼女のそばへ馬を進めた。

　——狼たちをこんなふうにしたものがいるはずだ。おそらくは魔物が……。

　視界の端で、何かが動く。

　ティグルはとっさにその方向へ矢を射放った。同時に身体を傾けて、馬上から落ちる。地面に倒れたティグルの視界に映ったのは、鞍の上に降りたった小柄な男の姿だった。

　灰色の髪を撫でつけ、鋭い目は邪気に満ちている。紫の絹服に身を包み、同色の豪奢《ごうしゃ》なローブを羽織って、小さな帽子を頭に載せていた。およそ森の中を歩く格好ではない。

「よくかわした」

ティグルを見下ろして、男は禍々《まがまが》しい笑みを浮かべた。

「避けそこなっていたら、狼どもの仲間入りをさせてやったところだ」

全身から冷たい汗が噴きだす。男が決してでたらめを言っているのではないと、わかったからだ。身体を傾けるのが一瞬でも遅れていたら、やられていた。

男からは、対峙しているだけで皮膚が粟立《あわだ》つような威圧感が放たれている。これまで戦ってきた魔物たちと同じものだ。

おまえは何者だ。ティグルがそう問いかける前に、リュディが驚きの声を漏らす。

「その顔、まさか……ガヌロン公？」

ティグルとミラは目を瞠《みは》った。

――この男が!?

魔物としか思えないこの男が、ブリューヌ北部に強い影響力を持つ大貴族だというのか。

「ほう」と、ガヌロンが感心したような声をあげて、リュディを見る。

「ベルジュラック家のご令嬢、おぬしに最後に会ったのは、たしか昨年の秋だったはずだが、よく私だとわかったものだ。聞けば、北部では大活躍だそうではないか。国王ひとり守れなかった不甲斐ない父親とは大違いよな」

あからさまな挑発に、リュディはまっすぐな反応を示した。鐙《あぶみ》から足を外し、跳躍してガヌロンに斬りかかったのだ。ガヌロンは避けようとせず、てのひらをリュディに向ける形で右手を突きだした。

それを見たティグルは、ガヌロンが乗っている馬の腹をおもいきり蹴りあげる。馬がいなないて暴れ、ガヌロンは体勢を崩した。リュディの斬撃が空を切る。

地面に着地したリュディは、すばやく後ろへ跳んだ。ティグルと同様に、ガヌロンの恐ろしさを感じとったのだ。ティグルもまた、地面を転がってガヌロンから離れる。

ガヌロンが馬の首筋を軽く蹴った。それだけで馬は落ち着きを取り戻し、おとなしくなる。

それから彼はティグルに視線を向けた。

「いい機転だった。私の手をかわしたことといい、場数は踏んでいるようだな」

「おまえは……本当にガヌロン公爵なのか？」

ティグルはガヌロンの顔を知らない。なにしろ王都を訪れたのは十歳のときに一度きりだ。どこかで会ったことがあるとしても、覚えていなかった。

「その通り。マクシミリアン＝ベンヌッサ＝ガヌロンと申す。以後、お見知りおきを」

地面に降りたガヌロンは、芝居がかった仕草で一礼する。ティグルは油断なく身がまえた。二度と不意を打たれぬよう、わずかな動きも見逃すべきではない。

「おまえは王都にいるんじゃなかったのか。どうしてこんなところにいる」

「おぬしに会いに来た、といえばわかるのではないか」

ほがらかな笑みを浮かべ、当然のような口調でガヌロンは答える。視線を転じた。ラヴィアスを手に、馬を走らせてきたミラを見上げる。

「ジスタート王国の戦姫、凍漣の雪姫《ミーチェリア》の異名を持つリュドミラ＝ルリエ殿ですな」

ミラはラヴィアスをガヌロンに突きつけて、単刀直入に訊いた。

「あの狼たちは、あなたの仕業？」

「この森に入って偶然見かけたので、挨拶代わりにと思ってな」

「だったら、ぜひお礼をさせてもらわないとね」

ミラの周囲で、冷気が白い渦を巻く。彼女は馬から下りた。この男を相手に森の中で戦うのでは、馬上にいる方がかえって不利だと感じたのだ。

リュディがガヌロンとの間合いを詰め、ミラに目配せをする。

二人は呼吸を合わせて、同時にガヌロンに打ちかかった。ミラはガヌロンの顔を狙って槍を繰りだし、リュディは肩に鋭く斬りつける。

鉄塊を砕くのにも似た音が、木々の間に響きわたった。ミラとリュディはひっくり返ったような体勢で宙を舞い、受け身もとれずに地面に叩きつけられる。

必殺の刺突と斬撃を、ガヌロンは驚くべきことに素手で弾き返した。そればかりか、二人を真上に吹き飛ばしたのである。人間に可能な芸当ではなかった。

「戦姫の力、見せておくれ」

ローブの裾をひるがえして、ガヌロンが跳躍する。ミラに飛びかかった。

無造作に振りおろされた右の拳を、ミラはとっさにラヴィアスの柄で受けとめる。衝撃に耐えられず、ミラははね飛ばされて地面に転がった。

「叩き折るつもりだったが、さすが竜具だな。頑丈にできている」

音をたてずにふわりと着地しながら、ガヌロンが笑う。

ミラは身体を起こしながら、両手が痺れていることに動揺を隠せなかった。竜具ではない武器でガヌロンの拳を受けていたら、このていどではすまなかっただろう。

「そういえば」

何かを思いだしたように、ガヌロンはリュディへと向き直った。

「ご令嬢には、私から使者を送ったはずだったな。ちょうどいい、この場で答えを聞こう」

リュディが顔を青ざめさせ、言葉に詰まる。

「ガヌロン！　おまえは俺に会いに来たんじゃないのか！」

ティグルは叫んだ。ガヌロンの意識を自分に向けさせるためだが、ミラを攻撃されたことへの怒りもある。黒弓をかまえ、しかし矢筒から矢を取りだそうとはせず、腰に下げている革袋に指を突っこんだ。

取りだしたのは、アスヴァールで手に入れた鏃《やじり》だ。『魔弾の王』に関わりがあるとされる鏃だが、いま重要なのは、これがすさまじい破壊力を持っていることだ。

ミラのラヴィアスの穂先から白い冷気がほとばしって、ティグルの手元へ流れていく。冷気は矢幹《やがら》と矢羽《やばね》を形成し、鏃と合わさって一本の矢となった。

大気が重さをともなってまとわりついてきたような感覚に、ティグルは襲われる。気を抜けば膝から倒れてしまいそうだ。黒弓に備わっている不思議な力を引きだそうとすると、必ずこうなった。歯を食いしばって重圧に耐え、黒弓を握りしめて狙いを定める。

ガヌロンは驚くふうもなく、薄笑いを浮かべてこちらを見ていた。

──こいつは知っている。この弓の力を……！

激しい怒りと恐怖、嘔吐感《おうとかん》を、ティグルは覚えた。

自分が生まれ育ったこの国に魔物が潜んでいた。人間に化けて。

人間を殺して操っていたレーシーや、人間を喰らっていたトルバラン、人間を怪物に変えたズメイの存在が脳裏に浮かびあがる。

──こいつはここで倒す！

気合いの叫びとともに、ティグルは矢を射放った。冷気の白い尾を引いて、矢はまっすぐガヌロンへと飛んでいく。ガヌロンは左手をあげて、矢を受けとめた。轟音とともに冷気が飛散して、周囲がまばゆいばかりの光に包まれる。

極度の疲労に目まいを覚えながら、ティグルは再び革袋に手を入れた。ザクスタンで手に入れた鏃を握りしめる。はじめから一撃で倒せるとは思っていない。続けて射放てば、魔物とてただではすまないはずだ。

「鏃を二つ手に入れていたのか」

ガヌロンが楽しそうに目を細め、射放ってこいと言わんばかりに右手を掲げた。

ティグルはラヴィアスの力を借りて矢を形作ると、ガヌロンの右手を狙って射放つ。

さきほどに倍する轟音が大気を震わせ、大地を揺らした。周囲の木々が悲鳴をあげるようにざわめき、えぐられた地面が土煙を巻きあげる。

ガヌロンが二本目の矢を受けとめた。その両手から黒い霧のような瘴気が湧きでて、白い光にまとわりつき、包みこむ。

ガヌロンは笑みを浮かべた。だが、異変を感じとって、眉をひそめる。

刹那《せつな》、白い光が黒い瘴気を内側から吹き飛ばした。閃光をまき散らし、急速に膨れあがってガヌロンを呑みこむ。螺旋を描き、一本の柱となって垂直に噴きあがった。

光の柱を中心にすさまじい暴風が起こって、ティグルたちは吹き飛ばされる。

細かな枝葉が降りそそぐ中、ティグルは起きあがろうとしたが、意識がもうろうとして身体に力が入らない。地面に両膝をついた姿勢で、どうにか身体を起こした。

光の柱は徐々に薄れ、細くなっていき、ほどなく霧散する。

あとには、大きく円形に陥没した地面だけがあった。ガヌロンの姿はない。

――やったのか……？

そう思った直後、背後に気配を感じてティグルは総毛立った。

「いい一撃だったぞ。いまのおまえでは、それが限界のようだが」

ガヌロンの声が上から降ってきた。

振り返ると、大木から伸びた太い枝の上に立って、ガヌロンが自分たちを見下ろしている。服こそ汚れているが、その身体にはわずかな傷さえもついていなかった。

「待ちなさい……！」

そう叫んだのは、離れたところで立ちあがったリュディだ。そのそばにはミラもいる。二人とも土まみれでひどく汚れていたが、深刻な傷は負っていないようだった。

駆け寄ってきた二人は、ティグルを守るように武器をかまえる。ティグルも黒弓をかまえようとしたが、持ちあげることすらできなかった。その上、吹き飛ばされたときに矢筒が外れてしまったらしく、手元には一本の矢もない。

ところが、ガヌロンは襲いかかってこなかった。

「今日はここまでにしておこうか。おぬしらの実力は充分にわかった」

「ずいぶん余裕ね」

額に汗をにじませて、ミラがガヌロンを睨《にら》みつける。このまま戦いを続ければ、こちらが負けるのは間違いない。相手の真意がわからなかった。

彼女の疑問に答えるように、ガヌロンは歪んだ笑みを浮かべる。

「ひとつ、おもしろいことを教えてやろう。テナルディエに、ドレカヴァクという老いぼれの占い師が仕えている。そのことは知っているかな」

ミラは顔をしかめた。ティグルとリュディも当惑の表情になる。ガヌロンは続けた。

「やつは魔物だ。おまえたちが戦ってきたレーシーなどと同じくな」

ティグルは息を呑む。おもわず叫んでいた。

「どうしてそんなことを知っている？　いや……おまえも魔物じゃないのか？」

「いいや」と、ガヌロンは悠然と首を横に振る。

「私は人間だとも」

「人間の定義がだいぶずれているみたいですね」

リュディが怒りも露《あら》わに吐き捨てた。ガヌロンはおおげさに肩をすくめて受け流す。

「浅薄《せんぱく》な者と議論しようとは思わん。魔物たちも、すでに半分が滅んだ。今後のおまえたちの戦いに期待しているぞ」

「半分？」

眉をひそめるティグルに、ガヌロンは意外そうな顔をした。ものわかりの悪い生徒に対する教師のような口調で説明する。

「知らなんだか。魔物は七柱しか地上に顕現できぬのだ。それ以上になると、世の理が崩れ去ってしまうのでな。そのくせ、八柱以上いるものだから、よく入れ替わる」

そこまで言ってから、ガヌロンは何かを思いついたというようにティグルに笑いかけた。

「そうだ、ティグルヴルムド＝ヴォルンよ。私に仕えてみぬか」

怒るよりも先に、ティグルは呆気《あっけ》にとられた。ミラとリュディも、ガヌロンの突然の発言に困惑を隠せずにいる。一呼吸分の間を置いて冷静さを取り戻すと、ティグルは聞いた。

「どういうつもりだ……？」

「なに、おまえならばグレアストの代わりぐらい務まるだろうと思ってな。私に仕えるなら、ブリューヌ北部全域を任せてやってもいい。ヴォルン家の爵位も引きあげてやろう」

グレアストの代わりというもの言いに、ティグルは怒りで全身が熱くなるのを感じた。奥歯を強く噛みしめて、かろうじて冷静さを保つ。

亡きグレアスト侯爵がどのような人間であり、己の領地でどのようなことをしてきたのか、ティグルは知っている。同じことを、ティグルにやれとガヌロンは言っているのだ。

マスハスの領地を襲ったシャバノン子爵のことを、ティグルは思いだす。マスハスから聞いた話によれば、彼はガヌロンに従うことを選択した結果、非道に手を染めていったという。

「悪い話ではなかろう。一切の欲望を解放し、意に沿わぬ者を言葉ひとつで葬り去り、欲しいものは、ものでも、人間でも、即座に手に入れることができる。自分より弱い者、劣った者を高みから見下ろして蹂躙《じゅうりん》する快感は、何ものにも代え難《がた》いぞ」

ティグルは黒弓をかまえる。それが返答だった。ガヌロンが薄笑いを浮かべる。

「本当によいのか？　いま、アルサスには我がルテティアの兵が向かっているのだぞ」

ティグルの顔から血の気が引いた。嘘だと言いきることはできない。

「おまえがこの場で私に膝をつけば、アルサスは殺戮と破壊の嵐をまぬがれる。それとも、町や村がことごとく焼き払われ、街道沿いにさらし首が並ぶ光景が見たいか？」

黒弓を持つ左腕が震える。大量の汗が流れ、呼吸が乱れた。

「――ラヴィアス！」

そのとき、ミラが叫んだ。彼女の意志に応えて、竜具が穂先の紅玉を輝かせる。

ミラの足下の地面が凍りついたかと思うと、急速に伸びあがって氷の柱と化した。ミラはそれを踏み台にして跳躍し、樹上のガヌロンに突きかかる。驚くべき速さと鋭さだったが、ガヌロンは平然と手を突きだして槍を受けとめた。

その反応を予想していたかのようにラヴィアスの穂先が冷気を放ち、ガヌロンの手が瞬く間に凍りつく。意表を突かれたガヌロンは反撃が遅れ、その間にミラは地面に降りたった。

「どういうつもりかな、オルミュッツの戦姫殿」

凍りついた手を気にも留めず、ガヌロンは問いかける。ミラの返答は明快だった。

「アルサスはオルミュッツと友好を結んでいるわ。もしもアルサスに害をなすようなら、私も黙ってはいない」

「これはブリューヌの諸侯同士の争いに過ぎぬ。ジスタートの戦姫が介入してよい性質のものではない」

「ブリューヌを代表する大貴族の割に、わかっていないみたいね」

ミラが冷笑を浮かべる。訝《いぶか》しげな顔をするガヌロンに、凍漣の雪姫は言い放った。

「私が何に介入するのかを決めるのは、私よ。あなたじゃない。そして、私が許しを得るべき相手は我が国の国王陛下ただひとり。やはりあなたじゃない」

「ブリューヌとジスタートを衝突させたいのか？」

「試してあげるわよ。あなたを討ちとって、全面戦争になるかどうか」

ミラは堂々として一歩も引かず、まさに公国の主らしい態度で応じる。ティグルは感嘆の面持ちで彼女の横顔を眺めた。

「ミラに負けてはいられませんね」

リュディが進みでる。彼女もまた胸を張ってガヌロンに宣言した。

「ガヌロン公、ブリューヌの諸侯同士の争いと言いましたが、いたずらに国土を傷つけるような真似《まね》を、陛下がお許しになるはずがありません。私はティグルとアルサスの味方となり、あなたと戦います」

二人の言葉に、ティグルの表情にも戦意がよみがえる。

心の隙を突かれた。わずかな時間とはいえ、ひどく動揺し、焦ってしまった。

ガヌロンに従うというのはどういうことなのか、オードの地を襲ったシャバノンのことを思えば、あきらかなのに。

父親を人質にされたリュディに前に進むよう促しながら、いざ自分が同じ立場に置かれると足を止めてしまうとは、情けない。

「父を、アルサスの民を見くびるなよ」

振り絞った勇気を両眼にこめて、ティグルはガヌロンに叩きつける。

「ルテティアの兵などに負けるものか」

「虚勢を張るのもよいが、現実を見たらどうだ」

「おまえはそうやって生きてきたのか」

風が吹いて枝葉が揺れ、ガヌロンの顔に影が差す。

「――次に会うときまでに、返事を用意しておくことだ」

短い沈黙のあと、静かな声だけを残して、ガヌロンの姿が樹上から消え去る。

静寂の中で、ティグルたちは警戒を解かず、周囲に視線を巡らせた。ガヌロンは本当に去ったらしいと確信できたのは、三十を数える時間が過ぎたあとだ。

視界が揺れる。そう思った直後、ティグルは地面に倒れた。

薄闇の中に、ティグルは立っていた。左手に黒弓を持ち、右手に鏃を二つ持っている。

ここはどこだと訝しむよりも先に、不快な異臭が鼻をつく。記憶が刺激され、まさかと思うと同時に、まわりがぼんやりと明るくなった。

視界に広がるのは、はるか昔に朽ち果てたのだろう建物の内部だ。まっすぐ延びた廊下、石畳の割れた床、亀裂が無数に走った壁、半ばで折れ砕けた柱。床には雪が積もり、壁や柱の一部は白く凍りついているというのに、寒さを感じない。

——やはりここか。

昨年の冬、ザクスタン王国にいたころ、ティグルはこれと同じ夢を見たことがあった。

身体がひとりでに歩きだす。止まれと心の中で呼びかけてみたが、効果はなかった。今回もおとなしく見守るしかなさそうだ。

はじめてこの夢を見たときと同じように、弓を持った黒い影とすれ違った。影の背は自分とほぼ同じで、間近で見ても、全身が闇に覆われている。輪郭からは男にも女にも思えた。

いくつかの影とすれ違って、開けた場所に出る。

広大な空間の奥に、二十アルシン（約二十メートル）はある巨大な石像がたたずんでいた。

うずくまる黒い竜と、その背に腰を下ろしている美しい娘の像で、娘は髪をなびかせ、素肌に長い布のみをまとっている。

——ティル＝ナ＝ファ……。

いまのティグルは、娘の像が何なのか知っている。ザクスタン王国の土豪《レンツヘル》の娘であるヴァルトラウテに教えてもらったのだ。

ティル＝ナ＝ファは夜と闇と死を司る女神で、ブリューヌとジスタートでとくに信仰されている十の神々の一柱だ。神々の王にして太陽と光を司るペルクナスの妻であり、姉であり、妹であり、生涯の宿敵であるとされている。

神々の王の宿敵とまでいわれるティル＝ナ＝ファが、なぜ十の神々に属しているのかは、神官や巫女たちの間でも明確な結論が出ていない。十の神々から外すべきではという意見も幾度となく出ていたが、いまでもこの女神は十の神々の一柱におさまっている。

ただ、他の神々のようにありがたがられることは、まずない。人々が祈りを捧げるとき、ティル＝ナ＝ファの名だけ唱えないというのはよくあることだった。

――ここはティル＝ナ＝ファの神殿なのか？

そうだとすれば、納得できることがある。たとえばこの異臭は、死体の臭いだ。死を司るティル＝ナ＝ファにふさわしいといえるのかもしれない。

夢の中の自分は、女神の像に向かってまっすぐ歩いていく。

――そういえば、はじめてこの夢を見たとき、像の前には奇妙な影の集団がいたな。

たしか、七つの影だった。四つは動かなかったが、三つは上下に伸び縮みしながら、ティグルに呼びかけてきた。「魔弾の王よ」と。

その影の集団は、今回の夢では見当たらない。

夢の中の自分が、石像に向かって左手に持った黒弓と、右手に持った二つの鏃を掲げる。

ティグルは視線を感じた。女神の目は黒い竜の頭部に向けられているのに、じっと見つめられている気がする。これは前にもあったことだ。

——呼びかけてみようか。

そんな考えが首をもたげる。神官などではない自分が、女神から神託を授かるはずはない。しかし、これがただの夢とも思えない。何か意味があるはずだ。

——不敬だが、他の女神だったらもう少し気楽にかまえられたのにな。

ティグルがもっとも親しみを覚えているのは、風と嵐の女神エリスだ。狩人はよい風が吹いてくれるよう、彼女の名をよく唱える。信仰深き者に豊かな実りをもたらすという大地母神モーシアも、アルサスのような地で生まれ育ったティグルには馴染《なじ》み深い。

豊穣と愛欲を司る女神ヤリーロに対しては少々の恥ずかしさを覚えるが、それでもティル＝ナ＝ファにくらべればはるかにその名を唱えやすかった。

短いためらいのあと、ティグルはおもいきって女神に呼びかける。

——ティル＝ナ＝ファよ。

『何を望む』

女性らしき複数の声が重なって聞こえてきて、ティグルはすくみあがるほど驚いた。夢の中の自分は、石像に向かって黒弓と鏃を掲げたままだ。

三つ数えるほどの間を置いて、どうにか落ち着きを取り戻すと、ティグルはもう一度、女神に呼びかけた。すると、さきほどと同じ言葉が返ってきた。

──声が重なって聞こえるのは、反響でもしているのか？

いくつか疑問が湧いたが、ともかく女神は答えてくれたのだ。ティグルはもっとも気になっていることを聞いた。

──女神よ、魔弾の王とはいったい何なのですか。

『愛しき者』『勇ましき者』『尊き者』

同時に三つの言葉が返ってきて、ティグルは混乱した。ここにいる女神はティル＝ナ＝ファだけではないのか。それとも、自分の質問の仕方に問題があったのか。

慌てふためいている間も、女神の言葉は続く。

『魔を退《しりぞ》ける者』『人を滅《めつ》する者』『──を討つ者』

焦りからか、一部の単語を聞きとることができなかった。

どう受けとればいいのか迷っている間に、次の言葉が響きわたる。

『頂《いただき》に立つ者』『あまねく統べる者』『挑み、超克《ちょうこく》する者』

頭の中で繰り返し響く三つの声が、怒濤《どとう》となってティグルの意識を押し流した。何もかもが遠ざかって視界が不鮮明になる。どこまでも落ちていくような感覚と、何かに引きあげられるような感覚が、同時にティグルを包みこんだ。

言葉にならない声をあげたところで、意識が覚醒する。

薄闇を背景に、無数の枝葉が視界に広がっていた。日が暮れかかっている。

――目が覚めたのか。

ティグルは枝葉の揺れる様子をぼんやりと眺めていたが、すぐに異変に気づいた。やわらかく、あたたかで、重みのあるものが、左右から自分の身体に押しつけられている。

何だろうと思って見てみると、ミラとリュディの顔がそれぞれ間近にあった。

ミラが顔をあげる。彼女は目を見開き、涙をにじませて、喜びに満ちた笑みを浮かべた。

「目が覚めたのね、よかった」

強く抱きしめられる。突然のことでティグルはわけがわからなかったが、服越しに伝わってくるぬくもりと甘い匂いに、されるがままにしていようと思った。

しかし、そうはならなかった。

「気がついたんですね、ティグル！」

反対側から、リュディが同じように抱きしめてくる。豊かな双丘の感触が左右から伝わってきて、ティグルは全身が熱くなるのを感じた。身体の一部が勢いよく反応してしまい、慌てて二人を引き剥がす。身体を起こしてどうにか平静を装《よそお》った。

「二人とも、いったいどうしたんだ？」

「それはこちらの台詞よ」

目の端の涙を拭おうともせず、ミラが怒った顔でティグルを睨みつけてくる。

「ガヌロンが姿を消したあと、あなたは突然倒れたのよ。何度呼びかけても起きないし、身体はどんどん冷たくなっていくし、このまま死ぬんじゃないかと思ったわ」

「それで、ミラが抱きしめてティグルの身体を温めると言ったんです。私も、それなら二人でやりましょうと」

リュディが補足し、ティグルは戸惑いながらも自分の身体を見下ろした。いまになって、左手に黒弓を、右手に二つの鏃を握りこんでいることに気づく。この鏃には、ひとりでに手元へ戻ってくる力があるのだが、ティグルは夢の中の自分を思いだして複雑な表情になった。

──手も足も問題なく動くが……たしかに指先が冷たい。かすかに痺れもある。

ザクスタンでティル＝ナ＝ファの夢を見たときは、二度とこのようなことはなかった。

──女神に呼びかけて、答えをもらったからか……？

もしもミラたちがいてくれなかったら、死んでいたかもしれない。

ようやく深刻さを理解して、ティグルは二人に深く頭を下げた。

「ありがとう、ミラ、リュディ。二人のおかげで助かった」

「おたがいさまね。あなたがいなかったら、私たちはガヌロンにやられていたわ」

ミラが微笑を浮かべる。その隣で、リュディが気遣うように言った。

「ティグル、もう少し休んでいきますか？　それならすぐに火を起こしますが。今後のことを話しあう必要もありますし……」

見上げれば、空には夜の闇が広がりつつある。ガヌロンが残していった衝撃的な言葉の数々を思えば、リュディの言う通り、ここで休んで火を起こすべきかもしれない。

ティグルは少し考えて、頭《かぶり》を振る。リュディに笑いかけた。

「俺のことは心配ない。アルサスには父上がいる。下手に気をまわしても笑われるだけだ」

その言葉に虚勢が含まれていることは自覚している。いますぐアルサスに駆け戻りたい気持ちがないといえば、嘘になる。

だが、オードで別れたときの父の顔を思いだして、ティグルは前を見つめることができた。やるべきことをやってこそ、父は喜んでくれるだろう。

「私もだいじょうぶです。父のことは、母が何とかしてくれるはずですから」

リュディが笑顔で言葉を返す。結論が出たと判断して、ミラが立ちあがった。

「それじゃ、行きましょうか」

幸い、馬は三頭とも無事だった。三人は馬上のひととなり、慎重に木々の間を進む。森を出た。夜空を背に、無数の星が瞬きはじめている。

「ガヌロンは、いったい何を考えているんだと思う？」

馬を進めながら、ティグルは二人に訊いた。

「私たちを見逃したことなら、私たちとドレカヴァクとやらを戦わせるためでしょう」

ミラが苛立たしげに顔をしかめる。魔物と戦わないという選択肢は、彼女にはない。他の魔物たちが諸国で何をやっていたかを思えば、とうてい放っておくことなどできないし、ミラには何としてでも滅ぼさなければならない存在がいるからだ。彼女の祖母ヴィクトーリアの亡骸を乗っ取り、母に深傷を負わせたズメイという魔物が。

「魔物のことは、シャルルの抜け道を出たときに二人から聞きましたが……。人間に化けているなどということがあるのですか？」

真剣な顔で尋ねるリュディに、ティグルは苦い表情でうなずいた。

「アスヴァールで戦ったトルバランという魔物は、人間に化けてレスターと名のっていた。人間に化けてテナルディエ公に仕えているというのは、ありえる話だ」

「気になっていたことはあるのよね。昨年の春のムオジネルとの戦いで、テナルディエ公はどうやって竜の群れを従えたのか。魔物が関わっていたのなら、わからなくもないわ」

ミラが憮然とした顔になる。テナルディエを味方につけるべきか、判断が難しくなった。最悪の場合、ソフィーにしたためてもらった手紙が無駄になるばかりか、難敵が増えかねない。

「ミラはガヌロンを見て、魔物だと思ったか？」

ティグルが聞くと、ミラは当然だというふうにうなずいた。

「間違いないわ。ラヴィアスだってそう言っているもの」

「俺もそう思うんだが……だとすると、あいつは仲間を裏切ったのか」

ガヌロンが何も言わなければ、ティグルたちはドレカヴァクの正体に気づかなかっただろう。何かがきっかけで気づいたとしても、それはもっと先のことだったに違いない。

「魔物たちは一枚岩というわけじゃないんでしょうね。私たちがムオジネルで戦ったルサルカは、ズメイのことを嫌っていたみたいだったし」

これまでに戦ってきた魔物たちの気性を考えると、いかにもありそうだった。どのみち、これ以上考えようにも材料が足りない。一応の結論とするには充分だろう。

ティグルは話題を変えて、自分が見た夢のことを二人に話した。

「魔を退ける者に、人を滅する者ね……。これだけ聞くと、魔弾の王は人間と魔物、両方の敵のように思えるわ」

ミラが渋面をつくる。リュディは考え深げに言った。

「私は三つの答えが返ってきたのが気になります。三つの答えのどれかひとつが正解なのか、それとも三つとも当てはまっているのが魔弾の王なのか。ティグルはどう思いますか？」

「わからない」

ティグルは素直に首を横に振った。

「魔物のこともそうだが、魔弾の王についても、これだけで結論を出すのは危険だと思う。この戦が終わってブリューヌが落ち着いたら、あらためて調べてみるよ」

「そうね。ザクスタンのアトリーズ殿下とヴァルトラウテも、魔弾の王について調べてくれていると思うし」

ミラが賛成する。ティグルたちから魔弾の王について聞いたアトリーズたちは、それに関係する記録があるかどうか、王宮の書庫を調べてみると約束してくれたのだ。

「私も殿下に事情を話して、お願いしてみます。我が国の大貴族が魔物であり、また別の大貴族のもとにも魔物が潜りこんでいたとなれば、国を挙げて対処しなければなりません」

リュディの声音には強い決意がにじんでいる。ティグルも同感だった。

――バシュラルはガヌロンの正体を知っているんだろうか。

夜空を見上げて、ティグルは考える。彼は倒すべき敵だが、もしかしたら、魔物と戦うために協力しあうことができるかもしれない。どこかで彼と話をする機会を得られるだろうか。

――ガヌロンの正体を知ったからといって、先走りすぎだな。

首を横に振る。いまは、レグナス王子のもとにたどりつくことを考えるべきだ。

夜風が吹き抜ける。星明かりの下、三騎は草原を軽快に駆けていった。

†

ウルス＝ヴォルンは、屋敷の二階にあるバルコニーで、早朝の風景を眺めていた。

はるか東には、万年雪の白と、陰になっている青で彩られた壮麗な山々の連なりがある。ブリューヌとジスタートの国境線代わりにもなっているヴォージュ山脈だ。

山脈の上には、雲ひとつない澄みきった蒼空が広がっている。その蒼は、このセレスタの町にまで届いていた。

初夏らしい空の色だが、願わくば曇ってほしかったと、ウルスは思う。アルサスの民が、少しでも災厄から逃げやすくなるように。

ウルスは鉄片で補強した革の鎧を身につけ、腰に剣を差していた。

鉄の甲冑で全身を覆うよりも、ウルスは身軽さを好んだ。甲冑は手入れをするのにも金がかかるし、山や森の多いアルサスではこの方が都合がよかったからだ。

——慌ただしく過ごしているうちに、夏が来てしまったな……。

ウルスが、マスハスのつけてくれた三人の兵とともにオードの地を発ったのは、春半ばのことだ。実に二十日かけて、ウルスたちはアルサスに帰り着いた。

本来、オードからアルサスまでは、馬を飛ばせば五日とかからない。

だが、ブリューヌ北東部の山野には春の大水の影響がそこかしこに残っており、四人は何度も迂回を強いられた。その他に、ガヌロンを支持する諸侯に捕らえられ、数日間閉じこめられた末にかろうじて脱出したこともあった。

それを思えば、二十日で帰ってこられたというべきかもしれない。

帰還したウルスは、驚きと、それ以上の喜びをもって領民から迎えられた。

なにしろ初冬にアルサスを発って王都ニースへ向かったまま、春になっても帰ってくる気配がなかったのだ。主の無事をとくに喜んだのは、ウルスの命令を受けて冬のうちに帰っていた従者たちだ。彼らはそのことをずっと悔やんでいたのだ。

側仕えのバートランをはじめ、誰もが詳しい話を聞きたがったのだが、ウルスには先にやるべきことがあった。彼は主だった者を屋敷の居間に集めると、緊張をはらんだ声で告げた。

「近いうちに、このアルサスが戦場になる。恐ろしい数の兵がやってくる」

当初、聞いた者たちの反応は鈍かった。

「恐ろしい数というと……四百か、五百ぐらいでしょうか」

彼らにとってはできるかぎり大きく考えた数字だったが、ウルスは首を横に振った。

「最低でも一千」

一瞬、居間が沈黙に包まれる。彼らは当惑したように顔を見合わせた。やがて、ひとりがさかんに首をかしげながらウルスに尋ねる。

「あのう、ウルス様、王都でいったい何があったんですか？」

「二人の王子の争いに巻きこまれた、というところだな」

彼らにも理解できるよう、ウルスは事態を単純化して説明した。

昨年、国王陛下の庶子が王子として正式に認められた。その王子が、もうひとりの王子に争いを仕掛けた。また、彼はティグルを陥れようとした……。

「ティグルがジスタートの戦姫殿と親しいのは、おまえたちも知っているだろう。また、ティグルは昨年、他国の戦に参加して武勲をたてた」

「それで妬《ねた》まれて、はめられたってことですか？　ティグル様も大変ですな」

さきほどウルスに質問した男がため息を吐きだした。いつものウルスなら、彼につきあって苦笑ぐらい浮かべるところだが、いまはそのような余裕などない。

「ティグルだけの問題ではなくなった。私もその王子の放った刺客に襲われてな。オードのマスハスを頼って、どうにかここに帰ってきたのだ。敵は、私とティグルを葬り去ることを諦めていない。ほぼ確実に兵を差し向けてくる」

四つか五つ数えるほどの時間が過ぎて、この場にいる者たちがウルスの言葉を理解すると、居間は盛大なざわめきに包まれた。ひとりが声を震わせる。

「い、一千、というのは、本当に……？」

ウルスはうなずいた。静かな声で語りかける。

「その王子は、自分に従わなかった貴族を、家族もろとも斬り捨てている。子供だろうと容赦なくな。屋敷も焼き払った。降伏は受け入れられないだろう」

「ティグル様は……ティグル様は、どこで何をしているんですか？」

椅子が足りず、壁にもたれかかって話を聞いていた男が叫んだ。

「ティグルは味方を集めて、その王子と戦っている。だが、兵が多いのは王子の方だ」

今度は重苦しい沈黙が広がる。その空気を吹き飛ばすように、ウルスは声を張りあげた。

「まず、女や子供、老人など戦えない者たちを逃がす！」

集まった者たちが驚き、びくりと肩を震わせる。彼らを見回して、ウルスは続けた。

「今日までの間に、やるべきことはすべて考えてきた。あとは実行するだけだ！」

その勢いに呑まれて、彼らは一様にうなずく。強引なやり方はウルスの好みではないが、混乱を避けるためにはやむを得ない。慌てふためく時間すら惜しいのだ。

ウルスの考えは、それほど複雑なものではない。

戦えない者を遠くへ逃がし、近隣の諸侯に協力を求め、あとは戦える者だけで町に立てこもって、時間を稼ぐ。それだけだ。アルサスのような地でやれることなどかぎられている。

若者のひとりが勢いよく椅子から立ちあがり、他の者たちを見回した。

「こうしてウルス様が帰ってきたんだ！　さっさとはじめちまおうぜ！」

他の者たちも次々に賛同する。彼らがヴォルン家に寄せる信頼は絶大なものだった。ウルスと、そしてティグルがよき領主であろうと努めてきたことを、彼らは知っている。

「――ありがとう、皆」

ウルスは彼らに深く頭を下げた。

それから今日までの間に、ウルスと領民たちは文字通り寝る間も惜しんで働いた。

領内にあるすべての村に通達を出し、戦える者をセレスタの町に呼びよせ、戦えない者にはまとまった数でヴォージュ山脈まで逃げるよう命じた。

敵の数が一千だとして、それだけの兵がヴォージュ山脈に向かえばジスタートを刺激し、場合によっては衝突しかねない。それは敵兵も避けるだろうと考えたのだ。

また、近隣の諸侯やジスタートのライトメリッツ公国に使者を派遣して、助けを請うた。

その一方で、マスハスとの約束通り、オードの地に十人の兵を送った。戦いに慣れた者が五人と、雑用が得意な者が五人だ。

「いまはひとりでも兵がほしい状況です。オードに兵を送るのは、いくらか楽になってからでもいいのでは」

領民のひとりがそのように言ったが、ウルスは首を横に振った。

「マスハスも、厳しい状況の中で私やティグルを助けてくれた。ここでひとりの兵士も送らなければ、私だけでなくアルサスの民すべてが恩知らずと思われるだろう」

ちなみに、ウルスに付き従ってきた三人のオード兵は、アルサスに留まっている。「ここで帰ったらマスハス様にぶん殴られます」と笑って、力仕事だろうと雑用だろうといやな顔ひとつせずに手伝っていた。

その他に、ウルスはセレスタの町を囲む城壁の、西の門の近くに櫓《やぐら》をつくらせた。

城壁そのものの補強はしない。とくに高くもなければ厚くもない城壁に少々手を加えたところで、付け焼き刃にしかならないからだ。門のそばには荷台や重そうな家具を集めさせ、西へ頻繁に偵察を出した。

これらの手を打つ一方で、ウルスは領内を荒らす野盗も討伐しなければならなかった。領主の長期にわたる不在を知って、入りこんできた者たちが少なからずいたのだ。

数日が過ぎて、諸侯や騎士団のもとに派遣した使者が帰ってきた。

だが、成果といえるほどのものを携えていた者は、いなかった。

ガヌロンやバシュラルを支持する者はウルスに敵意を向けてきたし、ティグルがジスタートに内通しているという話をいくらかでも信じている者は冷淡な態度で応じた。

ウルスに好意的な諸侯ももちろんいたが、そういう者たちはガヌロンに従う諸侯らの攻撃を受け、アルサスに協力するどころではないという。

オージェ子爵家のユーグはウルスやマスハスの親友であり、わずかであっても兵を送ろうと言ってくれたのだが、彼はガヌロンを支持している諸侯と戦をしている最中だった。彼の窮状を知ったウルスは申し出を断り、逆に協力できないことを詫びた。

そして昨日の夕方、偵察に出した兵士が、恐怖に震えながらウルスに報告した。

数えきれないほどたくさんの武装した兵士が、西の街道をまっすぐ歩いてくるのを見たと。

「軍旗には何が描かれていた？」

頭に角を生やした馬という答えに、ウルスの背筋を戦慄が滑り落ちた。一角獣《リコルヌ》の軍旗はガヌロン公爵家のものだ。この地に向かってきているのはルテティア兵であった。

「おおまかでいいから、敵の数がどれぐらいかわからないか」

ウルスの言葉に、その兵士は「一千どころじゃない、ぐらいで……」と、答えた。

――見所のある連中に、もっと学ぶ機会を与えるべきだったか。

大軍の数を目だけでつかむのには、訓練がいる。

アルサスで用意できる兵は、百人。無理をしても三百人が限界だ。

このような小さな軍に、たいした役目が与えられるはずもない。そのため、一千を超える兵を数える機会などなく、そうした訓練をする必要もなかったのである。

ウルスはいくつか質問を重ねたあと、兵士にねぎらいの言葉をかけて下がらせた。

――おそらく三千だな……。

こちらは歩兵が二百だ。マスハスのところへ十人送り、ヴォージュ山脈へ向かわせた領民たちの護衛にも兵を割いたため、こうなった。勝負にならない。

だが、降伏はできない。ルテティア兵の非道さを、ウルスはよく知っている。彼らはセレスタの町から奪えるすべてのものを奪い、焼き払うだろう。ライトメリッツが救援の軍を出してくれたとしても、間に合わない。

自分たちは、まだいい。覚悟ができている。問題は逃がした領民たちだ。

――ヴォージュ山脈にたどりつけば安全だと思ったが……。

ルテティア兵たちは、ジスタートの反応など気にせず、領民たちを追うかもしれない。

――とにかく、ここで少しでも時間を稼ぐことだ。

そう自分に言い聞かせて、ウルスは朝を迎えたのだった。

――ブリューヌの神々よ、ティグルとディアンをお守りください。

ヴォージュ山脈を見つめながら、神々に祈る。次男のディアンのことは、屋敷に仕えている侍女のティッタに任せた。彼女は領民たちとともに東へ逃げている。

この町から逃げるように言ったとき、ティッタは頑《かたく》なに拒絶した。ティグルが帰ってくるまで屋敷から離れたくないと。彼女がはじめて見せたわがままに、ウルスは驚いたものだった。側仕えのバートランと二人がかりで彼女をなだめ、説得し、ディアンを預けることで、ようやくティッタは逃げることを承知したのである。

寝室の扉を外から叩く音が、ウルスを現実に引き戻した。バルコニーから寝室へと戻って、扉を開ける。自分と同じように武装した、小柄な老人が立っていた。バートランだ。

「ウルスさま、兵たちが前庭に集まりました」

「わかった」と、答えてから、ウルスは苦笑を浮かべる。

「おまえには、オードに行ってティグルを助けてほしかったのだがな」

主と同じ五十二歳のバートランは、顔をくしゃくしゃにして笑った。

「若には逆のことを言われるでしょうな。ウルスさまを助けてほしかったと」

ティグルが生まれたときから面倒を見てきたバートランは、ティグルのことをそう呼ぶ。ウルスはうなずくと、笑みを消して真剣な表情を浮かべた。

「苦しい戦いになるが、頼むぞ、バートラン」

「もちろんです」

主従は並んで歩きだす。屋敷を出ると、バートランの言った通り、兵たちが集まっていた。

武装は頼りない。槍や斧を持っているのが半分ほどで、それ以外は鎌や鍬、棍棒などを武器としている。弓矢を携えている者も二十人ばかりいた。

防具についても、革の鎧を着こんで木の盾を持ち、兜をかぶっている者は三割ほど。それ以外だと、革の胴着を身につけていればいい方で、普段着だけという者が少なくない。

ただし、士気は高い。誰もがアルサスを守らなければという気概に燃えていた。

ウルスの姿を見て、兵たちは隊列を整える。

彼らを見回して、ウルスは静かな口調で告げた。

「今日までに、皆にはさまざまな準備を進めてもらった。あらためて礼を言う」

少し迷ったが、拳を握りしめて言葉を続ける。

「この町に向かっている敵の数は、こちらの十倍以上だ」

数十もの息を呑む音が聞こえた。当然の反応だ。驚かない方がおかしい。

「ヴォージュ山脈へ逃げている者の中には、おまえたちの家族もいるだろう。彼らのために、敵を少しでもこの場に足止めすることが、私たちの役目だ。それを忘れないでくれ」

卑怯なもの言いであることは百も承知だ。だが、兵たちから恐怖を拭い去り、士気を高めるには、戦う理由をあらためて言葉にするしかなかった。

「このあとは、それぞれ持ち場について待機しろ。おそらく、昼になる前にはじまる」

そうして兵たちが去っていったあと、ウルスはひとりで屋敷の裏手に向かった。

亡き妻の墓に、祈る。セレスタの町に帰ってきてから、一度も足を運んでいなかった。それだけの余裕もなかったのだ。

短い祈りをすませると、ウルスは西の門へ歩いていった。


二百の兵を、ウルスは東西南北の四ヵ所に振りわけた。

均等に、ではない。主戦場になるだろう西に百二十人の兵を配置し、他の三方は二十から三十人の兵で守らせた。ウルス自身は、西の門のそばにつくらせた櫓の上にいる。落ち着いた態度を崩さず、徐々に上昇していく太陽を見上げていた。

あと半刻ほどで太陽が中天に到達するだろうというころ、門の上に立っていた兵のひとりが「来たぞっ」と、大声で叫ぶ。ウルスは立ちあがり、西へと視線を向けた。

鉄の塊を無数につなぎあわせてつくった、巨大な蛇のようだった。

おびただしい数の武装した兵士が、街道を進んでくる。陽光を甲冑で反射させ、一角獣を描いた軍旗を風になびかせて。甲冑の音がここまで聞こえてきそうだった。

「やはり三千だな……」

ウルスは呻《うめ》いた。自軍の十五倍という数字に目まいを覚える。すべて歩兵のようだが、全員が甲冑を着こんでいた。正面からぶつかりあえば、こちらは四半刻ともたないだろう。

だが、指揮官が不安や動揺を見せてはならない。地上の兵たちへ力強く呼びかけた。

「鉄の甲冑をまとっていれば無敵というわけではない。恐れることはないぞ！」

兵たちは気を取り直し、武器や拳を突きあげてウルスに応える。

やがて、ルテティア軍は西の門の前までやってきた。

――隊列は整っていないな。攻城兵器の類もなさそうだ。だが……。

敵兵の武装を観察して、ウルスは難しい顔になる。重量のある両刃の斧や、長柄の戦鎚を持った者が多い。あれらの武器を繰り返し叩きつけられたら、城門は長くもたないだろう。

ルテティア兵たちは、ウルスたちを見上げて蔑むように笑声をあげた。貧弱な武装を笑ったのか、数の少なさを笑ったのか、あるいはその両方かもしれない。

兜に三本の角を生やした騎士が進みでて、大声を張りあげる。

「ウルス＝ヴォルンとやらを出せ。そうすれば田舎者のおまえたちに慈悲をくれてやる」

「慈悲とは何だ」と、ウルスが冷静な口調で聞く。騎士は笑った。

「ムオジネルの奴隷商人に売り払うことだ。死にはしないのだから、喜ぶべきだろう。腕力に自信があるやつは、おとなしく従った方がいいぞ。戦奴として高く売れる」

「年寄りとガキはいらんぞ。途中でくたばることが多いからな。連れていくだけ無駄だ」

　他の騎士も挑発して、ルテティア兵たちがどっと笑う。

──苛烈な要求をしてくるだろうと思っていたが、想像以上だな。

　ウルスは怒りに顔を青ざめさせた。彼らはあきらかに、こうした恫喝《どうかつ》に慣れている。

「やれっ！」

　問答無用と判断して、ウルスは叫んだ。城壁上に用意していた石を、アルサス兵たちが次々にルテティア兵に投げつける。

　石の大きさは子供の握り拳ほどだが、鎧に覆われていない箇所に命中すれば痛打となり、場合によっては骨が折れる。鎧の上から当たっても、よろめかせることができた。

　ルテティア兵がひるんだのは、しかしごく短い時間でしかなかった。彼らは盾をかざして投石を防ぐ。それを見たウルスは、すぐに次の手を打った。

　アルサス兵たちが、今度は油の入った革袋と、火のついた松明を投げつける。ルテティア兵たちの足下で炎が瞬く間に大きくなり、煙がたちのぼった。火が広がりやすくなるよう、ウルスたちは刈った草を昨日のうちにばらまいておいたのだ。

　服に火が移れば、甲冑はかえって邪魔になる。煙の中で悲鳴と絶叫の合唱が響きわたった。

地面に転がる者、煙で目と鼻をやられて味方と衝突する者が続出する。アルサス兵たちは革袋を石に持ち替えて、ここぞとばかりに混乱するルテティア兵に浴びせかけた。

「小賢《こざか》しい真似を」

三本角の兜の騎士が舌打ちをして、兵たちに指示を出す。ルテティア軍は負傷した仲間と死体を回収しながら後退した。それを見たウルスは、攻撃をやめさせる。

「意地になって攻めてくるかと思ったが、そこまで甘くはないか……」

ウルスは兵たちに、水を飲んで少しの間だけ休むように告げた。敵兵は逃げていったのではない。こちらの攻撃に驚いただけだ。すぐに態勢を立て直して戻ってくるだろう。

空を見上げる。恨めしさすら感じるほどの蒼空だ。陽射しは強く、風はなまぬるい。太陽はまだ中天に達していなかった。

思った通り、それから四半刻もたたないうちに、ルテティア軍は再び姿を現した。今度は隊列を整え、先頭にいる兵たちはそろって盾をかまえている。さきほどまでとは違う雰囲気に、城壁上のアルサス兵たちは、おもわず身をすくませた。

敵は、態勢を立て直しただけではない。ウルスは櫓の上から周囲を見回して、苦しそうに唸った。北と南に、それぞれ大きな曲線を描きながら進んでいる部隊を見つけたのだ。

「西と北と南の三方から攻めるつもりか……」

多数の兵を抱えているルテティア軍にしてみれば当然の戦術だった。

盾を並べて前進する敵兵に、アルサス兵が油袋と火のついた松明を投げつける。盾でそれらを防いだルテティア兵たちは左右に散開して、後退した。そして、後ろに控えていた兵たちが土をかぶせて火を消し、煙がおさまるのを待って進む。統制のとれた動きだった。

絶望がウルスの胸を締めつける。こちらの油袋が尽きたら、ルテティア兵たちは城門に取りつき、力ずくで破壊して侵入してくるだろう。

――中に入られたら、武装と物量に押し潰される。その前に打って出るしかない。

時間を稼ぐ。たった百を数えるぐらいでも。十を数えるほどであっても。

「油袋が尽きるまで、続けろ」

命令を下すと、ウルスは櫓から地上へと降りる。兵たちを叱咤激励《しったげきれい》していたバートランが、主に気づいて駆けてきた。ウルスは決意を固めた表情で彼に告げる。

「私の馬を引いてきてくれ。大鎚の用意も頼む」

大鎚とは、先端をとがらせた丸太を三本束ねて、荷車にくくりつけたものだ。力自慢の大人が十人がかりで動かす代物である。バートランが沈痛な表情で訊いた。

「もう、もちませんか」

「ここまでのようだ」

死が間近に迫っているというのに、ウルスは自分でも意外なほど冷静だった。

――ティグル、後始末を押しつけてすまないが、頼む。

大鎚と馬を使って敵陣に斬りこみ、ひとりでも多く打ち倒す。それが最後の手だった。

バートランはいまにも泣きだしそうな顔で肩を震わせたが、何も言わずに駆けていき、馬を引いて戻ってきた。そして、何人かの兵を呼んで大鎚を動かすことを告げる。

「ありがとう、バートラン」

ウルスは穏やかな笑みを浮かべて礼を言い、馬上のひととなる。剣を抜き放った。

「油袋が尽きました！　石がなくなるまで投げます！」

城壁上にいた兵のひとりが、勢いよく駆けおりてきて報告する。

このとき、城門の内側にいるウルスからは見えなかったが、油袋が尽きたことを察したルテティア軍は猛然と前進していた。投石をことごとく盾で受けとめ、城門に迫り、斧や鎚を叩きつける。一撃ごとに城門は悲鳴をあげ、傷を押し広げられていった。

「大鎚の用意ができました！」

バートランが叫ぶ。数人の兵士が城門のそばに立ち、閂《かんぬき》に手をかけた。

「私たちが飛びだしたら、すぐに門を閉めろ！」

ウルスが叫び、閂が抜かれる。城門が開いた。武器を振りあげていた何人かのルテティア兵が体勢を崩して転倒する。そこへ、大鎚が怒号とともに猛々《たけだけ》しく突撃した。驚く敵兵たちをはねとばし、あるいは踏みつぶして、城門の外へと躍りでる。

ウルスもまた、馬を走らせた。立ちあがろうとしていたルテティア兵を一撃で斬り伏せ、大鎚と併走し、追い抜いて敵陣に飛びこむ。右側にいた敵兵の喉を斬り裂くと、流血が彼の甲冑にまだら模様を描いた。

怒りと熱気、殺意を帯びたいくつもの叫びが、ウルスを押し包む。切っ先を煌めかせて何本もの槍が襲いかかってきた。

頬や腕に熱い痛みを感じながら、ウルスは剣を薙ぎ払う。二人のルテティア兵がそれぞれ目と鼻を永久に失って、血を噴きだしながら地面に倒れた。

大気をかきまわして、大鎚が追いつく。敵兵がはねとばされて、空白ができる。ウルスは懸命に馬を進ませて、さらに剣を振るった。

風を唸らせて、長柄の斧が迫る。ウルスは反射的に身体をひねってかわしたが、体勢を崩して落馬した。ルテティア兵たちが喊声《かんせい》をあげ、槍と盾を振りかざして群がってくる。跳ねるように身体を起こして、ひとりを斬り伏せる。肩と脇腹と太腿を槍がかすめた。

脇腹に手をやる。てのひらが真っ赤に染まった。

──まだ、身体は動く。

そう自分に言い聞かせたが、呼吸が苦しくなり、左足に力が入らず、片膝をつく。ルテティア兵がウルスを取り囲み、とどめを刺そうと槍を振りあげた。

そのとき、一陣の風が吹き抜ける。ウルスはありえないものを見た。

一頭の馬が、ルテティア兵たちの頭上を越えて、飛びこんできたのである。その馬にはひとりの娘が乗っていた。

美しい娘だった。年齢は十七、八あたり。陽光を反射する白銀の髪は腰に届くほど長く、整った顔の中の紅の瞳には覇気と戦意が揺らめいている。葡萄の色と白を組みあわせた軍衣をまとい、手には見事な装飾のほどこされた長剣を握りしめていた。

ウルスも、ルテティア兵たちも、呆気にとられた顔でこの不思議な闖入者《ちんにゅうしゃ》を見つめる。娘はといえば、他人の当惑など知ったことではないというふうにルテティア兵たちを無視して、ウルスを見下ろした。楽しげな笑みを浮かべて口を開く。

「私はエレオノーラ＝ヴィルターリア。ジスタートの戦姫だ。あなたがヴォルン伯爵か？」

ウルスがうなずくと、白銀の髪の戦姫は馬首を巡らせてルテティア兵に向き直った。

「話はこいつらをかたづけてからにしよう。安全なところへ下がってくれ」

ウルスは目を瞠る。戦姫と名のったこの娘は、鎧も身につけていないのに、一振りの長剣だけでルテティア軍に立ち向かおうというのだ。

反射的に止めようとして、ウルスは寸前で言葉を呑みこんだ。

戦姫の強さを、彼はよく知っている。オルガ＝タムのおかげで、ウルスはオードにたどりつくことができたのだから。エレオノーラも、そうした優れた戦士なのかもしれない。

はたして、ウルスの想像は正しかった。

エレオノーラ――エレンが馬の腹を蹴りつける。果敢に敵兵のただ中へ飛びこんだ。

彼女の周囲で風が踊ったかと思うと、三人のルテティア兵が兜を割られ、あるいは肩口から血を流して崩れ落ちる。エレンが長剣を振るって彼らを打ち倒したのだと理解するのに、ウルスにも、ルテティア兵たちにもわずかながら時間が必要だった。

「命が惜しければ、指揮官までの道を空けろ」

傲然《ごうぜん》と、エレンが馬上から告げる。その声は静かで、高圧的なものではなかったが、ルテティア兵たちの何人かは気圧されたように後ずさった。別の何人かは、ひるんでしまったことを否定するように、エレンへと襲いかかる。

金属音に、命が失われる音が続いた。エレンが長剣を振るって迫る槍の群れを弾き返し、手首を返しての一閃でルテティア兵を斬り伏せたのだ。

「何という剣の腕だ。オルガ殿もすばらしい技量を持つ戦士だったが……」

エレンの戦いぶりに、ウルスは感嘆のため息をつく。だが、すぐに彼女を援護しなければと考え直した。これは自分たちの戦いなのだ。

剣を杖代わりにして立ちあがる。不意に横から手が伸びて、ウルスの身体を支えた。驚いてそちらを見ると、ひとりの娘がこちらを見上げている。

「おひさしぶりです、ヴォルン伯爵」

長い黒髪を持つその娘は、落ち着きはらった態度で会釈《えしやく》した。年齢は十五、六歳というところで、小柄な身体に風変わりな服をまとっている。

袖とわかたれて、肩を露出させている上着、腹部を覆うほどに太いベルト、巻きつけるような形状で、合わせ目から細い脚が覗いているスカート、どれもブリューヌでは見ないものだ。

衣装だけではない。彼女はその身体に不釣りあいな大鎌を、肩に担いでいた。

「ミリッツァ殿……」

新たな驚きに、ウルスは呆然として彼女を見つめる。

彼女の名はミリッツァ＝グリンカ。『虚影の幻姫《ツェルヴィーデ》』の異名を持つ戦姫だ。昨年の夏にセレスタの町を訪ねてきたことがあり、ウルスはそのときに彼女と会った。

「どうしてあなたがここに？　いや、話はあとだ。エレオノーラ殿を……」

「ご安心ください」

エレンの後ろ姿を見ながら、ミリッツァは淡々と言葉を続ける。

「エレオノーラ様は、おひとりで来たわけではありませんから」

彼女が言い終えるかどうかというところで、北の方から喊声が轟いた。ウルスは驚いてそちらに視線を向ける。ルテティア兵たちの向こう、数百アルシン先に目を凝らした。

こちらへ向かってくる騎兵の一団がいる。数は一千以上。

彼らが掲げている軍旗は、二種類あった。黒い竜を描いたものと、黒地に銀の剣を斜めに描いたものと。ジスタート王国の黒竜旗《ジルニトラ》と、ライトメリッツ公国の軍旗だ。

「ウルス様はわたしといっしょに下がりましょう。傷の手当てもしなければ」

赤く染まっているウルスの脇腹を見て、ミリッツァが言った。

当初、エレンはウルスと連絡をとってから、ライトメリッツの軍勢をアルサスに向かわせるつもりだった。その予定を変えたのは、エレンが使者として派遣した副官のリムことリムアリーシャが、ウルスの派遣した使者とライトメリッツ領内で出会ったからだ。

アルサスの現状を知ったリムは、ただちにエレンのもとへ取って返し、すぐに軍を派遣するべきだと進言した。エレンはうなずき、その日のうちに二千の兵を率いてライトメリッツを発ったのである。

「わたしが単独でアルサスに先行し、ヴォルン伯爵にこちらの動きを伝えましょうか」

このとき、ミリッツァがそう提案した。彼女には、一瞬で遠くへ移動できる竜技《ヴェーダ》がある。

だが、エレンは首を横に振り、厳しい表情で言った。

「おまえのその力はたいそう便利だが、それだけに使えなくなったときが怖い」

もしもアルサスが敵兵に占領されていて、そこに飛びこむ形になったら、ミリッツァは窮地に立たされる。すぐに竜技を使って逃げられるのならよいが、それができない状況に追いこまれたら孤立してしまう。

そのため、セレスタの町が見えてくるあたりまで、エレンとミリッツァはライトメリッツ軍とともに行動していたのである。まさしく間一髪だった。

ライトメリッツ軍が速度をあげる。彼らは土煙を巻きあげて突撃し、突然の敵に慌てふためくルテティア軍の側面に喰らいついた。ルテティア兵たちは槍と盾をかまえて迎え撃とうとしたが、足並みが乱れて効果的な反撃とならず、一方的に蹂躙される。

肉と鉄の潰れる音が無数に重なり、悲鳴と絶叫がほとばしって、凄惨な響きを奏でた。馬にはねとばされ、槍に貫かれ、味方に押し潰されて、ルテティア軍の陣容が大きく崩れる。死体の上に死体が倒れ、流血の川は瞬く間に大きな血溜まりとなった。

この横撃は、ルテティア軍の士気をくじいた。

ついさきほどまで、勝っていたのは彼らの方だったのだ。あと少しで町に侵入し、殺戮と略奪をほしいままにするはずだった。それだけに、衝撃と混乱は大きい。反撃どころか前進と後退の判断すらままならず、ライトメリッツ兵たちに次々と討ちとられていく。

エレンもまた、ルテティア兵を斬り捨てながら前進していたが、彼女の前に三本角の兜の騎士が立ちはだかった。馬にまたがり、右手に剣を、左手に盾を持っている。

雄叫びをあげて突撃してきた騎士に、エレンも長剣を振りかざして馬を走らせた。すれ違いざまに、二本の刃が初夏の陽光を反射する。

流れる血で鎧を赤く染めあげながら、騎士が落馬した。それを見たルテティア兵たちが驚愕と恐怖の叫びをあげる。この騎士こそがルテティア軍の総指揮官だった。

総指揮官の死に、ルテティア兵たちは浮き足だつ。負けたと、彼らは思った。

後ずさり、武器を捨て、背中を向けて、ルテティア兵は潰走をはじめる。まだどうにか形をたもっていた陣容に次々と綻びが生じ、しかもそれは一瞬ごとに拡大していった。

ライトメリッツ軍は逃げる敵に追いすがる。槍を背中に突きたて、剣で兜を叩き割った。

追撃を緩めれば、敵に反撃の機会を与えてしまう。そのことを、ライトメリッツ軍を指揮しているリムアリーシャはよくわかっていた。

彼女はわずかな抵抗を粉砕して、徹底的にルテティア兵たちを叩きのめすと、敵の別働隊に狙いをさだめた。セレスタの町の北と南に回りこもうとした部隊のことだ。彼らは本隊がライトメリッツ軍の攻撃を受けたことを知って、戻ってきたのである。

彼らの勇敢な行動は、だが、ライトメリッツ軍に各個撃破の機会を与えただけだった。

ライトメリッツ軍は距離をはかって敵に矢の雨を浴びせかけ、動きが鈍ったところに槍先をそろえて突きかかる。別働隊の兵たちは懸命に抵抗しようとしたが、本隊の敗北が伝わるとたちまちのうちに戦意を失った。散り散りになって逃げだしはじめる。

エレンは総指揮官を討ちとったあと、向かってくる敵兵だけを斬り伏せながら戦況を見守っていたが、戦は終わったと判断して馬首を返す。城門のそばにいるミリッツァとウルスを見つけて、そちらへ馬を向けた。

ウルスはミリッツァに支えられて、地面に座りこんでいる。革鎧も服も脱いで、腹部をはじめ、ほとんど身体中に包帯を巻いていた。こちらに向かってくるエレンに気がつくと、ミリッツァの肩を借りて立ちあがる。

エレンもまた、軽やかに馬から降りたった。先にウルスから口を開く。

「エレオノーラ殿、アルサスの領主として、この地を守ってくれたことを感謝します」

「なに、ライトメリッツはアルサスの友人だ。それに、私はあなたのご子息に命を救われたことがある。ようやく借りを返すことができてさっぱりした」

死体と流血と捨てられた武具で舗装された地面の上を、土煙を含んだ風が吹き抜ける。

何とはなしに空を見上げると、太陽が中天を過ぎていた。


落日の光がセレスタの町を朱色に染め、色濃い影をつくっている。

今度の戦でアルサス兵の死者は百人を超え、重傷者も三十人以上出た。勝ったことを喜ぶ気にもなれないほどの大打撃である。この状態から回復するには何年もかかるだろう。

ウルスは自ら死者の埋葬をするつもりだったが、傷の具合を慮《おもんぱか》ったバートランらに強く反対され、仕方なく彼らに任せた。屋敷の寝室に運ばれて、あらためて手当てを受ける。

そのあと、ウルスは二人の戦姫を呼んだ。彼女らとの話は、領主であるウルスでなければできないことだったからだ。

ほどなく現れたエレンとミリッツァに、ウルスは寝室で応対することになった無礼を詫び、あらためて助けてもらったことへの礼を述べた。持っている中でもっとも上等の葡萄酒を用意させ、自ら銀杯に注いで二人に渡す。

エレンは礼儀として銀杯を受けとりながら、鷹揚《おうよう》に応じた。

「そんなに気にすることはない。こちらもこちらの都合で動いている」

彼女はブリューヌが置かれている状況について、ヴァレンティナの見解を話した。

それは、ガヌロン公爵がファーロン王から玉座を奪い、バシュラルを新たな王に据えるつもりだろうというものであり、ウルスは驚きを禁じ得なかった。

「ジスタートには賢者がいらっしゃるのですね」

「それは褒めすぎだな。どんな人間にも取り柄はあるというだけだ」

エレンの評価は辛らつなものだったが、そう言われるだけの理由がヴァレンティナにあることをミリッツァは知っていたので、無言を通した。エレンは続ける。

「ともかく、そう考えたヴァレンティナは、アルサスを守るという名目で、ブリューヌにいつでも介入できる状況をつくりたかったわけだ。私としても、友好を結んだ相手が戦渦に巻きこまれるのは避けたかったし、こちらに火の粉が飛んできては困るからな」

「おかげで私は命を拾うことができました。あらためてお二人には感謝します」

「しかし、現在のブリューヌはそういう状況なのか？」

「まさに」と、ウルスはうなずき、自分の身に起こった出来事を説明する。聞き終えたエレンとミリッツァは、それぞれ唖然とした。

「リュドミラだけでなく、ソフィーにオルガ、エリザヴェータまでこの国にいるだと？」

「もう王都ニースはガヌロン公爵に乗っ取られてしまったのですか……」

二人の戦姫は顔を見合わせる。さすがにこの状況は予想外だったらしい。もっとも、エレンはすぐに考えをまとめて、年少の戦姫に問いかけた。

「ミリッツァ、おまえはどうする」

「どうするといいますと……？」

「私はその遊撃隊とやらのもとに向かう」

「アルサスはどうするのですか？　もう一度、敵が来るやもしれません」

即断に感心しながらも、ミリッツァは聞いた。エレンはこともなげに答える。

「連れてきた兵たちをここに置いていく。指揮はリムに任せれば問題ないからな。オルミュッツに使者を出して、スヴェトラーナ殿の助けを借りれば万全だろう」

ミラとは険悪な仲のエレンだが、スヴェトラーナのことは尊敬していた。スヴェトラーナが娘ほど礼儀にうるさくないというのもあるだろう。

「わたしもエレオノーラ様といっしょに行きます」

臆する様子をまったく見せずに、ミリッツァは答えた。

「ここまで来て、わたしだけ帰るなんて真似はできません」

「案内人をつけましょう。お二人の強さを疑うつもりはありませんが、旅をするにはブリューヌ人が必要なときもあるでしょうから」

ウルスがそう申し出ると、エレンは首を横に振る。

「それには及ばん。ただ、あなたには別のことで力になってもらいたいのだが……」

何かを思いついたように、エレンが笑みを浮かべる。戦士らしい覇気や戦意に満ちたものではなく、悪だくみをしている子供のような表情だ。

「私にできることなら、もちろん協力させていただきますが」

その態度を訝しく思いながらも、ウルスは答える。エレンが紅の瞳を輝かせた。

「では、私がいまから言うことを広めていただきたい。『ジスタート王国は、その資格を持たずに玉座を狙うバシュラル王子と、後見役のガヌロン公爵を敵と見做《みな》し、この両名を討つことを決意した。我々は五万の兵をそろえ、一万の軍船を仕立てて、陸と海からブリューヌの北半分に襲いかかる。そうして、あらゆる町や都市に黒竜旗を打ち立てるだろう』と」

この宣言にはウルスだけでなくミリッツァも仰天した。

「な、何を言うんですか、エレオノーラ様……」

あまり感情を露わにしないミリッツァが、目を丸くしてエレンを見つめる。

「言いましたよね？　ジスタートとブリューヌが争うような事態は起こさないでほしいと」

「もちろん覚えている。だが、ヴォルン伯爵から話を聞いただろう。バシュラルだかガヌロンだかは王都までおさえてしまっている。一方、私たちの手元にあるのは二千の兵だけ。それだって、アルサスを無防備にするわけにはいかないから動かせない」

葡萄酒を一口飲んで喉を潤すと、エレンは自信たっぷりに告げた。

「この状況で私たちが存在感を示すには、おおぼらを吹いてでも注目を集めるしかない」

「そ、それでブリューヌが本気にしたら……」

「本気にしてもらわないと困る。ガヌロンに従っている諸侯のひとりか二人が浮き足立ってくれれば、そこにつけこめるだろう」

傲然たる態度を崩さないエレンを、ミリッツァは困り果てた顔で見つめる。

「え、エレオノーラ様、本当に大変なことになりますよ。あとで何を言われるか……」

「いや、そこなんだがな」

凶悪な笑みを消し、真面目な顔になって、エレンは言った。

「この宣戦布告で、責任を追及されるのは誰になる？」

「それは、エレオノーラ様と……わたしもですね」

「あと、ヴァレンティナもだ。おまえはやつの頼みで私のところへ来たのだからな。多少のことであれば、やつにまで火の粉は飛んでいかない。だが、宣戦布告ともなれば、さすがにお咎めなしとはいかないだろう」

ミリッツァは息を呑む。エレンは再び凶悪な笑みを浮かべた。

「私たちが血を流すのだから、やつも汗を流すべきだ。冷や汗か、労働の汗かは知らんがな」

絶句するミリッツァを楽しそうに見やって、エレンはウルスに向き直る。

「ヴォルン伯爵、あなたがたには迷惑をかけない。何かあったら、ジスタート軍に不意を突かれて領地をおさえられたと言えばいい。そして、あなたと親しい諸侯にさきほどの私の宣言を伝えてほしい。敵の耳にも届くように」

「わかりました」

ウルスはうなずいた。驚かされはしたが、考えてみれば有効な手だ。ガヌロンに従っている諸侯たちは、兵の大半を王都に向かわせているはずだ。いま、彼らの領地にはわずかな兵しか残っていない。そこへジスタートが攻めてくるときけば、不安になるだろう。

「では、しばらくの間、リムたちの面倒を見てやってくれ」

ウルスとエレンの間で話がまとまったところで、ミリッツァが口を挟む。

「ところで、どうやって遊撃隊のもとへ行くんですか？」

「まず、オードとやらいう地に向かい、遊撃隊の状況と居場所を聞く。わかったら、おまえの力でそこまで跳べばいい」

「以前にも言いましたが、馬といっしょに跳ぶことはできませんよ。馬ごと跳躍しようとした三代前の戦姫が、きれいに切断された馬の首を見て仰天したという話がありますから」

「となれば、町から町まで跳んでいく途中で、馬を調達するしかないな」

話しあう二人の戦姫を、ウルスは感嘆の思いで見つめていた。

ともに旅をしたオルガや、ミラたちもそうだったが、ブリューヌを代表する大貴族であるガヌロンや、戦姫を退ける力を持つバシュラルを相手にするというのに、恐れる様子がない。

彼女たちが息子に協力してくれることの、何とありがたいことだろうか。

「ご武運を」

ウルスはもう一度頭を下げた。

†

王都の南側に出たティグルたち三人は、交替で見張りをしながら夜を過ごしていた。

いまはティグルが見張りをする番だ。ミラは穏やかな寝息を立てている。しかし、リュディは眠っていないようだった。

――レグナス殿下のことを考えて、なかなか眠れないのかもしれないな。

ティグルはそっとしておこうと思った。

だが、違った。不意にリュディは寝返りを打ってこちらを見つめる。ティグルは水の入った革袋を軽く持ちあげて、「よければ飲むか」と訊いてみた。

リュディは答えない。焚き火にくべた小枝の爆《は》ぜる音だけが、二人の間で響いている。彼女の視線を受けとめながら、ティグルは辛抱強く待った。

どれぐらいの時間が過ぎただろうか、リュディは突然身体を起こし、膝立ちで歩きながら焚き火を回りこんでこちらへ近づいてくる。これにはティグルも当惑した。

「どうした？　何かあったのか」

ミラを起こさないように、小声で尋ねる。リュディも声をひそめた。

「大事な話があります」

彼女は立ちあがって、木々の奥に視線を向ける。

ティグルは周囲の気配をさぐった。近くに獣はいない。それに、ミラの傍らにはラヴィアスがある。あまり離れなければ問題ないと思われた。

念のために弓矢を用意する。二人は焚き火から十数歩ほど離れたところで向かいあった。

どうしたんだと聞く前に、リュディがティグルの胸へ飛びこんで、顔を埋める。背中に手をまわして強く抱きしめた。

「あなたのことが、好きです……」

息を呑む。あまりに突然で、とっさに何を言えばいいのかわからなかった。二人の間に流れる沈黙は、焚き火を囲んでいたときとはまるで異なるものだ。

リュディの腕に触れると、彼女が顔をあげる。

「ナヴァール城砦で再会したとき、いえ、四年前にアルサスでお別れをしたときにはもう、私はあなたのことが好きになっていたんだと思います。でも、それが本当の気持ちなのか、わからなかった……。冷たくなったあなたを私の熱で温めたとき、ようやく確信しました」

異彩虹瞳《ラズイーリス》が、ティグルをまっすぐ見つめる。頬を赤らめて、リュディはまくしたてた。

「だいたい考えてみてください。婚約もしてない、二十歳にもならない女性がですよ。それ以外に助ける方法が思い浮かばないからといって、ずっと殿方を抱きしめていたんです。ティグルも察してくれていいじゃないですか」

「いや、その、それは……すまない」

ティグルはしどろもどろに謝った。たしかにそうかもしれないという気はしてくる。

「それでは、答えを聞かせてください。でも、あなたもはじめて会ったときから私のことが好きだったでしょう？」

唖然とした。どうしてここまで自信に満ちた態度をとれるのだろうか。

二人の出会いは決して劇的なものではない。狼に襲われていた彼女を、ティグルが助けたというものだ。しかも、リュディはその直後に狼にとどめをさして、自分の手柄にした。

「見ていて楽しかったのは認めるよ」

ともに過ごした日々は、鮮明に思いだせる。

いま、自分はもしかしたら複雑な表情になっているかもしれないと思った。

　あの頃、リュディに抱いた感情はたしかに好きというものだったかもしれない。ティグルが弓を使うことに批判的だったことが唯一のわだかまりだったものの、それもナヴァール城砦で再会したとき、リュディが謝ったことで消え去った。

　だが、いまの自分には愛するひとがいる。想いを告げられた以上、そのことを言わないわけにはいかない。ティグルは口を開きかけたが、またリュディが先に言った。

「ミラのことが好きなんですか？」

　口を半開きにしたまま、まじまじと彼女を見つめる。リュディはくすりと笑った。

「あなたをずっと抱きしめていたのは、私だけじゃありません。ジスタート人で戦姫のミラが、必要だからとはいえそこまでするなんて、理由はひとつでしょう」

「……その通りだ」

　短い沈黙を先立たせて、ティグルは答えた。これだけ行動をともにしていれば、見抜かれない方がおかしいだろう。ともかく、これでリュディとの話は終わるはずだった。

　だが、リュディはとんでもないことを言いだした。

「私とも結ばれてみませんか」

　ティグルは瞬きをしたあと、彼女の言葉を心の中で何度か反芻《はんすう》し、考えてみた。

「何を言ってるのかわからないんだが」

「あなたとミラの仲を、私が応援します」

得意満面の笑みを浮かべて、リュディは続ける。

「でも、ブリューヌにいる間は私のそばにいてください。ミラがいっしょでもいいですよ」

大声を出しそうになったのを、とっさに堪えた。どうしてそうなるのだ。

表情から、ティグルが呑みこめていないのを察したらしい。リュディが説明を続ける。

「この戦いが終わったら、あなたの立場はどうなると思いますか？」

「どうって……とりあえず濡れ衣は晴れて、ヴォルン家の名誉は回復するだろう」

「そして、あなたは諸侯の令嬢と結婚して王宮に勤めるか、駐在武官としてジスタートに滞在するか。陛下がそうおっしゃっていたと、あなたのお父様が言っていましたね。私も、そのどちらかになると思います。さらにいえば――」

碧と紅の瞳に静かな輝きを湛《たた》えて、リュディは続けた。

「ジスタートに滞在する場合でも、その前に諸侯の令嬢と結婚することになるでしょう。余計な噂が少しでも立たないようにするために」

ティグルは唸った。独身の男女が仲睦《なかむつ》まじくしていれば、それだけで噂をする人々がいるのはたしかだ。ジスタートへの配慮として、そのような措置はたしかに必要だろう。まして、ティグルとミラは本当に愛しあっているのだから。

また、ティグルがリュディと結婚すれば。ジスタートはヴォルン伯爵家という田舎貴族ではなく、ベルジュラック公爵家を相手にすることになる。ジスタートにとっては、そちらの方が

ありがたいに違いない。

だが、ティグルは静かに首を横に振り、精一杯の真面目な顔でリュディに答えた。

「君の気持ちが嬉しくないといったら、嘘になるだろうな。でも、俺は受けられない」

貴族としては、おそらくリュディの考えが正しい。愛妾を持たない貴族の方が少ないし、その愛妾を、妻と同列に扱っている者もいると聞く。四年前、リュディが縁談や結婚について話したときのことを、ティグルは何とはなしに思いだした。

「わかりました」

リュディは一歩後ろに下がって、屈託のない微笑をティグルに向ける。

「でも、私は諦めたわけじゃありません。この戦が終わったら、もう一度想いを告げます」

ティグルは呆気にとられたが、すぐに理解した。

戦が終わったら、ティグルやヴォルン家の処遇について、関係者たちの間で話しあいが行われるのは間違いない。ティグル自身、この先のことは推測できないのだ。

「でも、言いたいことを言えてすっきりしました。それじゃ戻りましょうか」

ティグルはうなずき、二人は並んで歩きだす。

リュディはすぐに横になって、寝息をたてはじめる。彼女の寝つきのよさに苦笑したあと、ティグルは焚き火を見つめて不透明な未来に思いを馳《は》せた。

3　ままならず

夢を見ている。バシュラルにはそのことがすぐにわかった。

自分がいるのは、生まれ育ったカルパントラの町の、小さな家の中だ。

目の前には古びたベッドがあり、母が横たわっていた。

静かに眠っている母は、若い。自分がまだ五歳か六歳のころの母だ。

ベッドにも、母の身体にかけてある毛布にも、イフリキア独特の花の模様が描かれている。もちろん母が描いたものだった。

カルパントラには、さまざまな国の人間が暮らしていた。ブリューヌ人はもちろん、ジスタート人にムオジネル人、ザクスタン人にアスヴァール人、海の向こうのイフリキア人やキュレネー人もいる。両親の生まれ育った国が違うという者も大勢いた。

カルパントラから二、三日ほど歩くと、マッシリアの港町がある。周辺諸国の交易船が競うように船着き場に並ぶマッシリアでは、異国人同士の恋愛が珍しくない。

マッシリアで結ばれた男女が、喧噪の絶えない港町よりもいくらか静かな場所を求めて、カルパントラに落ち着くということが多かったのだ。

そのような環境で生まれ育ったバシュラルは、母がブリューヌ人ではないことを何とも思わなかったし、父親がいないこともよくあることぐらいに考えていた。もっとも父のことは、母を捨てたのだと思いこんで、長い間軽蔑していたが。

母は、イフリキア人であること自体はとくに隠そうとしなかった。洗いものをしながら歌っていた鼻歌はイフリキア語だったし、家にある刺繍のいくつかもそうだった。何日かに一度、南に向かって祈りを捧げていた。

イフリキアの言葉や文字をバシュラルに教えてくれたものの、イフリキアにいたころの話はまるでしなかった。たまにするときは、複雑な微笑を浮かべていた。

「母さんはイフリキアに帰りたいと思わないの？」

八歳のとき、バシュラルは母に訊いた。母は穏やかに笑って首を縦に振った。

どうしてと質問を重ねると「この国が好きだからね」と、母は答えた。

「この国にはあなたのお父様がいるから」

バシュラルは、「ふうん」と納得してみせたものの、「強がってら」と内心では思った。

近所のひとたちと談笑していて、イフリキアの話が出たときに母が見せる表情は、故郷を強く想うものだった。また、母の鼻歌の中には別離を歌うものがいくつかあったのだが、それらを歌うとき、母は寂しさと諦めの入りまじった横顔を見せていた。

十歳のとき、バシュラルは母に言った。

「俺、いつかイフリキアに行くからさ……。いろいろな話を聞いて興味あるし、そのときは母さんも連れていくよ」

母は驚いたというより、呆れた顔をしたと思う。

しかし、すぐに笑って「期待しないで待ってるわね」と、言ってくれた。

その言葉が、バシュラルの背中を強く押した。

バシュラルの知るかぎり、母は他人のために動くひとだった。育ち盛りのバシュラルに、常に食べものを多くくれた。困っているひとを見れば、誰だろうと助けの手を差しのべた。犬が苦手なのに、野犬に襲われた近所の少女をかばって、野犬と睨《にら》みあったこともあった。

その母が、待っていると言ったのだ。やってやるという気になった。

バシュラルが考えたのは、船乗りになることだ。マッシリアに行き、雇ってくれる船長をさがして契約するのである。カルパントラで生まれ育った男の大半が進む道だった。

十三歳のとき、バシュラルはカルパントラを発った。

母のことは、隣に住むベアトリスに頼んだ。ブリューヌ人の父とキュレネー人の母を持つ彼女は、幼いころからバシュラルと仲がよく、二つ返事で引き受けてくれた。

体格に恵まれ、腕力もあったバシュラルは、マッシリアに着いてすぐに雇ってもらうことができた。さまざまなことを学びながら、半年ほど船の上で過ごしたのだが、乗っている船が海賊に襲われたことが、彼の進む道を変えた。

船に乗りこんできた海賊たちを、バシュラルは小剣と手斧で次々に打ち倒した。武器が使いものにならなくなると相手から奪い、樽や木箱を転がして、海賊たちを海へ落とした。

海賊を撃退することはできたものの、船はぼろぼろになった。帆柱は半ばからへし折れ、帆はずたずたに引き裂かれ、船縁は傷だらけで、船腹には穴が開いていた。

船長が新しい船を手に入れるまでの間、暇になった。

そのとき、バシュラルは新兵を募集している傭兵団に誘われたのだ。

バシュラルも、もしかしたら自分は船乗りよりも戦う方が性に合っているのではないかと考えていたから、翌日には傭兵になっていた。

傭兵としてのバシュラルは強かった。大剣を軽々と振るって、敵を一撃で斬り伏せた。兜ごと頭部を叩き割り、盾の上から強引にねじ伏せ、籠手《こて》や脛当て《すねあ》ごと腕や脚を斬り裂いた。

傭兵の賃金は決して高くない。だが、バシュラルの気性には合っていたし、部隊長や、有名どころの傭兵を仕留めれば特別報酬が手に入った。

傭兵になって一年が過ぎたころから、バシュラルはイフリキアの情報を少しずつ聞き集めるようになった。傭兵の中にはイフリキアに行った者もいたのだ。

バシュラルが生まれる二、三年前に、イフリキアでは政変があった。三人の王弟が兵を集めて国王を討ったのだ。王の親族や、寵愛を受けていた臣下たちは、国外へ逃げたという。

母はそのときにブリューヌへ逃げてきたのだろうと、バシュラルは考えた。イフリキアのことを気にしつつも帰ろうとしないのは、よほど王に近かったのだろうか。

バシュラルは、年に一度はまとまった金を持ってカルパントラに帰り、母やベアトリスに会っていたが、二人には傭兵稼業をやめてほしいとよく言われた。だが、その願いだけは頑として聞き入れなかった。

性に合っているとか、金が稼げるとか、理由はいくつかあったが、ようするにブリューヌに落ち着くのがいやだったのだ。ブリューヌ人以外の血も流れている自分は、ブリューヌ人になりきることはできないという思いがあった。

その点、ひとつところに留まらず、戦場を転々とする傭兵は理想的だった。

イフリキアについては、もう少しわかったことがある。なぜ、王弟たちが王を討ったのか。ある時期から、王は神官たちを重用するようになった。神託がよい結果をもたらしたからだそうだが、真実はわからない。ともかく、王は神官たちにさまざまな特権を与えた。神官たちは増長して、民を虐《しいた》げるようになった。

決定打となったのは、戦に従軍する神官に、戦利品を分配する権利が与えられたことだ。本来、従軍神官の役目は、戦場で命を落とした者の魂の安寧を祈ることだったが、彼らは戦利品を多く得ることばかり考え、指図までするようになった。

兵たちの不満を受けとめて反乱を企てたのが、王弟たちだった……。

このような背景を知ったバシュラルは、イフリキアに母をつれていくのは難しいと考えざるを得なかった。母が先代の王に近しい立場だった場合、危険すぎる。

だが、諦めるつもりはなかった。不可能ではないはずだ。自分が生まれ育ったカルパントラの土をいつでも踏めるように、母にも故郷の土を踏ませてやりたかった。

夢の中で、バシュラルの見ている母の姿は徐々に変わっていく。老けたというほど齢を重ねてはいないが、髪は艶を失い、肌は張りを失っていった。

そして、少しずつ顔色が悪くなっていく。昨年の春、バシュラルが最後に見た母の姿に。

病によって死に瀕していた姿に。

「あなたに教えておくことがあるわ……」

バシュラルの左手を握りしめて、母はか細い声で告げた。

自分がイフリキアの王女であったことを。先代の王の娘のひとりであり、王弟たちにとっては姪にあたることを。

さすがにバシュラルは驚いた。よく逃げることができたものだ。

しかし、衝撃はそれだけではなかった。母は続けて言った。

バシュラルの父が、現在のブリューヌ国王ファーロンであると。

——どうして。

実際にその話を聞かされたとき、バシュラルは喘ぐように母に訴えた。どうして、もっと早く教えてくれなかったのだと。だが、夢の中では声が出なかった。

——どうして教えてくれなかった。

それがわかれば、母をおぶって王都ニースまで歩いていったのに。父親に会い、母を助けてほしいと、そのためなら何でもすると頼みこんだのに。

どうして助からなくなってから、教えるのか。

母は答えず、バシュラルに微笑を見せた。そういうことかと、バシュラルは悟った。

自分のために、教えてくれたのだ。傷つき疲れ果てた息子のために。

父王に名を告げ、その庇護のもとで静かに生きてほしいと。

「幸せになって」

母が目を閉じる。二度と、その目が開かれることはなかった。

――母さん……！

手を伸ばしながら、バシュラルは跳ね起きた。

視界に映るのはカルパントラにあった家の中ではなく、薄暗い幕舎《ばくしゃ》の中だ。

無意識のうちに左手で顔を撫で、右手をさする。それが、たしかにそこにあることを確認するかのように。全身に汗をかいていることに気づいて、手近にあった布で乱暴に拭った。

ここは、王都ニースから南へ半日ほど行ったところにあるアルドンという草原だ。バシュラル軍は三日前に、ここに来た。この地で敵を迎え撃つと思わせるために。

幕舎の外から兵が自分に呼びかけている。伝令が到着したらしい。

「入ってこい」と言うと、熱気とともに汗だくの若い兵士が現れた。顔の汗も拭わず、背負っていた麻袋から丸めて蝋で封をした羊皮紙を取りだし、バシュラルに差しだす。

「副官殿からです」

バシュラルは羊皮紙を受けとると、短剣で蝋を剥がして中身を確認する。

——戦場を決めたか。

戦意に満ちた笑みが浮かんだ。ソローニュという地にレグナス軍が来たところを叩くと、羊皮紙には書かれている。また、レグナス軍とテナルディエ軍の動きも簡潔に記してあった。

ソローニュは、王都から三日ほど南へ行ったところにあるらしい。このアルドンからでもたいして距離は変わらないようだ。今日一日は出陣の準備に費やすとして、四日後にたどりつけるだろうか。

——テナルディエは、いまだにお姫さまの軍に合流していないのか。

自分たちとレグナス軍がぶつかりあうまで、積極的に動くことはないのだろう。どこまでも傲岸不遜な男だが、その態度はありがたい。

伝令にねぎらいの言葉をかけて下がらせると、バシュラルは外にいた兵士に、おもだった者を呼んでくるよう命じる。

圧倒的な兵力で、一気に叩き潰すつもりだった。

†

太陽の位置は地平と中天の間ほどにあり、じりじりと上昇している。陽射しはそれほど暑くないが、吹き抜ける風はひたすらになまぬるかった。

ナヴァール、ラニオンの両騎士団が中核をなすレグナス王子の軍は、整然と隊列を整えて、王都に至る街道を進んでいる。

兵の数は約六千。約七割を二つの騎士団が占めており、残りはレグナスに従うことを申し出た諸侯の兵で構成されていた。騎士団が二つもいる割に騎兵は少なく、一千いるかどうかというところだが、これは馬の飼料を運ぶ負担の大きさから減らさざるを得なかったのだ。

総指揮官はレグナスだが、実質的な指揮官はナヴァール騎士団の団長にして黒騎士の異名を持つロランと、ラニオン騎士団の団長デフロットの二人である。陣容としてはナヴァール騎士団が前衛を、ラニオン騎士団が後衛を担っている。

諸侯の軍は中衛だが、これはどちらかというと、彼らを戦力としてあまりあてにしていないということだった。むろん、そんなことは表だって言えないため、諸侯の軍の中央には、レグナス王子が護衛のジャンヌとともにいる。

行軍速度は遅い。これには二つ理由があり、ひとつは王都へ急ぐよりも、味方を集めることを優先しているからだった。バシュラル軍の兵力が二万から三万であることは、レグナス軍も何度か偵察を放って把握している。六千で挑むには、相手が多すぎた。

もうひとつの理由はいささか深刻で、数日前から敵の襲撃を受けているためだった。

バシュラル軍は、早朝か真夜中に攻撃を仕掛けてくる。百にも満たない数で投石を雨あられと浴びせかけ、あるいは騒音を鳴らしてこちらを驚かせてくるのだ。すぐに引きあげてしまうので、刃をまじえての戦闘にはほとんどならない。

バシュラル軍の目的は、レグナス軍の士気と体力を削ることにある。ロランもデフロットもすぐにそのことに気づいた。一度、敵を幕営の中まで誘いこんで強烈な反撃をくらわせたことがあったが、そのぐらいでは陰湿な攻撃は止まらなかった。

──数で優りながら、執拗に夜襲をかけてこちらの焦りと疲労を誘うとはな。

バシュラル軍の恐ろしさに、ロランは舌を巻く思いだった。感心してばかりもいられないのだが、いまのところは打つ手がない。耐えしのぐことしかできなかった。

太陽が中天にさしかかるころ、レグナス軍は行軍を中断して休息に入る。ロランは軍議に参加するため、副団長のオリビエに騎士団の統率を任せて、中衛に向かった。

王子のもとに着くと、おもだった人物がすでにそろっていた。レグナス、護衛のジャンヌ、諸侯の代表が二名、そしてラニオン騎士団の団長デフロットだ。

「おお、来たか、ロラン卿」

片手をあげるデフロットに、ロランは会釈《えしやく》で応じた。

デフロットは三十八歳。顔の造作が大雑把で、頭頂部の癖毛が印象的な男だ。ロランより背が低く、横幅はロラン以上にある。甲冑は暑苦しくてかなわないと、鉄片で補強した革鎧をつけていた。その点は騎士らしくないが、部下からの信望は厚い。

まわりから兵たちが遠ざけられ、六人だけとなる。諸侯のひとりが口を開いた。

「偵察隊の報告によると、バシュラルはアルドンの地に兵を集め、防御陣地をこしらえているようです。幕舎の数などから、敵の数は二万五千ほどと思われます」

続いて、デフロットが憮然とした顔で報告する。

「味方集めは、はかばかしくありませぬ。このあたりの諸侯はテナルディエ公に従っていて、兵はすべてそちらに向かわせてしまったとか」

もうひとりの諸侯が、レグナスに言った。

「殿下、いまいちど、テナルディエ公爵に使者を送り、我が軍に合流するよう促しては」

ジャンヌとデフロットが同時に眉をひそめる。レグナスが穏やかな表情で答えた。

「以前にも言いましたが、テナルディエ公爵には少し面倒なことをやってもらっています。もうしばらくは、こうして別行動をとっていた方がいいのです」

この説明が嘘であることを、ロランとデフロット、ジャンヌの三人は知っている。

レグナス軍からおよそ二十ベルスタ（約二十キロメートル）離れたところに、テナルディエ軍はいる。その数は二万三千。

これまでに二度、レグナスはテナルディエ軍に使者を送って、合流するよう要請した。

「私は、私なりに、陛下をお救いたてまつるために動いております。そのためには、殿下と行動をともにせぬ方が都合がよいと心得ています。陛下のためにも、現状を維持するべきかと」

二度とも、このような返事をよこされた。ようするに、ていよくあしらわれたのだ。テナルディエ公爵が自己の利益のみを考えて動いていることは、誰でも知っている。

とはいえ、王子ともあろう者が、公爵にそっけない対応をされたとは言えない。レグナスは微笑を浮かべているが、苦々しい気分でいるに違いなかった。

——不憫《ふびん》な方だ。

自分が役に立てていないことを申し訳なく思いながら、ロランはレグナスを見る。

レグナスは十八歳。敵であるバシュラルの二つ年下だが、バシュラルがロランに並ぶ長身の持ち主であるのに対し、レグナスは中背よりやや低いぐらいである。

ゆったりとした服を好んで着ていることもあってわかりにくいが、身体つきも華奢《きやしや》で、たくましさとは縁遠い。学問を好み、武芸についてはせいぜい人並みという噂だった。

だが、この王子には強い意志と決断力があることを、ロランは知っている。

ブリューヌ南部の城砦群を地道に視察しながら一言も不平を漏らさず、突然の敵襲にもうろたえることなく、果敢に道を切り開こうとする。ブリューヌ北西のラニオン城砦に身を寄せながら、南部を通って王都に向かおうというおもいきりのよさもある。

きっと、この王子はよき王となるだろう。ロランはそう思うし、思いたい。たしかにバシュラルの持つ圧倒的な強さは見る者を惹きつけるが、必ずしも王に必要な資質ではない。

「ロラン卿は、何か報告することがありますか？」

レグナスに聞かれて、ロランは小さくうなずく。

「我が騎士団が放った偵察隊から、一千や二千ほどの敵の部隊をいくつか見たという報告があります。我々の動きを遠くから観察し、妨害するかのような」

「奇襲をかけるための下調べというところではないか」

デフロットが首をひねり、諸侯のひとりがわかったというふうに声をあげた。

「もしや、バシュラルは我々をアルドンの地に誘いこもうとしているのではないか。やつの陰湿な妨害を避けるように動いていたら、いつのまにかというふうに」

「そうだとしたら、このあと、我々はどこへ向かうべきだと思いますか」

レグナスが尋ねる。問われた諸侯は少し考えて、ひとつの地名を挙げた。

「ソローニュがよいかと。広い草原で、六千の兵が動くのに四苦八苦することもありませぬ」

レグナスがロランたちに視線を向ける。反対する者はいなかった。ロランにしても、代わりになるような案が思い浮かばなかったのだ。

軍議はそれで終わりとなる。二人の諸侯が一礼して去り、ロランとデフロットも踵を返そうとしたとき、レグナスが二人の騎士団長を呼びとめた。

「二人は、ベルジュラック遊撃隊《ファルタス》についてどう思いますか？」

ロランとデフロットは視線をかわす。リュディエーヌ＝ベルジュラックの独立部隊の噂は、この軍にも届いていた。デフロットが先に答える。

「北部で勝ったり負けたりを繰り返しているようですが、兵力がどのていどなのかもわかりませぬ。多少の時間をかけてでもテナルディエ公を説得する方が現実的かと」

彼の主張はもっともだった。レグナスはロランに視線を向ける。

「私もデフロット卿と同じ考えです。リュディエーヌ殿ならば、喜んで殿下の指揮に従うでしょう。ですが、遊撃隊が北部にいる状況では、連絡をとりあうのも容易ではありません」

そこまで言ってから、ロランは内心で考えを巡らせる。

このまま王都に向かうことも、立ち止まることもできないのならば、王都の北側へ回りこむのはどうだろうか。これなら、王都とルテティアが連絡をとりあうのを阻みつつ、遊撃隊と合流するという戦略になる。

行軍している間にバシュラル軍が襲いかかってくるとしても、テナルディエ軍が近くにいる以上、おもいきった手は打ちにくいのではないか。

怪訝《けげん》な目を向けてくるレグナスとジャンヌ、デフロットに、ロランは考えたことを説明する。

レグナスが嬉しそうに顔を輝かせた。

「ロラン卿の案を採りましょう。デフロット卿、何か意見はありますか」

「私もロラン卿の考えに賛成です。兵はひとりでも多くほしいところですからな」

どのように王都を迂回して北部へ向かうかを、四人は大雑把に話しあう。街道の具合などを考えるなら東回りだろうということで意見が一致した。

「ソローニュを通過するのは変わらないようですね。それなら、そこに着いたところで、あらためて軍議を開きましょう」

レグナスがそう言い、ロランとデフロットは王子の前から下がった。

「ところでな、ロラン卿」

二人だけになったところで、デフロットがにわかに不機嫌そうな表情をつくる。

「いまだから言うが、私はおぬしのことが嫌いだった。いや、いまでも嫌いだ」

ロランは眉をひそめた。デフロットは続ける。

「ブリューヌの西方を守っているのはナヴァールだけではない。我がラニオンも、アスヴァールやザクスタンの軍を幾度も退けてきた。だというのに、名声が高まるのはおぬしらばかり。これは嫌われても仕方なかろう」

ロランは返答に困った。自分たちは誰かの武勲を横取りしたことはないし、自分たちの武勲を積極的に喧伝したこともない。しかし、デフロットの言いたいことはよくわかる。

ところが、デフロットは一転してふてぶてしい笑みを浮かべた。

「だが、行動をともにして、おぬしの実力はよくわかった。私は騎士団長止まりだが、おぬしはさらに上へ行くだろう。――気をつけろよ」

驚きと戸惑いとが、ロランから言葉を奪った。デフロットから評価されたのも意外だが、気をつけろとはどういう意味なのか。

だが、デフロットはもうこちらに背を向けて歩きだしている。

ロランはとっさに彼を呼びとめたが、口から出てきたのは、疑問以外の言葉だった。

「騎士団長止まりということはないと、思います」

デフロットは目をわずかに見開いて意外だという顔をしたあと、「おう」という短い返事だけを残して再び背を向けた。足早に歩き去る。

かすかな後悔とともに彼の背中を見送って、ロランもまた歩きだした。言葉足らずにもほどがある。あれでは、いったい何が言いたいのかと、デフロットも不思議に思うだけだろう。

——騎士団だけが騎士の世界ではない。

騎士団の外でも、騎士としての道を歩むことはできるはずだ。

今日までの間、デフロットがロランを見ていたように、ロランも彼を観察していた。年長者である彼のやり方を学びたいとも思っていたし、場合によっては、彼にレグナスを預ける事態も起こりうるのだ。当然のことだった。

一個の戦士としては、デフロットはロランにかなわないかもしれない。だが、指揮能力や、部下の疲労の度合いを服装や態度から見抜く眼力は見事なものだった。

レグナス軍は休息を終えて、行軍を再開する。

半刻と少しを過ぎたころ、ソローニュの地に到着した。

軍議を開くために、レグナス軍は行軍を止める。

軍の中衛に向かっていたロランは、デフロットがひとりの兵士を伴って、こちらへ早足で歩いてくるのに気づいた。ただごとではないと悟り、瞬時に思考を切り替える。

はたして、ロランの前までやってきたデフロットは、緊張した顔で告げた。

「敵が近くに来ておるらしい」

デフロットに付き従っている兵士が、懸命に呼吸を整えながら報告する。この男が敵を発見した偵察兵なのだろう。

「四、五ベルスタほど北東に行ったところです。数は三千ぐらいで、すべて歩兵かと」

ロランの顔を戦慄が滑り落ちた。たしかにかなり接近されている。

「どう思う？」と、デフロット。

「陽動だと思いますが、放っておけば陽動ではなくなるでしょう」

敵は兵力に余裕がある。二つの部隊を用意し、第一の部隊でこちらの注意を惹きつけ、第二の部隊で隙を突くといった行動がとれるのだ。

デフロットは、ややくすんだ水色の空を仰ぐ。まだ昼下がりといったところで、日が沈むのはだいぶ先だ。日が沈む前に敵を捕捉して、撃退するべきだろう。

「私が配下の二千を率いて、叩いてくる。ロラン卿はここで殿下をお守りしてくれ」

ロランはうなずき、レグナスのもとへ急いだ。

レグナスとジャンヌ、二人の諸侯に、敵が近くにいること、デフロットが兵を率いて出たことを報告する。顔を見合わせる二人の諸侯に、ロランは静かな口調で頼んだ。

「申し訳ないが、お二人にはいまだけ、私の指揮下に入っていただきたい。我々が充分な力を発揮するには、それぞれが意志を持って動くより、ひとつにまとまるべきだ」

二人の諸侯は不満そうな表情を見せたが、くぐり抜けた戦場の数ではロランにかなわない。加えて、王子の手前ということもあったのだろう、承諾した。

二人に礼を述べると、ロランはレグナスに向き直る。

「殿下の御身は、私どもが命にかえてもお守りいたします。ですが、何が起こるかわからぬのが戦です。いつでも動けるように身支度を整えてくださいませ」

「わかりました」

レグナスの表情も声音も、無力感がにじむ沈痛なものだった。

デフロットが出撃して半刻が過ぎ、なまぬるい風が勢いを増してきたころ、ロランの予想していたことが起きた。

「敵襲です！　北西から歩兵がおよそ一千！」

それを皮切りに、次々と敵襲の報告がロランのもとにもたらされる。ひとつひとつは一千や二千と、たいしたことのないように聞こえるが、届いた報告は十を軽く超えた。

──合計して、二万四千か……。

額から頬にかけて、汗がつたう。ロランは、相手の意図をほぼ正確につかんでいた。

──アルドンにつくっている防御陣地とやらは、囮《おとり》だ。

ここ数日の、真夜中や早朝の襲撃も、そうだろう。敵は早くからこのソローニュを戦場と定めており、自軍を十以上の部隊に分割して、ばらばらに出撃させたのだ。

一見、非効率に思えるが、五千や一万の兵を統率できる者より、一千や二千の兵を統率できる者の方が多いのはたしかだ。いくつかの部隊が間にあわなかったとしても、数においてこちらを上回っていればいいのだから、たいした問題にはならない。

──しかも、三千の兵をこれ見よがしに動かして、デフロット卿を釣りあげた。

敵でなければ賞賛したいところだ。恐ろしい手腕の持ち主がいる。

「どうする。敵も隊列を整えるのに時間がかかりそうだが」

副団長のオリビエがやってきて、簡潔に聞いた。彼はこのようなときでも皮肉げな調子を崩さない。いつもと変わらぬ態度が、ロランにはありがたく、頼もしかった。

「おまえの考えは？」

「方陣」と、そっけない口調でオリビエは答える。

兵を四つの部隊にわけ、方形をつくるように前後左右に配置して、あらゆる方向からの攻撃に対処する陣形だ。この陣形の強みは、側面や背後を持たないため、非常に固く、多少の攻撃を受けても崩れにくいところにある。反面、柔軟性には大きく欠ける。

だが、ロランは首を横に振った。

「オリビエ、兵を横に薄く、長く配置してくれ。ナヴァール騎士たちを前に立たせ、諸侯の兵には後ろから支えてもらう」

オリビエの顔から冷静さの仮面が剥がれ落ちる。彼は目を見開いてロランを見つめた。

「正気か……？」

「方陣はたしかに固いが、レグナス殿下の逃げ道まで断つ」

慌ただしく戦の準備をする兵たちを見つめながら、ロランは声を低めた。

「団長として言ってはならぬことだが……。殿下が無事に逃げて、最終的に勝利なされば、ここでナヴァール騎士が全滅しても俺たちの勝ちだと思っている」

「団長にあるまじき台詞だな」

オリビエは嘆息したが、ロランの考えを覆そうとはしなかった。

「わかった。側面や背後にまわられなければ、ナヴァール騎士は負けないからな」

「すまん」

ロランは軍の指揮をオリビエに任せて、前へ出る。背負っていた王国の宝剣『不敗の剣《デュランダル》』を抜き放ち、刀身を下に向けて、バシュラル軍を見据えた。それだけでレグナス軍の兵たちは戦意を昂揚《こうよう》させ、槍と盾をかまえて隊列を整える。

一方、バシュラル軍も布陣を終えた。レグナス軍と同じく横に長い横陣《おうじん》だが、厚みが圧倒的に違う。角笛の音が鳴り響いて、彼らはゆっくり前進を開始した。足並みが乱れがちなのは、仕方ないと割り切っているようだ。

このとき、バシュラル兵たちの武装がばらばらであることに、ロランは気づいた。

──そういえば、混成軍という話だったな。

北部の諸侯の兵、南部の諸侯の兵、戦奴らしき者たちに傭兵が確認されている。二万を超える兵を集めようとすれば、そうなってしまうのかもしれない。

レグナス軍は動かず、相手の攻撃を待ちかまえる。

彼我の距離があるていどまで縮まったところで、一角獣《リコルヌ》の軍旗が激しく打ち振るわれ、角笛の響きが変わった。二万四千のバシュラル兵が、いっせいに喊声《かんせい》をあげる。雷鳴もかくやというほどの大気の震えが、レグナス軍の兵たちを驚かせた。

「踏みとどまれ！」

不動の姿勢で立っているロランが、後ろにいる兵たちを大声で叱咤《しった》する。

「ここが勇気と戦意の見せどころだ！」

これほど苛烈な命令はなかっただろう。だが、兵たちは汗まみれの顔を紅潮させて、自棄に近い怒鳴り声を空に轟かせる。戦いがはじまった。

バシュラル兵たちが大地を駆け、剣や手斧を振りかざして襲いかかってくる。すぐにおたがいの顔がはっきりと見えるほどになり、次の瞬間には刃と刃がぶつかりあった。

巻きあがる土煙をかきわけて、相手の顔に槍を突きだす。兜ごと頭部を叩き割らんと、手斧を振りおろす。当たればいいとばかりに剣で斬りつける。地面に振りまかれる流血が次々につながって、瞬く間に長大な赤い川ができあがった。

ロランは正面から来る敵を、デュランダルで次々に斬り伏せる。大剣の一振りごとに鎧の破片と鮮血と肉片が飛び散り、彼の周囲に死体が折り重なっていく。黒騎士と宝剣の前では、あらゆる武具がただの玩具であるかのようだった。

バシュラル兵たちが勢いを失って後ずさり、レグナス兵たちが蛮声でロランを称える。

ナヴァール騎士たちも、団長の戦意に応えようと奮闘した。盾で敵の猛撃を受けとめ、身体を使って押し返し、剣や槍を振りおろして撃退する。

「おまえらなんぞより、ザクスタンのネズミどもの方がはるかに強いぞ！」

「アスヴァールの羊飼いどもに訓練してもらって出直してこい！」

それらの罵声は、むしろ自分と味方を鼓舞《こぶ》するためのものだった。どれだけ倒しても、その後ろから次のバシュラル兵が絶え間なく襲いかかってくる。夏の陽光に照らされた兵たちの顔は汗にまみれ、武器は根元まで血に染まり、足下は死体で埋まった。

ふと、ロランは眉を動かす。大気のかすかな揺らめきを、戦士の肌が感じとった。

一拍の間を置いて、離れたところからひときわ激しい悲鳴と剣戟の合唱が聞こえた。

「――バシュラルか」

あの男が兵たちにまじって突撃してきたら、誰も止められないだろう。自分たちの横陣は、一ヵ所でも突破されたら、そこから崩壊がはじまる。

群がってくる敵兵を斬り伏せ、蹴散らしながらロランは戦場を駆ける。目を凝らすと、大剣を振りまわして兵や騎士たちを薙ぎ倒している黒い影が見えた。バシュラルだ。

バシュラルがこちらを見る。目が合った。

驚くほどの速さでまっすぐ駆けてきたバシュラルは、ロランを警戒するどころか、嬉しそうな笑みすら浮かべて斬りかかってくる。

大剣同士が激突して火花を散らし、大気を震わせた。

「ひさしぶりだな、ロラン！」

両眼に喜びの色をにじませて、バシュラルが叫ぶ。

「ナヴァール城砦では逃げられたが、今日こそ決着をつけてやる」

「総指揮官が敵陣に斬りこんでくるとは、たいした度胸だ」

　バシュラルの覇気を受け流すように、ロランは淡々と応じる。横殴りの斬撃をかわし、肩口を狙って刃を叩きつけた。だが、バシュラルは見事な身のこなしでそれを避け、すばやく手首を返す。岩をも砕くだろうオートクレールの一撃を、ロランはデュランダルで受け流した。

「これほどの強さを、なぜ邪《よこしま》なことに使う」

「俺の力を俺のために使って、何が悪い。おまえもそうしろ」

　二人の周囲で重く鋭い斬撃が縦横無尽に踊り、竜巻を形作った。

　敵と味方を問わず、兵士も騎士たちも、遠巻きに二人の戦いを見守っている。自分たちの総指揮官を助けるどころか、近づくことさえできないのだ。

――やはり、強い。

　バシュラルの膂力《りょりょく》、速さ、技量に、ロランはあらためて感心する。最初のうちこそ互角だった勝負は、徐々にロランが押されはじめた。バシュラルが三度、大剣を振るう間に、ロランは二度しか振るえなくなっている。

　大剣同士が噛みあい、押しあう体勢になる。バシュラルが叫んだ。

「突破しろ！　レグナスの首をとれ！」

　その命令に、周囲にいたバシュラル兵たちが、弾かれたように動きだす。当然、ナヴァール騎士や諸侯の兵たちも反応して、彼らを迎え撃った。

　黒騎士と庶子の王子の周囲でいくつもの刃が煌めき、流血が地面を濡らす。バシュラル軍の兵が顔に剣を突きたてられる横で、レグナス軍の騎士が脇腹を斬り裂かれて倒れた。

数も技量も同等といっていいぶつかりあいだったが、バシュラル兵たちが、ついにレグナス兵たちの守りを突破する。

一瞬、ロランはそちらに気をとられた。その隙を逃さず、バシュラルが大剣を振りあげる。

そこへ、矢が飛来した。同時に二本。

バシュラルはとっさに大剣の軌道を変えて、二本の矢を打ち砕いた。その隙にロランは体勢を立て直して、後ろへ跳び退る。

「矢だと……？」

バシュラルの口元に笑みが浮かぶ。

レグナス軍はブリューヌ人の集団だ。弓を使うなどまず考えられない。しかも、乱戦の場でこれほど正確に矢を射放ってくる者など、ひとりしか考えられなかった。

「再会の挨拶としては悪くないぜ」

ロランを警戒しつつ、バシュラルは矢が飛んできた方向に笑いかける。

そこには、汚れた外套を羽織って、黒い弓をかまえた若者が立っていた。

彼の名はティグルヴルムド＝ヴォルンといった。

「ティグルヴルムド卿！」

ロランが歓喜の声をあげる。

「助けてもらったことは感謝する！　この男は俺が引き受けるゆえ、殿下を……！」

「だいじょうぶです、ロラン卿」

バシュラルに聞かせるために、ティグルはことさらに大きな声で答える。

「俺よりもよほど頼もしい二人が、殿下のもとへ向かっています」

それを聞いたバシュラルが、音高く舌打ちをした。


ティグルがロランを助けたころ、レグナス軍の横陣を突破したバシュラル兵たちは、女性の騎士に守られてたたずむ金髪の王子を発見していた。このとき、レグナスは、せめて味方の士気を高めようと、兵たちの後ろを歩いて彼らを激励していたのだ。

武装しておらず、絹服を着ているということは、貴人に違いない。そう判断して、バシュラル兵たちはレグナスに殺到した。彼らを行かせまいとするレグナス兵たちの妨害に耐え、あるいは武器で強引に退けて、我先にと王子に襲いかかる。

だが、彼らの刃がレグナスに届くことは永久になかった。

横合いから黒い影が飛びこんできたかと思うと、銀色の閃光が疾走《はし》る。バシュラル兵の首が血飛沫をまき散らして飛んだ。黒い影はその勢いのまま、レグナスに横から飛びかかって、抱きしめながらともに地面を転がる。

突然の襲撃に足を止めたバシュラル兵たちに、冷気をまとった鋭い刺突が襲いかかった。三人のバシュラル兵が兜ごと頭部を穿《うが》たれ、あるいは喉を裂かれて、その場に崩れ落ちる。たじろぐバシュラル兵たちの前に立ちはだかったのは、槍をかまえた美しい娘だった。

娘――ミラの背後では、黒い影がレグナスを抱き起こしている。

「殿下、ご無事ですか」

影の正体は、リュディだった。

ティグルたち三人がレグナス軍を発見したのは、ちょうどバシュラル軍との戦がはじまったころだ。横陣の端にいる兵までが緊張に満ちた顔をしており、とても話しかけられる雰囲気ではなかった。下手をすれば、敵兵と思われて捕まりかねない。

とにかくレグナスをさがそうと、身を潜めながら戦場の端を歩いていたティグルたちは、幸いにもリュディの名と顔を知っているナヴァール騎士に会えた。そして、間一髪のところでレグナスを助けだすことができたのだった。

†

ティグルとロランを見据えながら、バシュラルはすばやく考えを巡らせている。

レグナスを助けにいったというひとりは、まず間違いなくリュディエーヌ＝ベルジュラックだろう。もうひとりはジスタートの戦姫あたりか。

レグナスを逃がしてしまったことを、バシュラルは認めざるを得なかった。

──それなら、ここでこいつらを叩き潰す。

レグナス軍の主力は、ナヴァール騎士団とラニオン騎士団だ。この両騎士団のどちらかでも殲滅すれば、レグナスは再起など望めなくなるだろう。ついでにロランとティグルヴルムド＝ヴォルンの首ももらっていく。

そう決めて、あらためて配下の兵に命令をくだそうとしたときだった。

「敵だ！」

バシュラル兵のひとりが、狼狽《ろうばい》も露《あら》わに叫んだ。

訝《いぶか》しげに眉をひそめるバシュラルのもとに、数人の兵が駆け寄ってきて報告する。

「我々の背後に、武装した兵の一団が現れました」

「数は二千か、三千か……。橙地に六本足の馬を描いた軍旗を掲げています」

バシュラルは自軍を振り返る。気がつけば、前衛はレグナス軍と死闘を繰り広げているが、中衛より後ろは慌てふためいているようだった。

──橙地に六本足の馬……。

心の中でつぶやき、すぐに思いだす。テナルディエ公爵家の旗だ。レグナス軍からずっと距離をとっているあの男が、ここぞというところで妨害を仕掛けてきたのだ。

バシュラルが受けた衝撃は大きく、深かった。

ついさきほどまで、彼の狙い通りにことは進んでいたのだ。

しかし、勝利はいまや遠く飛び去った。いまは逃げることを考えなければならない。この状況でロランだけでなく、ティグルたちまで相手にすれば、さすがにただではすまないだろう。自分たちの戦いに割りこめるだけの技量を、彼らは持っている。

――だが、こいつの首はここでもらっていく。

バシュラルの視線が、ティグルに向けられる。ティグルは左手に黒弓を持ちながら、新たな矢をつがえる様子がない。矢が尽きているからだ。腰から下げている矢筒が空なのを、バシュラルは見逃さなかった。さきほど自分に射放った二本が最後の矢だったのだろう。

踏みこみからほぼ一瞬で、バシュラルはティグルとの距離を詰める。それを予測していたらしいティグルは大きく横へ跳びながら、右腕を振り抜いた。

空気を裂く音がして、小さな何かがバシュラルに迫る。バシュラルはとっさに身体を傾けてそれをかわし、苛立ちに表情を歪めた。

「石か」

右手に何も持っていないと思ったのは、誤りだった。ティグルは右手に石を握りこんでいたのだ。黒弓を持っていたのも、空の矢筒を腰に下げていたのも、罠だった。

潮時だ。バシュラルは負けを認めることにした。

「ロランよ、今日のところは譲ってやる」

「それでいいのか」

バシュラルの軽口に、ロランは静かな問いかけで返す。

「次は俺が勝つ」

「へえ。口下手だと思ってたが、案外、減らず口を叩けるじゃねえか」

すくいあげるような斬撃を放ってロランを後退させると、バシュラルは後ろへ跳んだ。

「引きあげだっ！」

バシュラルは自軍の兵たちの中に飛びこむと、レグナス軍に背を向けて走りだす。見事というしかない逃げっぷりだった。レグナス兵たちと斬り結んでいたバシュラル兵たちも、総指揮官の姿を見て、慌てて彼に続く。

優勢だったバシュラル軍は、勢いよく撤退した。

レグナス兵たちは呆気《あっけ》にとられた顔で、彼らを見送ったのである。

†

バシュラルが消えていった方向を、ティグルは無言で見つめていた。

――不意を打ったつもりだったんだが、見事にかわされたな。

投石のことである。やはり、バシュラルは恐ろしい敵だ。

ひとまず周囲が安全になったことを確認すると、ティグルはロランに歩み寄る。

「あらためて、おひさしぶりです」

「ああ、アスヴァール以来だな。助かった」

二人は握手をかわしあう。そのとき、レグナス兵のひとりがロランに指示を仰いだ。

「追撃をかけますか」

「いや、陣容の立て直しを優先する」

ロランは首を横に振った。敵には余裕があり、味方は疲れきっている。この状況でいたずらに追撃をかけても、手痛い反撃に遭うだけだろう。

ティグルとロランは兵たちの間を抜けて、王子がいるらしいところへ向かう。

ほどなく、ミラとリュディの姿が見えた。そのそばには二人の人物が立っている。レグナス王子と、護衛を務めるジャンヌという女性の騎士だと、ロランが教えてくれた。

こちらもようやく落ち着いたのだろう、レグナスは呆然とした顔でリュディを見つめていたが、驚きから立ち直ると、勢いよく彼女を抱きしめる。

「リュディエーヌ……本当に、あなたなのですね。よく無事で……」

「ええ、私です、リュディエーヌです、殿下。ご心配をおかけしました……」

ティグルは安堵《あんど》の表情で、感動の再会を果たした二人を見つめた。

「リュディ、あなたの戦友について、そろそろ教えてちょうだい」

ジャンヌが咳払いをして、ミラを見る。そのとき、ミラとリュディはこちらに気づいた。

「紹介します。ティグルヴルムド＝ヴォルンと、リュ……私の戦友のミラです」

ミラの紹介を濁したのは、ジスタートの戦姫であることをこの場で告げるべきではないと判断したからだろう。こちらを見たレグナスに、ティグルは戦場の作法として会釈する。

「ティグルヴルムド＝ヴォルンです。殿下、その……おひさしゅうございます」

後半の台詞は自信に欠けていた。リュディから話を聞いてはいたものの、レグナスが本当に自分のことを覚えているのか、不安になったからだ。ティグル自身、レグナスを見て、戸惑いを感じているのだ。この八年で自分が大きく成長したように、レグナスも変わっている。

背は、ティグルよりも低い。線の細い中性的な面立ちと華奢な身体は、見る者に優しげな印象を与える。だが、碧い瞳を見て、ティグルはファーロン王を思いだした。

その瞳に、どこか意地の悪い輝きが浮かぶ。

「ティグルヴルムド卿、あなたの名はかねてから耳にしていましたが、会うのははじめてではありませんか」

穏やかな微笑でレグナスは言い、ティグルはおもわず何度か瞬きした。いったい何を言っているのかと考え、はっとして身体を強張らせる。

リュディが当たり前のように話したものだから忘れていたが、八年前、自分が王子に焼いた鳥の肉を食べさせたことは、秘密だった。

「そ、そうでございました。私の勘違いだったようです」

恐縮するティグルに、レグナスは優しく微笑む。

「気にすることはありません。勘違いしたのは、あなたのせいではないでしょうから」

その言葉に、リュディがびくりと肩を震わせる。レグナスはにこやかに続けた。

「ああ、そういえば……あなたは狩りが得意と聞きました。今度、鳥を仕留めたら食べさせてくれませんか。焼きたてのものを」

「喜んで、献上させていただきます」

八年前のことは覚えていると遠回しに伝えられて、さすがにティグルも胸が熱くなる。

それから、レグナスはミラに視線を向けた。

「ミラ殿と言いましたね。助けてくれたこと、ありがとうございます」

ミラは無言で会釈を返した。そして、レグナスはリュディに向き直る。

「さて、本来の役目を放り捨てて、ずいぶん好き放題に過ごしていたようですね」

レグナスが、静かな怒りを含んだ声で笑いかける。リュディは顔を引きつらせたが、レグナスに手を強く握りしめられているため、逃げることはできなかった。

「あ、あの、殿下、私は、その、殿下のためにですね……」

「その点を疑いはしません。あなたがどれほど私を大事に思ってくれているのかは、よくわかっています。ですが、私のためといえば何でも許すわけではありませんよ」

もっともな話ね。冷静に眺めながら、ミラがそっとつぶやいた。ティグルもうなずく。

いまさらだが、リュディはレグナスに命じられて行動していたのではない。置き手紙ひとつでラニオン城砦を飛びだし、諸侯や騎士団を訪ね歩いて遊撃隊を組織したのだ。レグナスが怒るのは当然の話だった。

「ティ、ティグル！　ミラ！　助けてください！　釈明を！」

さすがに放っておくことはできず、ティグルが進みでる。

「殿下、お待ちください。リュディ……リュディエーヌ殿は――」

「あの子を甘やかさないでください」

横から口を挟んでティグルを止めたのは、ジャンヌだった。

「ちゃんと叱られた方が、おたがいにとっていいのですから」

そう言いながら、リュディを引きずっていくレグナスのもとへ、彼女は歩いていく。

ティグルはどうしたものかという顔でロランを見上げた。ロランは不器用に肩をすくめる。

「リュディエーヌ殿もジャンヌ殿も、長く殿下にお仕えしている二人だ。殿下たちの間で解決するというのなら、私たちは立ちいらぬ方がいい。なに、手荒な真似《まね》はしないだろう」

はあ、とうなずくティグルの隣では、ミラが顔をしかめてレグナスたちを見つめていた。

「王子殿下ね……」

「何か気になることでもあったのか？」

ティグルが聞くと、ミラは首を横に振った。

「たいしたことじゃないわ。ところで、あなたが昔お会いしたときもあんなふうだったの？」

「正直にいえば漠然としか覚えてないんだが、思いあたる節はあるな……」

ひとりでいたということは、護衛や従者の目を盗んで抜けだしてきたのだろう。その上、弓使いに興味を持ち、こちらが勧めたとはいえ、焼いた鳥の肉にかじりついたのである。お高くとまった王子様でなかったのは間違いない。

二人が話している間も、戦場の空気は少しずつ薄れていく。

まもなく、ナヴァール騎士団の副団長を務めるオリビエが現れた。彼はティグルとミラを交互に見て、好意的な笑みを浮かべた。

「兵たちから話は聞いた。殿下を助けてくれたこと、感謝する。ところで、殿下は？」

「リュディエーヌ殿と、あちらで再会を喜んでおられます」

遠くを指で示し、何もなかったという顔をして、ティグルはリュディの名誉を守った。オリビエは何かを察したらしく、皮肉っぽく口元を歪める。

「ご無事ならいい。とにかくここから引きあげて、てきとうなところに幕営を築くぞ。デフロット卿の部隊も気になる」

後半の台詞は、ロランに向けたものだった。

レグナス軍はソローニュの地を離れ、南に五ベルスタほど向かったところに幕営を築いた。

†

レグナスの幕舎は、一国の王子のそれとは思えなかった。使い古された絨毯が敷かれ、隅には毛布がたたまれている。天井から吊りさがっているランプも黒ずんでいた。

毛布のそばには、麻織りの服が何着かある。上等な生地を使っているが、さほど裕福ではない諸侯も着ているようなものだ。それ以外には丸めた羊皮紙が積まれている。

中に招き入れられたティグルとミラは、呆然としてそれらを眺めた。幕舎の中にはレグナスの他に、リュディとロランがいる。

ちなみに王子の護衛のジャンヌは、別の幕舎で休んでいる。ミラとリュディが駆けつけるまで、彼女は孤軍奮闘してレグナスを守っていたのだ。レグナスが休むように命じたのだった。

「このようなところで寝起きを？」

おもわず訊いたミラに、レグナスはうなずいた。

「私のために貴重な物資を使わせるわけにはいきません。それに、この幕舎に入る者はかぎられていますから」

「だめですよ、殿下。どのような状況でも彩りは必要だと、私とジャンヌとで常々、申しあげているではありませんか」

お説教をするような口調でリュディが進言する。慣れているのか、「そうですね」とレグナスは微笑で受け流し、ティグルとミラに向き直る。あらたまった表情で言った。

「ティグルヴルムド卿、ロラン卿を助け、バシュラルを退けたこと、見事な武勲です。いまのところは褒賞も満足に出せませんが、あなたの活躍にはいずれ必ず報います」

「私などにはもったいないお言葉ですが、殿下のご厚情に甘えて、ひとつお願いが」

ティグルが言うと、レグナスはわずかに身を乗りだすことで先を促した。ティグルは隣に座っているミラへと視線を向ける。

「こちらはジスタート王国のオルミュッツ公国を治める戦姫リュドミラ＝ルリエ殿です。私がこうして殿下の前にいられるのも、彼女の協力があってこそ。この戦が終わるまでの間、彼女を戦友として遇して……いただけないでしょうか」

途中で言葉が途切れかけたのは、レグナスの視線が冷ややかなものになったことを敏感に感じとったからだった。頭を下げたまま、ティグルは内心で首をかしげる。知らないうちに、自分は何か無礼を働いただろうか。それとも、レグナスはジスタートを好きではないのか。

「オルミュッツ公国ですか」

視線だけでなく、レグナスの声も冷たいものになっている。リュディとロランが戸惑っているらしいのが、漠然と伝わってきた。となると、やはりジスタートが嫌いなのか。

「そういえば、あなたはオルミュッツに一年ほど滞在したことがあったそうですね。そのときに戦姫殿と友誼《ゆうぎ》を育んだということですか」

「その通りです」

言葉を返したのはティグルではなく、ミラだ。凍漣《ミーチェリア》の雪姫は堂々と言葉を続けた。

「最初のうちは、私もどのように対応するべきか決めあぐねていました。ですが、ティグルヴルムド卿が熱意をもって、積極的に話しかけてきてくれたことで、わかったのです。いっしょにいて、同じものを見て、聞いて、感じるだけでよいのだと」

ティグルはほんの少しだけ首を傾けて、訝しげな目をミラに向ける。いまの彼女の声から、どこか挑発的な響きが感じられたのだ。一国の王子に対して、このようなもの言いをするミラを見るのははじめてだった。

「そうですか……。ティグルヴルムド卿にとっては、とてもいい体験になったようですね」

レグナスの声がかすかに震えているように思えたのは、ティグルの気のせいだろうか。

「この戦が終わったら、ティグルヴルムド卿にはジスタートの話を聞かせてもらいましょう。リュディエーヌから聞いたところ、昨年だけでも諸国を巡っているということですし、王宮で少しずつ話を聞くという形にしてもいいかもしれませんね」

「あの、殿下……。そろそろ話をさせていただいてもいいでしょうか」

さすがに見かねて、ティグルが口を挟む。刺々《とげとげ》しい空気の中で発言するのはいくばくかの勇気が必要だったが、それによってミラもレグナスも気を取り直した。

「およそのことはリュディエーヌから聞きましたが、あなたからも聞くべきでしょうね」

ティグルは一礼して、自分がここに来るまでの出来事を説明する。聞き終えたレグナスは、難しい顔になってロランを見た。

「ロラン卿、次はあなたが話しなさい。あなたの身のまわりに起きた出来事も含めて」

奇妙なもの言いだったが、その理由はロランの話を聞いていくうちにわかった。

ロランの前にもガヌロンが現れたことがあったのだ。しかも、ガヌロンはドレカヴァクという老人と敵対関係にあるという。

「これは副団長のオリビエから聞いた話ですが、テナルディエ公に仕えている占い師の名が、ドレカヴァクというそうです。昨年の春のムオジネルへの遠征において、テナルディエ公のために地竜《スロー》や飛竜《ヴィーフル》を用意したのがこの男だとか」

「そうでしたね。そして、ティグルヴルムド卿たちもまたガヌロン公に襲われたと」

レグナスの顔に深刻さの陰がよぎった。当然だとティグルは思う。ブリューヌを代表する大貴族の二人が、ともに尋常ではないとわかったのだから。

「私はテナルディエ公に協力を求めるつもりでしたが……」

レグナスの悩みは、ティグルにもわかった。遊撃隊とレグナスの軍が合流しても、兵力は一万二千というところだ。いや、実際にはもっと少ないだろう。さきほどの戦いで、レグナス軍にはかなりの死者が出ている。ともかく、テナルディエ軍には及ばない。

少数で多数の敵を破った例は、過去にいくつもある。だが、それらが賞賛されるのは希少な成功例だからだ。たいていの場合、多数は少数を容赦なく蹂躙《じゅうりん》する。

レグナスはティグルに視線を向けた。

「あなたの考えを聞かせてもらえますか」

「私、ですか……？」

ティグルは戸惑った。リュディかロランの意見を聞くのならわかるが、小貴族の息子でしかない自分に聞いてどうしようというのか。だが、答えないわけにはいかない。

「私も、テナルディエ公に協力を求めるべきだと考えています」

この発言には、レグナスだけでなく、ミラとリュディも驚きの表情を浮かべた。落ち着いているのはロランだけだ。レグナスは「理由を」と、短く説明を促す。

「先に申しあげておきますが、私はテナルディエ公のことが嫌いです」

もう少し貴族らしい言い方にすべきだったかと思ったが、この言葉がいちばん自分の感情に正直だろうとティグルは思った。嫌いな理由は、ひとつではない。彼の暴虐と非道について多くの噂を聞いており、印象がよくないということもある。

だが、何よりも怒りを覚えるのは、昨年の春のムオジネルとの戦で、ティグルの率いるアルサス隊が軍の先頭に配置され、捨て駒も同然に扱われたことだ。加えて、アスヴァールでは肩を並べて戦ったが、ザイアン＝テナルディエのことも好きになれない。

「それでも協力を求めるべきだと申しあげたのは、この戦いを一日も早く終わらせ、ファーロン王をお救いするためです。それにはテナルディエ公の力がいる。――戦いのあとも」

「戦いのあととは？」

「私は昨年、アスヴァールとザクスタンで、それぞれの国の争いに関わりました。それでわかったのは、戦いに勝てば終わりではないということです。破壊されたものを立て直し、かつての生活を取り戻さなければならない。それには多くの者の助けが必要です」

レグナスがかすかに目を瞠《みは》る。しかし、王子はすぐに顔から感情を消し去った。

「テナルディエ公は民に非道を働いているという噂がありますが」

試すように、レグナスが問いかける。ティグルは額に汗をにじませながら答えた。

「もちろん許されることではありません。ですが、ガヌロン公に加えてテナルディエ公まで討てば、ブリューヌ全土が混乱に陥るでしょう。それよりは、殿下にテナルディエ公をおさえていただきたいと、私は思います」

「私に、それだけの力を身につけろというのですか」

レグナスの視線を受けて、ティグルは懸命に言い募《つの》る。

「テナルディエ公の力の大きさは、わかるつもりです」

二万以上の兵をそろえながら、まだ余裕がある。大貴族の力はすさまじい。それこそヴォルン家などとはくらべものにならない。それでもティグルが臆さずにいられるのは、オルミュッツとミラを知っているからだ。戦姫も、大貴族も、最強でもなければ無敵でもない。

「ですが、テナルディエ公でも、自分の軍勢だけでガヌロンに勝つことはできないでしょう。だからこそ、殿下や私たちが先にガヌロンと戦って消耗するか、私たちがテナルディエ公に協力を求めに行くのを待っている。交渉の余地はあるはずです」

ドレカヴァクの存在は横に置くことにした。ガヌロンの言葉を鵜呑《うの》みにもできないからだ。

「それでは、どのように交渉すればいいと思いますか？」

ティグルはとっさに言葉に詰まった。それを見たミラが、口を開く。

「ひとつ考えがあります」

「聞かせてもらえますか」

レグナスの言葉に、ミラが続けた。

「テナルディエ公のもとへ使者を出して、こう告げればいいのです。『ただちに領地たるネメタクムへ戻り、南部の平穏を保つことに注力せよ。ティグルヴルムド卿とロラン卿が心強い援軍を連れてきたゆえ、ガヌロン公との戦いにそなたの助けはいらぬ』と」

「心強い援軍？」

首をかしげるレグナスに、ミラがひとの悪い笑みを浮かべる。

「もちろん実際には援軍などいません。ですが、この二人の名を出せば、ジスタート軍とアスヴァール軍という援軍の幻を、テナルディエ公に見せることができます」

ティグルがジスタートの戦姫たちと親しくしており、そのために内通の疑いまでかけられたことを、テナルディエが知らないはずはない。ロランがアスヴァールで活躍したことも。

「さきほどティグルヴルムド卿が話した通り、遊撃隊には私の他に三人の戦姫がいます。そのひとり、ソフィーヤ＝オベルタスに、私は一通の手紙をしたためてもらいました。テナルディエ公は彼女のことを覚えているはずですから、手紙を見せれば信じると思います」

ミラはさらに言い募る。

「テナルディエ公とは、これからも別行動をとります。殿下の軍が、遊撃隊のいるヌーヴィルの町へ向かい、テナルディエ公は距離をとって後に続くという形ですね。バシュラル軍は王都にいくらかの兵を残しつつ、殿下の軍に挑んでくるでしょう。ですが、テナルディエ公の軍を警戒して、全力は出せません。これなら勝機があります」

「わかりました。では、テナルディエ公のもとへ向かっていただけますか。もちろん、護衛は用意します」

レグナスがそう言ったとき、幕舎の外からかすかなざわめきが聞こえてきた。

「デフロット卿の部隊が帰還したのかもしれませぬ」

ロランが一礼をして、幕舎を出る。ティグルたちは彼が戻ってくるのを待つことにした。新たな情報が入ってくれれば、戦略を考え直すこともあり得るからだ。

一千を数えるほどの時間は待たなかっただろう。戻ってきたロランの顔には深刻な陰りと、かすかな困惑があった。まずレグナスに対して、彼は報告する。

「デフロット卿の部隊が、敵の攻撃を受けました」

リュディとレグナスが同時に息を呑んだ。ロランの報告によると、デフロットの部隊は敵に誘いだされて深入りしてしまい、そこに側面からの奇襲をくらって敗走したという。だが、話はそれだけで終わらなかった。

「敗走する我が軍を助けてくれた者がおりまして……。ぜひとも殿下にご挨拶したいと言っているのですが」

「当然です。私からもお礼を言わなければ」

そこまで言って、レグナスは不思議そうな顔になる。ロランが困った顔をしているからだ。

「何か問題のある方なのですか？」

「ザイアン卿です。テナルディエ家の嫡男の」

ティグルたちは顔を見合わせた。

†

ザイアンが戦場の上空を通りかかったのは、偶然だった。

十日前、アニエスの地に現れたテナルディエ家の従者は、一通の手紙をうやうやしく差しだした。父の腹心のスティードからのものだ。封を開けてみると、短い文が綴られていた。

「閣下から、『今度だけは許す。おまえの思うように動いてみろ』とのことです」

——あの父上が、自由にやってみろだと……？

偽物ではないかと、ザイアンは何度も封と文をたしかめたものだった。

これまでの人生で、このようなことを父に言われた記憶がない。父がよく言っていたのは、「テナルディエ家の人間として常に強くあれ。他者に侮《あなど》られるな」というものだった。

「思うように……？　俺にどうしろというんだ？　ムオジネル軍は放っておいていいのか？　そもそも王都はどうなっている？」

手紙を力いっぱい丸めたい衝動に、ザイアンは駆られた。アニエスはブリューヌの南東の端にあり、王都の情勢が届くのにかなりの日数がかかる。ガヌロンが王都をおさえたという話は知っていたが、それに対して父がどう動くのかはわからなかった。

「ガヌロンのやることを、父が黙って見ているはずはない。兵をそろえて王都へ行くはずだ。それを考えれば、俺も王都に行くべきだ」

だが、本当にいいのかと悩んだ。それなら、自分のもとへ戻ってくるようにと父は言うのではないか。飛竜を乗りこなし、アスヴァールでも活躍した自分は立派な戦士なのだから。

厩舎《きゆうしや》の中で、ザイアンは頭を抱えた。なぜこのようなところで悩んでいるのかといえば、ザイアンともうひとり以外に、厩舎には誰も入ってこないからである。悩んでいる姿を部下に見られるのは我慢がならなかった。飛竜は眠そうな目で彼を見下ろしている。

懊悩《おうのう》するザイアンに声をかけたのは、侍女であり、厩舎の掃除を主な仕事としているアルエットだった。

「ネメタクムにお戻りになるのですか」

掃除用の箒を手にして、アルエットはいつものように淡々と聞いてくる。興味があるのかどうかもわからない。ザイアンは面倒くさそうな目で彼女を見た。

最初のうちは、無礼者めと思いながら睨みつけていた。そうすればたいていの者は恐怖し、畏縮《いしゅく》して頭を下げてくるからだ。だが、アルエットは何度睨みつけても態度を変えないので、ザイアンは諦めたのだった。

「どうしてそう思う」

「お屋敷から使者が来て、ザイアン様が手紙を受けとっていたと聞いたので」

なるほどと、ザイアンは納得する。わざわざ手紙をしたためるからには重要な話に違いないと考えるのは道理だ。そのような内容だったらどんなに楽だっただろう。

「もしも、許すから思うように動けと言われたらどうする」

そんな言葉を投げかけたのは、共感を求めたのかもしれないし、愚痴《ぐち》をこぼしたかったのかもしれない。アルエットは首をかしげたあと、当たり前のように答えた。

「厩舎の掃除をして、買いものに行きます」

「おまえ、俺の話を聞いていたのか……？」

ザイアンは顔を歪めてアルエットを睨みつける。アルエットはうなずいた。

「他にやりたいことがとくにないので」

侍女などに話した自分が間違っていた。ため息をつくザイアンに、アルエットは言った。

「ザイアン様は手柄をたてて、力を見せつけたいのでしょう」

かっとなって、ザイアンは拳を握りしめる。いまにも殴りかからんばかりの形相で言った。

「いつ、俺がおまえにそんなことを言った」

「私にではなく」

アルエットの視線が、二人をじっと見下ろしている飛竜へと向けられる。理解した瞬間、ザイアンの身体から怒気が抜けた。

たしかに、飛竜には何度も呼びかけていた。ネメタクムにいたときから。

俺とおまえの力を見せつけてやると。

心にしまっておくことはせず、声に出した。自分にも言い聞かせるために。

——そうだ。その通りだ。

アスヴァールでは活躍したが、黒騎士にはとうてい及ばない。ティグルヴルムド＝ヴォルンのように、戦姫からの信頼も得ていない。

――このよくわからない状況で、父上がどう動かれるのかは気になるが……。

自分はこの飛竜とともに、武勲を狙えばいい。テナルディエ家の嫡男として。

そして、ザイアンは厩舎を出ると、部下たちを呼びつけた。

「父は、俺に任せるとおっしゃった。俺はひとりで王都へ向かう。おまえたちは荷物をまとめてネメタクムに戻れ」

ザイアン自身も旅支度を調《ととの》えて、厩舎に戻る。アルエットはまだそこにいた。掃除は終わったらしく、藁の上に寝転がって休んでいる。

「おい」と、乱暴に呼びかけて、ザイアンは金貨の詰まった革袋を彼女に放った。

「ネメタクムに戻って、あちらの厩舎を掃除しておけ」

そして、ザイアンは意気揚々とアニエスの地を発ったのだが、問題はいくつもあった。

ひとつは、情報収集ができなかったことだ。ザイアンにとって、情報とは誰かが用意するものであり、自分で集めるものではなかった。いざ自分でやろうとすると、やり方が考えられなかったのである。このようなことでテナルディエ家の者だと名のるのは気が引けた。

もうひとつは、父の考えを推測できなかったことだ。ガヌロン、バシュラルと戦うつもりだろうという見当はついていても、具体的にどう動くのかは想像できなかった。

もっとも、状況が刻一刻と変わり、聡い諸侯でさえ判断に迷う事態であることを思えば、これは己の方針を語らなかったテナルディエ公の落ち度といえる。

ともかく、ザイアンは飛竜に乗ってまっすぐ王都を目指すしかなかったのである。

飛竜の餌である羊を調達するのにはいちいち時間がかかったが、それを除けば旅は順調といってよかった。そして今日、ザイアンはレグナスの軍の近くまでたどりついたのだ。すぐにレグナスの軍に接触しなかったのは、その行動が正しいのか判断をつけかねたからだった。加えて、ひさびさの長旅で疲れたのか飛竜が癇癪《かんしゃく》を起こし、そちらへの対応に時間を割かなければならなかった。

そうしているうちに、デフロットの部隊がバシュラル軍の部隊と激突した。最初は判別が難しかったが、それぞれの武装から、レグナスの軍とバシュラル軍の区別はついた。騎士団がバシュラルに味方していないことぐらいは、ザイアンも知っている。

ザイアンはようやくレグナスの軍に味方をすると決め、飛竜を駆って突撃したのである。ザイアンは敗走した兵の多くを救ったのだった。


総指揮官であるレグナスの幕舎に通されたザイアンは、さすがに緊張していた。彼は王家を歯牙にもかけていない父と異なり、ブリューヌ貴族として王家に対する尊敬の念を持っていたのでなおさらだ。

だが、幕舎に入ってザイアンは驚愕した。一国の王子のそれとは思えない簡素なつくりにもだが、レグナスの両脇に二人の男が控えていたからだ。ティグルとロランだった。

「ザイアン卿」

　絨毯の上に腰を下ろしたままの姿勢で、レグナスがザイアンの名を呼ぶ。ザイアンは慌てて膝をつき、頭を垂れた。

「我が軍の兵たちを救ってくれたこと、彼らの上に立つ者としてありがたく思います」

「ブリューヌ貴族として当然のことをしたまでですが、殿下からお言葉をたまわり、身にあまる光栄でございます」

　このような場では、ザイアンはティグルなどよりも貴族としてよほどそつなく振る舞うことができる。だが、彼の意識の何割かはティグルとロランに向けられていた。

「ところで、テナルディエ公爵があなたを派遣してくれたのでしょうか」

「いえ、いまの私は公爵閣下と行動をともにしておりません」

　ザイアンは首を横に振る。

「先日まで、私は公爵閣下の命を受けて南東のアニエスにいました。我が飛竜とともに、ムオジネルを牽制していたのです。ですが、その役目は終わったと閣下から告げられ、ならばと、この地へ馳《は》せ参じた次第で」

「では、テナルディエ公爵の軍がこの近くにいることは知らないのですか」

　ザイアンはおもわず顔をあげる。初耳だった。その反応に、レグナスは小さくうなずく。

「わかりました。現状について、私から話をさせてもらいましょう」

　レグナスは、自分たちとテナルディエ軍、そして遊撃隊の位置と規模を説明した。

「この三つの軍の力を結集してバシュラルの軍勢を打倒するのが最善だと私は考えているのですが、テナルディエ公には独自の考えがあるらしく、我々に合流しようとしないのです。ザイアン卿、お父上を説得してもらうことはできませんか」

「それは……殿下にはまことに申し訳ないのですが、難しいかと」

　顔を引きつらせながらザイアンは答えた。父に意見するなど想像するだけでも恐ろしい。しかし、怖いからいやだと言うわけにもいかない。

「つまり父が、いえ、公爵閣下がそのようになさっているときは、理由があるのです。息子の願いでも聞きはしないでしょう。むしろ、閣下を信じていただけませんか」

　レグナスだけでなく、ティグルとロランも意外そうな顔でザイアンを見る。彼の表情から、親子の絆とでもいうべきものを感じとったのだ。

「わかりました。ここはあなたの進言を容れましょう。しかし、アニエスからここまでまっすぐ飛んできたというのなら、テナルディエ公に会ってきたらどうです」

　レグナスの言葉に、ザイアンは再び首を横に振る。

「殿下のお気持ちは嬉しいのですが、私もひとりの戦士として戦場にいるからには、父の顔を見てこようなどと――」

それまで黙っていたロランが、横から口を挟んだ。

「ザイアン卿、殿下の言葉に従ってくれぬか。おぬしも知っているだろうが、陛下は……」

「ロラン卿」と、レグナスが鋭い言葉で黒騎士をたしなめる。

「私のことはいいのです」

その会話に、ザイアンはレグナスの気遣いを悟らざるを得なかった。今後の状況次第では、レグナスは父親にもう会えなくなるかもしれないのだ。そう思うと、心は揺らいだ。あのような奇妙な手紙をよこした父の本心を知りたくもある。

「殿下、さきほどの公爵閣下を説得する件ですが、その、ご期待に添うのは、不可能とは言わないまでもはなはだ難しいと思うのですが、意図を聞くぐらいならやってみようかと」

できると思われては困るので、とにかく慎重な口調でザイアンは言った。レグナスは安堵の表情を浮かべる。

「それでかまわないので、やってもらえますか、ザイアン卿」

「他ならぬ殿下のお望みとあれば。――ところで、ひとつお尋ねしたいことが」

ザイアンの目が、ティグルに向けられる。

「なぜ、ヴォルン伯爵の嫡男がここに？」

ロランがいるのはわかる。黒騎士以上に、王子の護衛が務まる者はいないだろう。だが、ティグルの存在は不自然きわまりなかった。

「ティグルヴルムド卿は、私の命を救ってくれたのです」

正確にいうならば、レグナスの命を救ったのはミラとリュディだ。もっとも、ティグルもバシュラルを牽制したのだから、まったく違うとはいえないだろう。

遊撃隊の話を聞いて、ザイアンは呆然とした。自分がアニエスにいた間に、この男は北部で武勲を重ね、しかも敵兵から王子を助けたというのか。

「他にも理由はありますが、そのような事情で、彼にはここにいてもらっているのです」

レグナスの言葉に、ザイアンはうつむきがちに「そうだったのですか」と、応じた。

これは何としてでも武勲をたてなければならない。


王子の幕舎を出たザイアンは、幕営の外で休ませている飛竜のもとへ大股で向かう。どうにも急ぎ足になってしまっていた。空はすっかり暗くなっている。

「ひさしぶりですね、ザイアン卿」

明るい声で横合いから呼びかけられて、おもわず足を止める。このような場所では珍しい女性の声だったことに加えて、どこか聞き覚えがあったからだ。

ザイアンはそちらに視線を向け、「げっ」と口の中で呻《うめ》いた。そこに立っているのはリュディエーヌ＝ベルジュラックだったのだ。

親しげな微笑を浮かべながら、リュディはザイアンの前まで歩いてくる。

「話は聞きました。我が軍の兵たちを助けてくれたこと、私からもお礼を言わせてほしいと思って。ありがとうございます」

頭を下げてきたリュディを見て、そういう用事かとザイアンは安心した。そして、勝ち誇りたい気分が首をもたげてくる。

――そうだ、わかったか、これが俺の実力だ。

その言葉を口にする前に、リュディが頭をあげた。

「本当に驚きました。王都の酒場でろくでなしの取り巻きたちといんちき賭博をやって、女性に狼藉を働いていた下劣な人間と同一人物とはとても――」

「そ、それはもう二年も前のことだろうが……！」

顔を真っ赤にして、ザイアンはリュディに詰め寄る。リュディが一歩後ろに下がったのは、飛んできた唾を避けるためだろう。笑顔は変えなかった。

「意外ですね。それがどうした、ぐらい言うと思ったのですが。諸侯の令嬢や王宮勤めの侍女に声をかけてはあしらわれていたあなたも、成長したということですか」

自分のこめかみが痙攣しているのを、ザイアンは自覚する。この女だとわかった時点で、相手にせず立ち去るべきだった。

――これだから、『なき鉱山のベルジュラック』は……。

ザイアンがリュディを苦手な人間として捉えるようになったのは、四年前からだ。それ以前は、顔を合わせたときに儀礼的な挨拶をかわすていどで、力のない公爵家の令嬢として馬鹿にしていた。父がベルジュラック家を見下していたので、それに倣《なら》ったのだったが。

四年前、ザイアンはリュディと手合わせをした。

リュディが年齢に似合わず優れた剣士だと評判だったので、叩きのめして鼻を明かしてやろうと思ったのだ。王都に来たときは取り巻きを従えて遊び呆けてばかりのザイアンだったが、ブリューヌ貴族として剣や槍の腕は鍛えていた。

だが、徹底的に叩きのめされたのはザイアンの方だった。

ザイアンにとって救いだったのは、多少腕のたつ騎士や貴族たちでも、リュディにかなわなかったことだ。これほどの戦士にならば勝てないのも仕方がないと思われて、面目はかろうじて保たれた。

その翌年、リュディはレグナス王子の護衛として抜擢《ばってき》された。それ以後、ザイアンが王都でろくでもない遊びをしていると、だいたい彼女によって潰されるようになった。

それまでは、テナルディエ家の嫡男の蛮行に、誰も何も言えなかったのだが、リュディはそのようなことを気にしなかった。ザイアンとしても、女に痛めつけられたなどと父に言うことははばかられた。

ザイアンにとって、リュディはできることなら顔も見たくない相手なのだった。

「ともあれ、感謝しているのは本当です。ともにバシュラルと戦ってくれるのなら、よろしくお願いしますね」

リュディが手を差しだしてくる。ザイアンは気を取り直して、その手をとろうとした。

ふと、ザイアンの内心で復讐心が湧きあがる。思えば、この女にはさんざん痛い目にあわされてきた。少しは仕返しをしてもいいだろう。

リュディの手を、強く握りしめる。痛がる様子を見せたら離してやるつもりだった。

だが、彼女は表情をまったく変えない。むしろ、痛みを感じたのはザイアンの方だ。

──嘘だろう……？　俺だって飛竜を乗りまわしながら鍛えたんだぞ。

うろたえている間も、手の締めつけが強くなってくる。リュディの表情は変わらない。

耐えかねて、ザイアンは強引にリュディの手を振り払った。

「い、いつまで、握っているつもりだ……」

軽口を叩こうとしたが、呼吸が乱れている。リュディはしれっと応じた。

「そんな、再会の喜びを表現したまでですよ」

やはりこの女は苦手だ。そう思っていると「ところで」と、リュディが話題を変える。

「あなたの家に、ドレカヴァクという占い師が仕えているでしょう」

「……それがどうかしたのか」

ザイアンは顔をしかめた。正直にいうと、彼はドレカヴァクを嫌っている。常に黒いローブをまとい、フードを目深《まぶか》にかぶっている姿が薄気味悪い上に、どこか得体の知れないところがあるからだ。父が重用しているのでなければ、とうに屋敷から追いだしていただろう。

「ガヌロンが、その占い師はとても危険な存在だと伝えてきたのです。我々とテナルディエ公を分断するための小細工でしょうが、念のために詳しい話を聞いておきたいと思って」

「ガヌロンが、ドレカヴァクを……？」

　わからない話ではないと思った。ドレカヴァクはたしかに父から信頼されている。優れた占いであるという以上に、どこからか竜を調達するあの手腕は、他に替えがきかないものだ。レグナス王子がドレカヴァクを処断するよう要求したら、父はたいそう不快に思うだろう。

「何を聞きたい」

「そうですね……。生まれや素性、人柄、テナルディエ公爵との関係について」

「いつも暗くて何を考えているのかわからない不気味な年寄りだ。生まれや素性は知らんが、父には忠実だ。父に雇われたのは五、六年前で、そのときからネメタクムにある屋敷の一室を与えられている。これ以上詳しいことを知りたければ、父に聞いてくれ」

「ありがとうございます。参考にさせてもらいますね」

　リュディが一礼したので、ザイアンは彼女に背を向けて、再び歩きだす。

　ところが三歩と行かないうちに、今度は後ろから声をかけられた。

　舌打ちをして振り返ると、中背ながら身体に厚みのある騎士が立っている。騎士は、ラニオン騎士団の団長を務めるデフロットと名のった。

「ザイアン卿、先に言っておくが、私はおぬしのことが嫌いだ」

ぶん殴ってやろうかとザイアンは思ったが、相手は騎士団の団長だけあってたくましい。殴りあいになったら確実に負ける。ザイアンは鼻を鳴らして、デフロットを睨みつけた。

「わざわざそんなことを言いに来たのか？」

腹は立ったが、騎士に嫌われるのは慣れている。てきとうにあしらって、飛竜のところへ戻ろうと考えていると、デフロットは予想外の行動に出た。深く頭を下げてきたのだ。

「だが、おぬしは私を含めた騎士団の者たちを助けてくれた。心より感謝する」

ザイアンは呆けた顔でデフロットの頭部を見下ろし、次《つ》いで嘲《あざけ》るような笑みを浮かべた。

「何を言うかと思えば」

腰に手を当てて、ザイアンはデフロットを笑いとばす。

「あいにく、俺はおまえらを助けようなんて、これっぽっちも考えちゃいない。ちょうどよかったから飛竜を飛びこませただけだ。恥ずかしい勘違いだな」

デフロットが顔をあげた。彼は怒るだろうかと思って、ザイアンは身がまえる。

だが、予想は外れた。大雑把な造作の顔に笑みを浮かべて、デフロットは首を横に振る。

「そうだとしても、やはり礼を言わせてもらう。よい心がけを持つのは大切だ。だが、よい心がけでなかったからといって、よい結果を評価しないというのは、道理に合わぬ」

「……勝手にしろ」

力のない声で吐き捨てて、ザイアンはデフロットに背を向けた。大股で歩きだす。

デフロットの表情も言葉も不愉快きわまりなかったが、ザイアンはさきほどのように、その感情を口にすることができなかった。心のどこかで喜んでいる自分に気づいたからだ。だが、それを認めてしまうわけにはいかなかった。

飛竜は背中を丸めて休んでいたが、ザイアンが戻ってきたのに気づくと、やれやれといった風情で背筋を伸ばした。いかにも乗せてやるという態度だが、ザイアンはもう慣れている。このていどのことで腹を立てていては、飛竜の相手は務まらない。

遠巻きに飛竜を眺めている騎士や兵士たちを威嚇《いかく》するように睨みつけると、ザイアンは飛竜の背に乗って、鞍にまたがった。落ちないように何本ものベルトをしっかり締める。

視界の端で何かが輝いた気がして、ザイアンは反射的にそちらに視線を向けた。おもわず身を乗りだす。兵士たちにまじって、知っている顔を見つけたのだ。

「あれは、ジスタートの戦姫殿？」

オルミュッツを治めるリュドミラ＝ルリエが、リュディと何やら話している。

「殿下は、ヴォルンがここにいるのは他にも理由があるとおっしゃっていたが……」

ザイアンの胸中で、まさかという疑念が生まれた。ティグルがレグナスのそばにいるのは、ジスタートの戦姫の協力をとりつけたからではないか。それなら納得がいく。

「考えてみれば、あいつが殿下を敵兵から救ったなどというのは都合がよすぎる。真実を隠すためにでっちあげたに違いない」

羽ばたきによって土煙を巻きあげながら、飛竜が上昇する。

考えを巡らせながら、ザイアンはテナルディエ軍のいる方角へ飛び去っていった。

†

夜空の向こうへ飛び去っていくザイアンと飛竜を見ながら、ミラは難しい顔で唸った。

「さて、私を見たことをテナルディエ公にしっかり報告してくれるかしら」

ザイアンが見た光は、彼女のラヴィアスが放ったものだった。まわりの兵たちには篝火を反射したものだと説明して、納得させている。

「だいじょうぶでしょう。私が彼の立場でもせずにはいられませんから」

安心させるようにリュディは言って、踵を返した。レグナスの幕舎に向かって歩きだす。

「待って、リュディ。ちょっと話があるの」

何気ない口調で、ミラはリュディを呼びとめる。怪訝そうな顔をする彼女を、幕営から離れたひとけのない場所へと連れだした。

「何です、ミラ。内緒話ということですか」

篝火の明かりも届かない暗がりの中で、リュディがミラに笑いかける。屈託のない態度にミラは苦笑したが、すぐに真剣な表情をつくった。

「どうしても早めに確認しておきたくてね。――あの王子殿下は替え玉なの？」

リュディが息を呑む。二人の間に沈黙が訪れた。

三つ数えるほどの間を置いて、リュディが呆れたように笑う。

「と、突然何を言うかと思えば……。冗談でも言っていいことと悪いことがありますよ」

暗がりなので表情はうかがえない。しかし、彼女が動揺している気配は伝わってきた。

「それじゃ、はっきり言うけど。幕舎にいるあの方は女性でしょ？　ティグルもロラン卿も気づいてないみたいだけど」

再び沈黙が訪れる。それは、ミラの言葉に対する降伏を意味するものだった。

「あの……どうしてわかったんでしょうか」

肩を落とし、力のない声でリュディが聞いてくる。ミラはため息をついた。

「しばらく見ていれば、何となくおかしいと思うわよ」

薄闇の中で、ミラは顔をしかめる。嘘は言ってない。ただ、はじめから怪しんでいたことを省いているだけだ。

違和感を覚えたのは、バシュラルたちが逃げていったあと、レグナスがリュディに抱きついたときだった。死にかけたところを救われたのだから、感極まって抱きつくのはおかしいことではない。しかし、その仕草が男性のそれには見えなかった。

それに、リュディもう少し態度に気を遣うのではないだろうか。強い信頼関係があるとはいえ、王子と護衛であり、男性と女性なのだから。彼女はそうした配慮ができるはずだ。

その後、幕舎の中でティグルのことについて話しあったとき、疑念はさらに深まった。ティグルを見るレグナスの顔は、好きな相手を想う娘の顔だった。ティグルがオルミュッツに滞在していたとき、彼をああいう顔で見ていた女性が何人かいたのをミラは覚えている。

――それに、リュディもそうだし、ソフィーもときどきああいう顔をするのよね。

王子が替え玉を使うことを否定する気はない。だが、身代わりに女性を使うというのは呆れると同時に怒りを覚えるし、替え玉のためにティグルを危険にさらすのは言語道断だ。

「それで、本物の王子はどこにいるの？」

「……せん」

リュディの声は小さくて、よく聞きとれなかった。「何？」と、ミラは乱暴に聞き返す。

彼女は強張った顔で周囲を見回すと、ミラに「耳を貸してください」と、言った。ミラが彼女の方に顔を傾けると、重大な秘密を打ち明けるようにそっとささやく。

「替え玉なんていません。あの方が殿下です」

「ふざけないで」

「本当です」と、リュディは必死に言い募った。

「王子を装《よそお》っていますが、女性なんです。レギンというのが、あの方の本当の名前です」

離れたリュディを、ミラはまじまじと見つめる。にわかに信じられることではなかった。

レグナスは――いや、レギンはティグルと同い年だという。十八年もの間、男のふりをしてきたというのか。いったい何のために。

「他言無用のこととしてくれますか？」

慎重な口ぶりで、リュディが聞いてくる。ミラは首を横に振った。

「事情次第ではティグルに話すわ。ティグルにだけね」

リュディが迷うように視線をさまよわせる。間を置いて、彼女は言った。

「では、殿下の幕舎へ戻りましょう。殿下と私、あなた、ティグルの四人で」

ミラはうなずき、二人は何ごともなかったかのような顔をつくって、歩いていった。


総指揮官の幕舎の中で、ティグルは困惑していた。

ミラとリュディが戻ってきたと思ったら、「大事な話がある」と言って、自分には残り、ロランには外に出るよう頼んだのである。軍議ではなさそうだし、ロランをさしおいて自分に話すようなことなどあるのだろうかと、ティグルは内心で首をひねった。

リュディがレグナスに何ごとかを耳打ちする。レグナスの顔色がはっきりと変わった。ミラの様子をうかがえば、彼女は仏頂面でレグナスとリュディを見つめている。何があったのか聞いてみたかったが、さすがに王子の前でははばかられた。

「――ティグルヴルムド卿」

レグナスに呼ばれて、ティグルは居住まいを正す。レグナスは真剣な顔で告げた。

「これからあなたに話すことは、王家の秘密です。決して誰にも漏らさないと、あなたの魂と名誉に懸けて誓ってください」

おもわずティグルは何度か瞬きする。無数の疑問符が脳内を埋めつくした。

「おおせの通りにいたしますが、そもそもどうして私に王家の秘密を……？」

「そこの戦姫殿には知られてしまったようなので」

ほんの一瞬だけだったが、レグナスが恨みがましい視線をミラに向ける。ミラはかろうじて失礼にならないていどの冷笑を浮かべて受け流した。

ひとつ咳払いをして、レグナスはティグルをまっすぐ見つめる。彼女の隣で、リュディが励ますように両手で握り拳をつくっていた。

「私は男として育てられた女です。本当の名はレギンといいます」

もったいぶるでもなく、あっさりとレギンは告げる。

ティグルは自分が何を聞いたのか、すぐにはわからなかった。意味を理解すると、大声を出さないようとっさに手で口をおさえる。唖然とした顔でレギンを見つめた。

「お、王女、殿下ということになるのですか……？」

問いかける声が震える。いままでは線の細い、華奢な男性だと思っていたが、女性だと思って見ると、いちいち納得できた。ゆったりした服も、身体の線を隠すためなのだろう。

「いったい、どうしてそんな……」

「ティグルヴルムド卿は、王女に王位継承権が与えられないことを知っていますか？」

レギンに聞かれて、ティグルとミラは目を瞠る。首を横に振った。

「そのためです。王妃殿下……私の母は、私を産んだ際に病で亡くなりました。陛下は母を愛しており、王女しか産むことができなかった王妃にしたくなかったのです」

「そういうことですか……」

ようやくティグルにも理解できた。正妃との間に王女しか産まれなかったとなれば、周囲は王に対して何を要求するか。新たな妃を娶って、王子を産ませることだ。

そして、王子が産まれれば、その母親こそが真の王妃として人々に認識されるようになる。レギンの母は、かつて王妃だった女性として埋もれていくだろう。

「王子を装うといっても、限度があると思います。殿下のお年ではご結婚も考えなければならないはず。そのあたりをファーロン王はどのように考えておられたのでしょうか」

ミラが当然の疑問をぶつける。レギンは首をかしげながら答えた。

「詳しいことは教えていただいていませんが、いくつか手を考えておられたようです。私でも思いつくものだと、形式的にはこのリュディエーヌを王妃に迎え、一方でこのひとならと決めた殿方の子を私が産むとか。いまも、私は人前にあまり姿を見せませんから」

それは本当に可能なのだろうか。ティグルとミラは同時に疑問を抱いたが、恐ろしくて口に出すことはできなかった。なまぬるい汗がじっとりと背中を濡らす。

そこで、ティグルはふとある可能性に気づいた。わずかに身を乗りだす。

「恐れながら、殿下。ガヌロンはこのことを知っているのでしょうか」

「知っていたなら、王都をおさえた時点で広めるでしょう」

レギンはそう答えたが、ティグルは納得しかねた。時機をうかがっているのかもしれない。いまのところ彼らの方が優勢なのだから、切り札をとっておくとすれば理解できる。

「他にこのことを知っている者は何人いるのでしょうか」

今度はミラが訊いた。レギンはリュディと視線をかわす。

「私の護衛を務めているジャンヌと、宰相のボードワンだけです」

「今後も隠すおつもりですか」

ミラが重ねて問いかける。レギンは眉をひそめた。

「どういう意味でしょうか」

「ここで明かすべきではないかと」

ミラの言葉に、レギンとリュディは腰を浮かせかけた。リュディが反論する。

「な、何を言うんですか、ミラ。明かしてしまったら……」

バシュラルに対するレギンの優位がひとつ、失われてしまう。そうなると、ガヌロンを後見役に持ち、武勲を重ねているバシュラルの方が有利になりかねない。

「落ち着いて聞いて、リュディ。隠し続ける方が危険よ」

ガヌロンたちに明かされてしまったら、これまで隠していたという事実が強烈な打撃となってレギンに襲いかかる。それは、バシュラルを打ち倒したあともくすぶり続けるだろう。それこそテナルディエ公爵につけいる隙を与えてしまう。

「これまで民をだまし続けてきたと告白しろと？」

気が進まないというふうに、レギンが苦い表情になる。今度はティグルが言った。

「では、これからもだまし続けるのですか」

レギンは口をつぐむ。ティグルは穏やかな口調で続けた。

「殿下、非常に失礼なことを申しあげますが、私は殿下のことをよく存じません。この戦の決着をどのようにつけるか、殿下のお考えを聞かせていただいていいでしょうか」

「決着、ですか……」

「これは次代の国王を決める戦いにもなると、私は思っています。むろん、すぐに王となるわけではなく、お助けしたファーロン陛下の後を継ぐという意味においてです」

レギンは視線を落とす。だが、二つ数えるほどの間を置いただけで、すぐに顔をあげた。

「ガヌロン公爵とバシュラルを討ち、陛下をお助けする。それが戦の決着となるでしょう」

「ガヌロン公には多くの諸侯が味方していますが、彼らはどうするのです？」

「降伏する者は許します」

レギンは静かに断言した。

「女性であると知られたら、私は王宮を去ることになるでしょう」

「お待ちください」

ティグルは慌てて止めた。

「殿下は間違いなく国王陛下の血を引いておられます。あとは、王としての能力があることを示されるべきではないでしょうか。その後、王にはなれないかもしれません。ですが、血と力でもって政務に携わり、次の王を決める立場を得ることはできるのではないでしょうか」

「次の王……」

レギンが目を見開く。いままで考えもしなかったことのようだった。

「私は王子であることを貫き、王にならなければならないと考えていました。ですが、あなたは別の道があるというのですか」

「断言はできません」

碧い瞳に希望をにじませるレギンに、手を強く握りしめてティグルは答える。

「ですが、あると信じています」

「……わかりました」

レギンはうなずいた。瞳には決意の輝きがある。

「私の真実を明かしましょう。そして、ファーロンの娘として、父を救出に行きます」

「で、殿下……」と、今度はリュディがうろたえた。

「本当によろしいのですか？」

「ええ。こう決めてしまうと、ずいぶん気が楽になりました」

レギンが微笑んだ。それからティグルに笑いかける。

「ティグルヴルムド卿、あなたに責任を負わせるつもりはありませんが……。これだけ言ったからには、今後も私を支えてくれますね？」

「はい。次の戦では、必ずや殿下のお役に立ってみせます」

ティグルの立場を考えれば、言い過ぎたのは間違いない。武勲をたて、バシュラルとガヌロンを倒し、ファーロン王を救出する以外に、レギンに応える方法はないだろう。

態度が力みすぎたのか、レギンが苦笑する。ティグルは深く頭を下げた。

†

息子のザイアンが幕営に現れたと兵士が報告してきたとき、テナルディエ公爵は少し残念な気分になったものだった。

息子がアニエスの地から、自分の軍へまっすぐ飛んできたと思ったのである。もう少し冒険すると思ったのだがと、いささか身勝手な感想を抱いた。ともかくザイアンを自分の幕舎へ通して、話を聞く。テナルディエ公は大きな驚きに襲われた。

ザイアンは何と、レグナスの軍を助けてからこちらへ来たのだ。

計算違いもいいところだった。レグナスがバシュラルとの戦いで消耗したところへ、せいぜい恩を高く売りつけて優位に立つつもりだったのに、息子に邪魔されたのだ。しかも、その原因をつくったのは自分が息子に伝えた言葉だった。

——気まぐれなど起こすものではない。

用意させた葡萄酒《ヴィノー》に口を付けて、自らを戒める。起きてしまったものは仕方がない。息子が手柄をたてたことは喜ばしい。バシュラル軍の背後を脅かしたことも加えて、レグナスに恩を売るという目的は果たしたといっていい。この状況を利用する手立てを考えるべきだった。

ザイアンが真剣な顔で話を続ける。

「父上、私は殿下の幕営で驚くべき人物を見ました。ジスタートの戦姫で、オルミュッツ公国の主であるリュドミラ＝ルリエ殿です」

テナルディエは顔をしかめた。そのような人物がどうしてレグナスの幕営にいるのか。

「たしかなのか？」

「はい。思えば、王子のそばにはティグルヴルムド＝ヴォルンがおりました。あいつが仲介役を務めたのではないかと」

　思いもよらない名前が出てきて、テナルディエは衝撃を隠せなかった。黙りこんで、宝石で飾りたてた銀杯を見つめる。

――ファーロンの命令か？　それならわからぬでもない。

　テナルディエは、ファーロン王が自分やガヌロンに対抗させるために、ヴォルン伯爵家を支援して有用な駒に育てたのではないかと考えた。それなら、ティグルが一度ならず二度もオルミュッツ公国へ行ったことも、アスヴァールの内乱に参加したことも納得できる。

　むろん事実は違うのだが、仮にすべてを知ったとしても、ブリューヌ貴族として当然のように弓矢を蔑んできたテナルディエ公には、おそらく理解できなかっただろう。

――ともあれ、ジスタートはレグナスを……いや、レギンを支援しているということか。

　レギンが王子を装っていることを、テナルディエは知っている。いざとなれば、その事実を知らしめてレギンを追放し、ファーロン王の権威に打撃を与えるつもりでいた。しかし、こうなるとジスタートもそのことを知っている可能性が高い。

――レギンがザイアンを罠にかけたということも考えられるが。

　だが、ザイアンの話によれば、面と向かって会ったのではなく、偶然見かけたのだという。罠とは考えにくい。むしろ、こちらに知られないように会わせなかったのではないか。

——手を貸すか。

これまでテナルディエは、レギンとガヌロンがおたがいに疲弊するのを待っていた。そこはレギンたちの予想通りだ。だが、このままでは、機会を見誤ってジスタートの介入を招きかねない。レギンの近くにいて状況の変化を見極める必要がある。

「ザイアン、おまえは武勲をたてたいのだな？」

息子の顔を正面から見つめて、テナルディエは確認するように訊いた。厳つい顔にすごまれてザイアンは反射的に身体を引いたが、口ごもりながらも「は、はい」と、答える。

「では、殿下の幕営に戻れ。おまえの思うように戦うがいい」

ザイアンは驚き、おもわず確認してしまった。

「ほ、本当によろしいのですか？」

「手紙でもそう伝えただろう。まさか、敵を見て怖じ気づいたわけではあるまい？」

「も、もちろんです！　そのためにここまで来たのですから！」

背筋を伸ばしてザイアンは反論する。テナルディエ公爵はふっと笑った。

「ならば、行け。殿下にせいぜい恩を売ってやるといい」

ザイアンは一礼して、立ちあがりかける。だが、すぐに座り直した。

「そういえば、もうひとつ父上にお知らせしたいことが……」

ザイアンが口にしたのは、ガヌロンがドレカヴァクを気にしていたという話だった。

「父上がドレカヴァクを信頼していることはわかっています。ガヌロンのやつはそこに目をつけたのかもしれませんが……」

「おまえはどう思う？」

テナルディエに問いかけられて、ザイアンは戸惑った。これは相談なのか。だとすれば、はじめてのことかもしれない。しっかり答えなければ失望されるだろう。

「飾る必要はない。おまえがやつをどう見ているか、話すだけでいい」

息子の表情から内心を読みとったのか、テナルディエが補足する。ザイアンの目にかすかな落胆の色がにじんだが、正直に答えた。

「得体の知れない老人だと、そう思います。父上には以前にもお話ししましたが、私はアスヴァールで竜と戦いました。飛竜よりもよほど厳つい、凶暴なやつと」

ちなみに、ティグルの力を借りて竜を吹き飛ばしたとは言わず、孤軍奮闘して倒したとザイアンは話している。実際に竜を駆ったのは自分なのだから当然だと思っていた。

「アスヴァールからブリューヌへ帰るときにそのことを思いだし、気になったのです。ドレカヴァクはどうやって四頭もの竜をさがし、味方を襲わないよう調教したのかと」

ザイアンは他に竜を見たことがない。異国で、野生の竜に遭遇しなかったらそのような疑問を抱くことはなかっただろう。

テナルディエは内心で考える。思えば一昨年、人間に従う竜を用意できると言ったのはドレカヴァクだった。それまで竜を見たことのないテナルディエに、複数の竜を主力として敵を蹂躙するなどという方法を考えつくはずもない。

ドレカヴァクがそのようなことを言ったときは、さすがにテナルディエも呆れたが、これまでに彼がさまざまな助言や占いをして自分を満足させてきたことを思いだし、可能なら用意してみせよと言って、資金を与えた。はたして、彼は竜を連れてきた。

「ザイアン、おまえの懸念はわかったが、心のうちに留めておけ」

「よろしいのですか……？」

ザイアンは不安そうな顔でテナルディエを見つめる。テナルディエはうなずいた。

「あの男は私に仕えるとき、ひとつの条件を出した。素性を詮索《せんさく》しないことだ」

「父上に条件を出したのですか」

ドレカヴァクの豪胆さに、ザイアンは驚きを禁じ得なかった。テナルディエは交渉や取り引きを嫌ってはいないが、的外れな要求には力で応じるからだ。

「占い師というのは多くの場合、町に居着くことすら許されない流れ者だ。素性をさぐられたくないというのはおかしな話ではない。ガヌロンが言ったことも、ドレカヴァクがどこかでやつの不興を買ったというだけの話かもしれぬ」

「わかりました。父上がそうおっしゃるのなら」

ザイアンとしても、ネメタクムにいるはずのドレカヴァクのことより、目の前の戦の方が気になっている。報告はすませたのだから、これで満足すべきだった。


ティグルとミラがテナルディエ公の幕営を訪れたのは、翌日の早朝だった。

ティグルたちはすぐにテナルディエ公の幕舎に通され、ミラが型通りの挨拶を述べたあと、ソフィーの手紙を渡す。その場で手紙に目を通したテナルディエは唸った。

ミラがいることは、昨夜のうちにザイアンから聞かされていた。だが、他にも戦姫がいるとは予想しなかった。

「戦姫殿、この手紙には、南部の守りに専念してほしいとあるが、レグナス殿下はどのようにお考えかうかがっているかな」

「殿下もそれはいいことだとおっしゃっていました。ムオジネル軍という脅威もありますから」

テナルディエは押し黙った。ムオジネル国王が病で亡くなったという情報は、先日つかんだばかりだ。不用意に明かすつもりはない。

ジスタートの協力が事実だとすれば、テナルディエはレグナスに恩を売る機会を逃すだけでなく、ブリューヌ貴族としての面子も失ってしまう。それはよくない。

「このあと、殿下はまっすぐ王都に向かわれるのかな」

「いいえ、王都ではなく、その北東にあるヌーヴィルの町へ。そこでベルジュラック遊撃隊と合流し、さらにジスタート軍を待って、バシュラルの軍勢と対決するつもりとうかがっています」

「私にそこまで話してしまっていいのかな」

「重ねて言いますが、殿下からお許しはいただいています」

ミラはにこりと笑った。

テナルディエもまた、にやりと笑う。レグナスからの挑戦だと、彼は受けとった。

隙を狙って利を得られるのならやってみろと。

ミラの説明通りにレグナスが動けば、バシュラルはそこを突いてくるだろう。おそらくレグナス軍がヌーヴィルの町に迫ったところで戦を仕掛けるに違いない。

テナルディエは、両者の激突を見ていればいい。介入するのもしないのも自由だ。

ただし、問題はジスタート軍が本当に現れるのかどうか、現れるとすれば、いつなのかということだ。ミラがそこに言及しなかった以上、聞いても教えてもらえないだろう。

欲をかいたか。

テナルディエ公爵は内心で自嘲《じちょう》した。売りつける恩の価値が激減した。

だが、決着がついたわけではない。依然として、兵力は自分が上なのだ。まだやりようはいくらでもあるはずだった。

†

レグナス軍の幕舎の中に、三人の女性がいる。

レギンとリュディ、ジャンヌだ。

「それでは、リュディエーヌの無事を祝して」

レギンが言って、銀杯を控えめに掲げる。リュディとジャンヌも王女に倣った。銀杯を満たしているのは葡萄酒だった。

「まったく、あなたの勝手な行動が、どれほど殿下を心配させたか」

葡萄酒に口をつけるやいなや、ジャンヌがリュディに説教をはじめる。

「し、しかしですね、こうして無事に再会できたわけですし、遊撃隊も……」

「それはあなたの役目ではないでしょう」

ジャンヌにぴしりと言われ、リュディは主に助けを求めた。だが、いつもは笑顔でとりなしてくれるレギンも、我関せずという顔で銀杯を傾けていた。

「リュディエーヌ、ジャンヌもひどく心配していたのですよ」

「で、殿下、そのような言葉は余計です……」

うろたえるジャンヌに、レギンは微笑みかける。

「それぐらい言わないと、リュディエーヌは聞かないでしょう」

「申し訳ありません……」

リュディは銀杯を絨毯の上において、頭を垂れた。だが、すぐに顔をあげる。

「でも、殿下がラニオンを出て王都に向かったと聞いたときは、感服しました。さすが……」

ジャンヌに睨まれて、たちまちリュディは小さくなった。

「いまはこのへんにしておきましょうか。すべてが終わったあとでもお説教はできますから」

レギンが言い、ようやくジャンヌはため息で終わらせる。レギンが続けた。

「昨年の冬からのこの出来事を、私はずっと忘れないでしょう」

「私もです」

リュディが言い、ジャンヌもうなずく。あまりに多くのことがあり、何度も命を落としかけ、決断を迫られた。ひとつ間違えば、こうして再会を祝うようなことはできなかっただろう。

二人の護衛を見回して、レギンが告げる。

「ここが正念場です。リュディエーヌ、あなたは今度の戦いで、私のそばにいる必要はありません。一軍を率いなさい。私が許します」

「必ずや、殿下のご期待に応えてみせます」

リュディはあらためて、この王女に忠誠を誓った。

†

兵をまとめて無事に撤退したバシュラルは、同じくデフロットの部隊を敗走させて引きあげたタラードと合流を果たした。だが、おたがいの戦果を話しあったあと、彼らの顔に浮かんだ感情は、喜びからはほど遠いものだった。

「またやられたか、あの男に」

タラードが怒りの呻き声を漏らす。バシュラルも憮然とした顔で応じた。

「認めたくないが、やつを抹殺しようとしたグレアストは正しかったということだな」

ティグルヴルムド＝ヴォルンは、必ずここぞというところで彼らの目的を阻んできた。彼さえいなければ、バシュラルたちはティエルセでリュディを討ちとり、トルヴィリエでも敗北をまぬがれ、今度の戦でもレギンの首をとることができたはずなのだ。

「とにかく、こちらも仕切り直しだ。あらためて戦場を選び直す」

「そうだな」と、タラードはうなずいた。

レギン軍にティグルとリュディ、そして戦姫まで加わったとなると、同じ手はもう通用しないと思っていい。テナルディエ軍と、飛竜についても対策をたてなければならない。

バシュラル軍は移動を開始した。

4　差しのべられた手

代理の総指揮官を務めるマスハス＝ローダントに率いられたベルジュラック遊撃隊《ファルタス》は、ガルランドから六日かけてヌーヴィルの町に到着した。この進軍の遅さに、さすがに何かあると諸侯や兵たちは気づいたが、離脱者は出ていない。

ひとつには、バシュラル軍の兵力が兵たちにも知れ渡ったからだ。遊撃隊が慎重に軍を進めているのは味方を集めるためだろうと、彼らは思ったのである。実際、マスハスは口の固い何人かの諸侯に、王子の軍と連絡をとろうとしていることをさりげなく伝えていた。

マスハスは少々の不安を抱えていたが、ヌーヴィルの町は問題なく遊撃隊を受け入れた。町の長に礼を述べたマスハスは、敵に攻められたときを除いて、兵たちを町の中に入れないことを約束する。町のまわりに幕営を設置して、遊撃隊はひとまず落ち着いたかに見えた。


およそ一万の兵が北から向かってきているという報告をマスハスが受けとったのは、ヌーヴィルの町に到着した翌日のことだ。周囲に放っていた偵察隊が発見したのだ。

「やれやれ、ゆっくり休むこともできぬか」

マスハスはぼやきながらも、自分の幕舎《ばくしや》で詳しい話を聞いた。一角獣《リコルヌ》を描いた軍旗を掲げた一団が、この町を目指しているという。一角獣は、ガヌロン公爵家の軍旗だ。

「ルテティアから兵を南下させてきたか。ガヌロンめ、豊富に兵を抱えておる」

偵察隊をねぎらって下がらせると、マスハスはソフィーを幕舎に呼んだ。現在の遊撃隊において、もっとも戦の経験が豊富なのは戦姫である彼女だ。

マスハスから話を聞いた光華の耀姫《ブレスヴェート》は、即座に敵の意図を推測してみせた。

「わたくしたちを討ったあと、バシュラル軍に合流するつもりでしょう。わたくしたちがヌーヴィルの町に立てこもれば、街道を封鎖してバシュラル軍をこちらに呼ぶと思います」

この町を攻めるのに、一万の兵では足りない。だが、ルテティア軍にはバシュラル軍という味方がいる。こちらの動きを封じれば、最終的に各個撃破に持ちこむことができるのだ。

「ふむ。しかし、この町の外で野戦を仕掛けるには、いささか我が軍が不利じゃな」

遊撃隊の兵力は約六千。正面から戦えば、負ける可能性が大きい。

ヌーヴィルの町の周辺を描いた地図を広げて、二人は話しあう。ソフィーが提案した。

「町に立てこもるように見せかけて、ルテティア軍に奇襲をかけるのはどうでしょうか」

マスハスは感心したように鼻息で髭を揺らす。彼にも覚えがあることだが、一旦、味方の援軍を待つ態勢になると、どうしてもそちらに気をとられてしまうものだ。

ルテティア軍がバシュラル軍を待つ態勢になれば、気が緩んで隙ができるかもしれない。

「よし、あなたの策でいこう」

そうしてソフィーが幕舎から去ったあと、ひとりになったマスハスは苦い顔でつぶやいた。

「やむを得ないこととはいえ、リュディエーヌ殿には申し訳ないことになったな……」

ルテティア軍を撃退したことがガヌロンに伝われば、彼は人質であるベルジュラック公爵に容赦しないだろう。この件については自分ひとりで背負うと、マスハスは決めた。

その後、マスハスは町の長と話しあい、幕営を引き払って兵たちを町の中に入れた。ヌーヴィルの市街はにわかに慌ただしくなり、緊迫した空気に包まれる。

ルテティア軍がヌーヴィルの北に姿を見せたのは、翌日の昼より少し前だった。

城壁の上から彼らの姿を確認したマスハスは、兵たちを城壁上と門の内側に待機させる。

ヌーヴィルの町を囲む城壁には五つの大きな門と、八つの小さな門があるが、そのすべてに兵を配置したのだ。兵たちと町の長たちには、すでに話した通り、立てこもる姿勢を見せるためだと告げたが、もうひとつ理由がある。内通者の可能性に思い至ったのだ。

「少し前までヌーヴィルは門を開放しており、人々の往来《おうらい》があったからな。ガヌロンの手の者が入りこんでいてもおかしくない」

マスハス自身は城壁の上に立つ。傍らにはオルガがいた。客将である戦姫たちには、遊撃隊が借りあげた屋敷で休んでもらうことになっているのだが、彼女は退屈だからといってここまで来たのである。ソフィーとリーザは屋敷でおとなしくしているらしい。

「戦いにはならんぞ、オルガ殿」

「でも、斧姫《タポレーサ》がいれば兵たちは気を引き締める」

胸壁に腰を下ろした姿勢で、オルガはマスハスに言葉を返す。

「まったく、惚《ほ》れ惚《ぼ》れするような戦士の魂をお持ちじゃな。頼りにさせてもらおう」

オルガに微笑を返して、マスハスは遠くのルテティア軍に視線を戻す。眉をひそめた。

敵は街道をまっすぐ進んで、ヌーヴィルの町に迫ってくるのだ。まるで、この町を攻めるつもりであるかのように。

――だが、見たところ攻城兵器はない……。

ヌーヴィルの町を囲む城壁の高さは七十チェート（約七メートル）。厚みも充分にある。何の準備もなしに攻めることなどできない。

それなのに、なぜ彼らはこの町に向かってくるのか。威嚇《いかく》でもするつもりだろうか。

マスハスは五人の兵を呼ぶと、合計十三の門に手分けして向かうよう命じた。「心配性でいかんが、あらためて門の様子を見てきてくれんか」と。この状況で余計なことを言って、深刻な思いを抱かせてはならなかった。下手をすれば不安が広がってしまう。

半刻ほどが過ぎて、太陽が中天にさしかかったころ、ルテティア軍はヌーヴィルの町の前にたどりついた。彼らは城壁上のマスハスたちを見上げて、型通りの降伏勧告を行う。

「ヌーヴィルの町の者たちに告ぐ。降伏し、門を開けよ」

挑発も恫喝《どうかつ》もない。ただこれだけですませたのが、マスハスには不気味に思えた。

遊撃隊がいなければ、一万という数は圧力になっただろうが、その効果も望めない。数人の使者団だけをよこせば充分ではないか。

「断る。すみやかに去るがいい」

マスハスも簡潔に言い返す。敵が挑発してきたらやり返してやるつもりでさまざまな言葉を頭の中に思い浮かべていたのだが、気を削がれたのである。

ルテティア軍はマスハスの返答に言葉を返さず、軍を展開しはじめた。町を包囲しようというかのように、隊列を薄く伸ばしていく。

マスハスは眉をひそめたが、やはり内通者がいるかもしれないと考え直す。どこかの門を開けるという取り決めが、すでに成されているのだとすれば、この奇妙な動きにも納得できた。

オルガが不意に胸壁から立ちあがり、廊下に降りたつ。訝《いぶか》しげに周囲を見回した。

「どうかしたのか?」と、問うマスハスに、「わからない」と、首を横に振る。

「何だか気持ちが悪い。空気が濁っている気がする。ムマも警告してる」

肩に担いでいた両刃の斧を、オルガは両手に持って見つめた。刃と柄の接合部にある緑柱石が強い輝きを放っている。

「その光は何を意味しているのだ?」

オルガが答えかけたとき、地上からいくつもの叫び声があがった。マスハスは瞬時に意識を切り替えて、町の中へと視線を向ける。騒いでいるのは、城門のそばに待機していた兵たちのようだ。何が起こったのかと目を凝らして、マスハスは息を呑んだ。

――城門が開いていく!?

マスハスのいるところから見える城門は三つだが、そのすべてから閂《かんぬき》が外れて、ひとりでに動いていた。城門のそばに待機していた兵たちも呆然としている。

「何じゃ、これは……」

それ以外に言葉が出てこず、全身から汗が噴きでる。

狼狽《ろうばい》するマスハスを我に返らせたのは、オルガだった。彼女はためらう様子も見せずに城壁から身を投げだす。目を瞠《みは》ったマスハスに、「一ヵ所だけおさえる」と言い残して落下した。

「お願い、ムマ」

地面が迫る中、オルガは冷静に竜具《ヴィラルト》へ呼びかける。直後、オルガの真下の地面が、あたかも槍を突きあげるように盛りあがった。その高さは四十チェートはあるだろうか。オルガは危なげなくそこに着地する。土の柱はたちまち縮んでいき、オルガを地面へと導いた。

駆けていくオルガの後ろ姿を見下ろして、城壁上のマスハスは感嘆の息を吐きだした。

驚きから立ち直ると、戦意というよりも使命感のようなものが湧きあがってくる。オルガの勇敢さに報いなければという強い思いだ。

「ルテティア兵たちめ……。あやつら、わかっておったのだな。扉が開くことを」

内通者どころではない。敵は、道理を超えた力を持っていることになる。自分たちはそのような相手と戦わなければならないのだ。

「ウルスよ。ようやくおぬしの言ったことが理解できたぞ。聞くと見るとでは大違いじゃ」

考えを巡らせながら、独りごちる。ウルス＝ヴォルンから屍竜という怪物の群れの話を聞かされたとき、マスハスはどうにもおとぎ話を聞いているような気分を拭えなかった。親友の話でなければ半ばで茶化《ちゃか》していただろう。

いまなら、ウルスの気分がいくらかわかる。超常のものと対峙するのは恐ろしい。

――戦姫殿がいてくれることが、これほど心強いとは。

ウルスの話では、オルガとソフィー、ミラの三人がかりで怪物の群れを消し去ったという。だいじょうぶだ。自分は、彼女たちが全力で戦えるよう、やれることをやるだけだ。

城門に殺到する敵軍にいかに対処するかを考えながら、マスハスは伝令を呼んだ。


遊撃隊とルテティア軍が睨《にら》みあっているころ、ソフィーはリーザとともに屋敷の一室で休んでいた。くつろいでいたわけではない。竜具を手元に置いて、外の様子に気を配っていた。

異変を感じとったのは、少し前。オルガが竜具から警告を受けたのと同時だった。ソフィーのザートもまた、光を帯びることで使い手に危険を喚起したのだ。

——バーバ＝ヤガーかしら。

ソフィーがまず思い浮かべてしまうのは、どうしてもその魔物だった。リーザと自分を追い詰めたひとならざる妖婆《ようば》。人間に化け、炎や吹雪を操り、空を飛ぶ恐ろしい存在だ。

「リーザ、行きましょう」

錫杖の竜具を手にソフィーが呼びかけると、リーザも己の竜具である黒い鞭を持った。二人は急ぎ足で屋敷を出る。守りについていた兵士をつかまえて、何があったのか尋ねた。

「戦です。敵が攻めてきたんです」

緊張と興奮、そして不安に彩られた顔で、その兵士は答える。普段なら、ソフィーが話しかければたいていの兵士は表情を緩ませるのだが、それだけの余裕もないようだ。

「何でも城門が勝手に開いて、そこから敵兵が攻めこんできたとか……」

ソフィーの顔を緊張が彩った。魔物の仕業ではないかという疑いを強めたのだ。何より、ザートが依然として光を放っている。

「どこの城門が開いたのか、わかるかしら？」

北と東が開いたという返答に、ソフィーはわずかな間、考える。

——たぶん、二ヵ所だけじゃないわ。すべての門を開けられた可能性がある。

町の中の地図と、兵の配置を思い浮かべる。マスハスの指揮は手堅く、偏《かたよ》りがない。それだけに、どこか一ヵ所に敵兵が攻撃を集中すれば、そこを突破される恐れがある。

敵を迎え撃って退け、それに合わせてこちらも兵を後退させて、陣容を立て直す。同時に住人たちも避難させなければならない。中央の広場にある神殿がいいだろう。

――ローダント伯爵やオルガも動いているはず。

すべてを自分たちでやる必要はない。二人はもっとも近くの城門に向かった。たどりついてみると、怒濤《どとう》の勢いで侵入を試みるルテティア兵たちと、懸命に阻む遊撃隊の兵たちが一進一退の攻防を繰り広げている。怒号と悲鳴が飛び交い、剣戟の響きが大気を切り裂いていた。

「行くよ、ソフィー！」

「気をつけてね、リーザ」

二人の戦姫はそれぞれ竜具をかまえて、流血と熱狂のただ中に飛びこむ。

ソフィーの黄金の錫杖がルテティア兵を三人まとめて地面に叩き伏せ、リーザの漆黒の鞭が二人のルテティア兵をはねとばした。剣を折り、盾を砕き、兜を叩き割って、二人の戦姫はルテティア兵を次々にもの言わぬ骸へと変えていく。

遊撃隊の兵たちは歓声をあげ、ルテティア兵たちは衝撃の呻《うめ》き声をもらした。突然戦場に現れた二人の美しい娘が、人間離れした破壊力でもって仲間を血溜まりに沈めていくのだ。甲冑も盾も意味をなさず、逃げることもできない。悪夢としか思えなかっただろう。

二人の戦姫がルテティア兵たちを押し戻すと、遊撃隊の兵たちは果敢に前進する。剣で斬りつけ、槍で突きかかり、盾で殴りつけて、ルテティア兵に後退を強いた。

「あとは任せるわ」

ここはもうだいじょうぶだと判断し、ソフィーはリーザを連れて戦場から離脱する。兵たちの返答は戦意に満ちた叫びだった。二人の戦姫は街路を走りだす。

ひとけのない脇道に入る。そこで二人は足を止めた。

十数歩先に、小柄な影がうずくまっている。黒いローブをまとい、ぼろぼろの箒を持った老婆だ。その異様な雰囲気にソフィーたちが竜具をかまえると、老婆は顔をあげた。

「──ひさしぶり、というほどでもないかな」

「バーバ＝ヤガー……」

魔物を睨みつけながら、ソフィーは意外な思いを禁じ得なかった。相手が白昼堂々と姿を見せるとは思わなかったのだ。魔物を観察しながら、ソフィーは確認するように問いかける。

「これはあなたの仕業ね」

「たいしたことはしておらぬ。十三の門をすべて開けただけじゃ」

「ずいぶんつまらない手ね」

ソフィーの挑発は、疑問でもあった。この魔物なら、もっと多彩なことができるはずだ。

「そんなことはないさ」

バーバ＝ヤガーは皺だらけの顔を歪めて、醜悪な笑みを浮かべる。

「ただ門を開くだけで、人間同士が殺しあい、屍を積みあげ、町を焼く。一切手を下さぬわしの足下に、血の海と屍の山ができる。――楽しいぞ」

ソフィーよりも、リーザが先に動いた。弾かれたように地面を蹴って、バーバ＝ヤガーに挑みかかる。気合いの叫びとともに黒鞭を叩きつけた。だが、バーバ＝ヤガーはわざとらしく地面を転がってそれを避けると、空中に舞いあがる。

バーバ＝ヤガーは空中で箒にまたがり、一回転した。老婆から少女の姿に変身する。

「おいで、おいで。ここまでおいで」

歌うように節をつけ、目を剥いて舌を出す。リーザはかっとなった。

「絶対に逃がさない！」

「待ちなさい、リーザ！」

ソフィーの制止は、リーザの耳に届かなかった。壁の突起に黒鞭を引っかけ、黒鞭を縮めることで身体を空中に持ちあげる。それを繰り返して跳ねるように壁をのぼっていき、バーバ＝ヤガーを追って建物の上に出た。屋根を駆け、隣の家の屋根に飛び移る。

バーバ＝ヤガーが箒の先端からいくつもの火球を放った。リーザはヴァリツァイフを薙ぎ払って、火球をことごとく打ち砕く。飛散する火の粉が、リーザの周囲を彩った。

「おお、おっかない、おっかない」

箒にまたがって逃げるバーバ＝ヤガーに、リーザは屋根から屋根へと跳躍を繰り返して追いすがる。いくつめかの屋根に降りたとうとしたとき、不意に魔物が身をひるがえして襲いかかってきた。リーザは反射的に鞭を振るったが、箒に弾かれる。体勢を崩した。

空中に放りだされたリーザは、おもわず右腕を屋根に伸ばす。だが、彼女の右腕は肘から先がない。重力につかまれて地面に落下した。

「――ヴァリツァイフ！」

使い手の叫びに応えて、黒鞭が彼女の身体に何重にも巻きつく。

リーザは地面に叩きつけられた。全身を襲う強烈な痛みに、歯を食いしばって耐える。

ヴァリツァイフで身を守ってどうにか衝撃をやわらげたものの、完全にとはいかなかったようだ。だが、命を落とさず、骨折もせずにすんだ。このていどの痛みは許容すべきだろう。

――ソフィーと引き離された。

いまさらになってそのことに気づいて、リーザは肩を震わせる。だが、すぐに考え直した。この魔物は自分の手で倒す。そう決めているのだ。だから何の問題もない。

「右手がないと不便じゃのう」

空中に浮かんでリーザを見下ろし、バーバ＝ヤガーが嘲笑《ちようしよう》する。

「なくした右腕がほしいか？　望むなら、つけてやるぞ。この通り、ちゃあんと拾っておいてやったのでな」

魔物が箒を一振りすると、リーザの眼前に、肘から先を備えた右腕が出現した。リーザはおもわず己の右腕と、目の前のそれを交互に見つめる。間違いなく自分の腕だ。

──でも、何かおかしい……。

目の前の右腕を見つめていると、おぞましさを感じて吐き気を覚える。

「違う」と、リーザは激しく首を横に振った。

「これは私の腕じゃない」

「いいや、おぬしの腕じゃよ」

水平にした箒に腰を下ろして、バーバ＝ヤガーがゆっくりと降下してくる。

「三年前、おぬしはわしに力を求めたじゃろう。人間以上の力を。だから、特別な腕をおぬしに用意してやった。それが、これじゃ」

魔物の言葉に、リーザは頭痛を覚えた。脳裏にいくつかの光景が浮かぶ。

白銀の髪と紅玉の瞳を持った娘が、冷たい目で自分を見下ろしている。それだけで、自分は決闘に敗れたのだとわかった。

次に浮かんだのは、屋根すらない朽ち果てた神殿の奥にたたずむ黒い石像だった。大きさはリーザの腰に届くぐらいで、老婆のように見える。その像がヤガーさまと呼ばれ、願いをかなえる力があるといわれていることを、リーザはなぜか思いだした。

──力がほしいの。

過去のリーザが叫んでいる。力があれば、理不尽に耐えずにすんだ。力があれば、意志を貫くことができた。力があれば。

「そう、おぬしはその目のせいで、つらいつらい人生を歩んできたのじゃったな」

耳元で老婆の声がささやいた。

はっとして顔をあげると、数歩先にひとりの男が立っている。年齢は二十代半ばというところか。金糸の装飾をあしらった絹服を着て、赤子を抱えている。整った顔だちの持ち主だが、その表情には冷酷さが漂っていた。

「何だ、これは」と、赤子を見つめて、男は吐き捨てるように言った。

「金と碧と、左右で目の色が違うではないか。気味が悪い」

赤子が泣きだす。赤子の髪はリーザと同じ赤だった。

——これは……。

強烈な嘔吐感《おうとかん》を覚えると同時に、リーザは恐怖感を抱いた。

目の前の男を知らないはずなのに、知っている気がする。覚えているはずがないのに、このような体験をした気がする。知っている。このあと、赤子は寒村に捨てられるのだ。

災いをもたらすものとして、異彩虹瞳《ラズィーリス》を忌み嫌う地域もある。

「死なせると、よくないことが起きるかもしれんだと？　異彩虹瞳だったか、つくづく忌々しい代物だ。ならば、どこかてきとうな村に捨ててこい。私の子であることは隠せ」

赤子を抱えた男の姿が消えて、ぼろきれのような服をまとった幼い少女が現れる。

薄汚れた赤い髪。金色の右目と碧色の左目。昔の自分だ。

少女は急に頭を抱えてうずくまる。「やめて」と、泣き叫ぶ。「石を投げないで」と。

声が聞こえてくる。汚目《きたなめ》、濁目《にごりめ》と。死なせることさえなければ何をしてもいいというふうに、リーザは扱われていた。仕事を押しつけられ、叩かれ、罵倒を浴びない日はなく、自分でもそれが当たり前に思えるようになっていた。

うずくまって泣いている少女の姿がかき消える。今度は十二、三歳ぐらいの少女が現れた。絹のドレスを着ているが、赤い髪と異彩虹瞳で、自分だとわかる。

少女の前には、絹服を着た男が立っていた。さきほど赤子を抱いていた男だ。父だった。

「跡継ぎが必要だ」

それだけを言って、男は背を向ける。そうだ、男には自分以外の子供ができなかったから、捨てた子供を手元に戻したのだ。そして、あの忌まわしい寒村から離れても、自分の境遇はさほど変わらなかった……。変わらなかった、はずだ。誰もが冷たかった。

「力がほしい。わかる、よくわかるぞ」

再び、老婆の声がした。今度は耳ではなく、意識に直接語りかけてくる。

「虐《しいた》げられてきた。痛めつけられてきた。それは瞳の色のせいではない。おぬしに力がなかったからじゃ。あの村でも見ただろう。身体が大きくて腕力もある子供は、虐げ、痛めつけ、奪う側にまわるのさ。屋敷にもいただろう。おまえの父でさえ、何も言えなかった男が」

その通りだ。毎日のように泣き、身体を丸めて生きてきた。屋敷で暮らすようになっても、泣かなくなっただけで、それ以外はほとんど変わらなかった。

いやがらせの陰湿さ加減は、屋敷にいたころの方がひどかった。自分に何をやっても咎められることはないとわかると、誰もが競うように責めたててきた。何もできず、部屋の隅で震えて日々を過ごした。そのはずだ。味方はひとりもいなかった。

「さあ、望んでいた力を得るのじゃ。その右腕をつけて」

父の姿が消え去って、肘から先を備えた右腕がリーザの目の前に再び現れた。ぼんやりとする意識の中で、力を求める思いだけがたしかなものになっていく。

力が足りなかったから、自分は負けた。右腕を失った。二度とあんな思いはしたくない。あの女は次こそ確実に倒さなければならない。だから、力が——。

次の瞬間、白い閃光が両目を灼《や》いた。声にならない叫びをあげて、リーザは後ずさる。バーバ＝ヤガーもまた、閃光が伴う衝撃に吹き飛ばされて地面を転がった。

——何が起こったの……？

リーザは何度か瞬きをする。揺らいでいた視界がやっと定まった。

ぎょっとした。バーバ＝ヤガーが用意した右腕に、リーザは左手を伸ばしかけていたのだ。

それに触れてはいけないと直感で悟り、慌てて手を引っこめる。

そのとき、空中に現れたらしい者たちが、リーザの目の前に降りたった。

二人の娘だ。ひとりは長い白銀の髪の持ち主で、手に長剣を持っている。もうひとりは長い黒髪の持ち主で、大鎌を肩に担いでいた。さきほどの白い閃光は、彼女たちが放ったようだ。

「間一髪というところだったようだが……」

白銀の髪の娘がリーザを振り返る。その顔には不愉快そうな感情が浮かんでいた。

「よりにもよって、おまえを助けることになるとはな」

エレンことエレオノーラ＝ヴィルターリアだった。黒髪の娘はミリッツァ＝グリンカだ。そして、二人から十数歩離れたところには少女の姿をしたバーバ＝ヤガーが倒れている。

戦いは新たな様相を見せはじめた。

†

数日前にアルサスを発ったエレンとミリッツァは、まずオードに向かった。

ウルスに書いてもらった手紙を見せることで、マスハスの妻であるリリアーヌには会えたものの、ブリューヌの地理に疎いため、遊撃隊をまっすぐ追いかけることはできなかった。ミリッツァの竜技《ヴェーダ》は体力の消耗を伴うので、それにばかり頼るわけにもいかない。

結局、二人が遊撃隊の居場所をつかんだのは、昨日の夜のことだった。ヌーヴィルの町の近くに来たのは、一刻前である。ルテティア軍が近くにいたため、二人はしばらく様子をうかがっていたのだが、戦がはじまったのを見て行動に移ったのだった。

「たしか、レーシーだったか。あいつと同じ危険な気配を感じるな」

バーバ＝ヤガーを睨みつけて、エレンが長剣をかまえる。ミリッツァも大鎌を担いだ。

「エザンディスが教えてくれています。あいつは魔物だと」

二人の後ろでリーザはきょとんとしていたが、意を決してエレンに呼びかけた。

「あなた、誰？」

首をかしげてのリーザの質問は、エレンを困惑させた。

「いきなり何を言いだすんだ、おまえは……。口調まで変えて」

エレンにしてみれば、リーザに苛立ちをぶつける理由は充分にあるのだが、リーザにはそれがわからない。ただ、エレンのアリファールと、ミリッツァのエザンディスが竜具だと、ヴァリツァイフが教えてくれたので、ぱっと顔を輝かせた。

「あなたたちも私と同じ戦姫なの？」

この発言には、ミリッツァも戸惑いの表情を浮かべる。

「エ、エリザヴェータ……様？」

「よかった、私のこと知ってるんだ」

素直に喜ぶリーザに、エレンとミリッツァは顔を見合わせる。アルサスのウルスも、オードのリリアーヌも、リーザが記憶を失っていることは言わなかった。もっとも、エレンもリーザについては詳しく聞こうとしなかったので、おたがいさまというところだろう。

「どうも調子が狂うが……おまえ、あいつを知ってるのか？」

エレンが長剣の切っ先でバーバ＝ヤガーを示す。リーザは怒りを露《あら》わにしてうなずいた。

「バーバ＝ヤガーっていう悪いやつなんだ。私とソフィーを苦しめたの」

「いつのまにソフィーを愛称で呼ぶようになった……？　いや、それはあとでいい」

気を取り直し、エレンはあらためて魔物を見据える。

「ソフィーを苦しめたとなれば、どうであろうと逃がすわけにはいかん」

「やってみるといい」

少女の姿をした魔物が起きあがる。その身体から黒い瘴気があふれ出るや否や、黒いローブを引きちぎって一気にふくれあがった。

フードを貫いて、額から鋭い角が生える。愛らしい口元が横に裂けて、牙が覗く。肌は瘴気を吸ってどす黒く染まった。鼻は鉤のような鷲鼻となり、目は吊り上がり、耳の先も尖る。

このすさまじい変身にリーザは目を瞠り、ミリッツァは唖然とする。エレンでさえ顔を引きつらせずにはいられなかった。

「どうせ戦姫は殺した分だけ生まれてくる。おまえたちはひとりたりとも逃がしゃしないよ。その身体を引きちぎって血を頭から浴び、肉は釜で茹でて喰ってやる」

水中で発せられたかのようなくぐもった声が、裂けた口からこぼれ出る。

魔物のまとっていたローブが、内側から引きちぎられた。露わになった身体は骨と皮だけでできているのかと思うほどに痩せており、背中から蝙蝠《こうもり》を思わせる翼が生えている。全身から放たれる瘴気が濃さを増し、見ているだけで背筋が凍りつきそうだった。

「――炎よ、狼となれ」

バーバ＝ヤガーがつぶやくと、その周囲に十近い数の炎の塊が生まれる。それらは激しくゆらめいて、瞬く間に狼の形をなした。火の粉をまき散らしながら地面を駆けて、猛々《たけだけ》しくリーザたちへ襲いかかる。

「一匹一匹斬り捨てるのは面倒だな」

そう吐き捨てることで、エレンは戦意を回復させた。長剣を振りあげると、鈍色《にびいろ》の刀身を中心に突風が渦を巻く。ミリッツァにうながされて、リーザは一歩後ろに下がった。

炎の狼の群れが、いっせいにエレンに飛びかかる。その瞬間、エレンは竜技を解き放った。

「――大気ごと薙ぎ払え《レイ・アドモス》！」

刃から放たれた風は見えざる大鉈と化して荒れ狂い、狼たちを粉々に吹き散らす。かけらすらも残さず、狼の群れは消滅した。

「じゃあ、お次はこれでいこう。――氷よ、鷹となれ」

バーバ＝ヤガーが楽しそうに笑う。魔物の頭上に拳大の氷塊が、やはり十近く出現した。それらは猛禽らしい形をとり、空中を滑るように飛んで、戦姫たちに向かってくる。

「私がやる！」

何となくエレンに対抗心をかき立てられて、リーザが進みでた。

氷の鷹たちを引きつけ、左手に握りしめたヴァリツァイフを薙ぎ払う。雷光がほとばしり、鷹の群れは一羽残らず粉々に吹き飛んだ。

だが、それで終わりではなかった。地面に転がった無数の氷の欠片から、新たな鷹が次々に生まれる。しかし、リーザはわずかも驚くことなく、ヴァリツァイフで地面を叩く。

黒鞭から四方八方に雷光が放たれた。雷光は衝撃をともない、氷の鷹の群れが飛び立つ前に打ち砕く。今度こそ鷹の群れは消え去った。

「——虚空回廊《ヴォルドール》」

雷光の残滓が地面に瞬いている間に、ミリッツァが竜技を使う。彼女の姿がかき消えたかと思うと、バーバ＝ヤガーの背後に出現した。エザンディスを魔物の背中に振りおろす。

金属同士がぶつかりあうような音が響いた。バーバ＝ヤガーは背中の翼で、ミリッツァの竜具を受けとめたのだ。魔物の翼は奇妙にねじれて、ミリッツァの大鎌の刃に絡みつく。

「そうれ」

バーバ＝ヤガーは大鎌ごとミリッツァを持ちあげ、振りまわす。

エレンが焦りを見せ、地面を蹴って魔物に斬りかかった。それを見たバーバ＝ヤガーは、ミリッツァをエレンに投げつける。二人の戦姫はもつれあって地面に転がった。

「——雷よ、蟲《むし》となれ」

翼を羽ばたかせて空中に飛びあがりながら、バーバ＝ヤガーは周囲に無数の雷光を出現させる。指先ほどの大きさの光の群れは、不規則に飛びながらエレンたちに群がろうとした。

「ヴァリツァイフ！　私に力を貸して！」

二人を守るように、光の群れの前にリーザが立ちはだかる。黒鞭を振るっていては間に合わないと悟って、彼女は叫んだ。

ヴァリツァイフが三人を取り巻くように無数の螺旋を描き、稲妻の防壁を形作る。その表面に触れた雷光の蟲たちはことごとく弾けとび、リーザの周囲で白い光が明滅した。

次の瞬間、リーザの前に魔物が現れる。雷光は囮《おとり》だったのだ。迫ってくる爪を避けなければと考えながら、リーザの身体はすくんで動かない。

「――アリファール！」

剣を持った右腕でミリッツァを抱きかかえ、左手でリーザの脚をつかみながら、エレンが叫んだ。彼女の長剣が突風を起こして、三人の戦姫を引きずるように吹き飛ばす。リーザは体勢を崩したが、そのおかげで魔物の爪は彼女の顔に届かなかった。

バーバ＝ヤガーから十数歩分の距離をとって、リーザたちは立ちあがる。

「ありがとう、助けてくれて」

魔物から視線を外さずに礼を言ったリーザに、長剣をかまえながらエレンが応じた。

「おまえに借りをつくりたくなかっただけだ」

二人の後ろで、ミリッツァが戦慄の息を漏らす。バーバ＝ヤガーが翼を羽ばたかせて空中に浮かびあがり、その周囲に無数の炎と氷塊を生みだしたのだ。

「遊ばれているな」と、エレンが悪態をつく。

魔物を警戒しつつ、リーザはミリッツァを振り返った。

「私を空中に連れていくことってできる？」

「できますが、ほとんど一瞬ですよ」

ミリッツァが苦しそうな表情で答える。バーバ＝ヤガーが空中に浮かんだのは、こちらの力と技量をだいたい把握したからだろう。

「それでいい。お願い」と、リーザは彼女に懇願する。

「まだソフィーの分をぶん殴ってないの」

戦いの最中だというのに、ミリッツァはリーザをまじまじと見つめてしまった。魔物を睨みつけながら耳をそばだてていたエレンが、笑みをこぼす。

「何かと思ったら、ソフィーのためか。いいだろう、それなら手伝ってやる。私がやつの気を引くから、強烈なやつを叩きこめ」

エレンの周囲で風が巻き起こり、白銀の髪がうねる。風をまとい、地面を蹴って飛翔した。

バーバ＝ヤガーは炎の狼の群れを地上に降ろしてリーザたちにけしかけながら、氷の鷹の群れでエレンを迎え撃つ。エレンは空中で大きく弧を描いて、鷹の群れを巧みに避けた。魔物との距離を詰める。

　気合いの叫びとともに振るわれた一撃は、しかし魔物の爪に弾かれた。しかも、バーバ＝ヤガーは口から放射状に炎を吐きだしたのだ。エレンはとっさに身体をひねって炎から逃れる。

「──風影《ヴェルニー》」

　空中で角度を変えて、真下からエレンはバーバ＝ヤガーに斬りつける。だが、魔物は翼を羽ばたかせて斬撃を避けた。エレンはなおも追撃を試みようとしたが、氷の鷹の群れが迫ってきたのでやむを得ず距離をとる。

　リーザは雷光を帯びた鞭を縦横に振るい、炎の狼の群れを次々に打ち倒した。周囲で火の粉が乱舞する中、ミリッツァは怪物たちの相手をリーザに任せ、瞬きひとつせずにエレンとバーバ＝ヤガーの動きを観察する。

　すでに一度、見せてしまった手だ。成功させるには、確実な隙を見出さなければならない。バーバ＝ヤガーも、こちらの狙いはわかっているのだろう。エレンをあしらいながら、肘から先を備えた右腕をリーザにちらつかせてくる。

「そういえば、まだ答えを聞いておらなんだ。力がほしくないか？　この右腕、だいぶおぬしに馴染《なじ》んでいたはずじゃぞ」

　リーザは右腕から目をそむけようとしたが、惹きつけられたように目を離せない。次々に襲いくる炎の狼の群れを、黒鞭を振るって退けながら、食い入るようにそれを見つめた。彼女の顔を幾筋もの汗が伝い、左右で色の異なる瞳が徐々に濁っていく。

「魔物の声を聞いちゃいけません、エリザヴェータ様」

押し殺した声で、ミリッツァが止める。リーザは口を開いて、魔物に答えようとした。

「何をだらけきった顔をしている！」

空中から降ってきた怒声に、リーザの動きが止まる。バーバ＝ヤガーと激突を繰り返しながらこちらの様子をうかがっていたエレンが、たまりかねたように叫んだのだ。

「自分に差しのべられた手なら、何でもいいのか!?　ソフィーの分をぶん殴る手が、そんな代物でいいと思ってるのか！」

色の異なる瞳が、輝きを取り戻す。そうだった。自分は、ただ自分のために戦っているのではない。自分を助けてくれたソフィーや皆、自分の大切なもののために戦っている。ヴァリツァイフも、そのために力を貸してくれている。

「こんな……こんなまがいもの！」

感情を爆発させた叫びとともに、リーザは黒鞭を振るう。白い雷光が幾筋も虚空を裂いて、魔物の差しだした右手を打ち砕いた。

粉々に崩れていきながら、右手はどす黒い紫色に変わる。針のような剛毛に覆われており、指の先には鋭い爪があった。これが、右手の本来の姿だったのだろう。

「おやおや、もったいないことをする。便利な手だったろうに」

ため息をつくバーバ＝ヤガーを、リーザは鋭く睨みつけた。

「私の本当の右手を返せ！　どこへやった！」

バーバ＝ヤガーの説明通りだとすれば、この魔物はリーザの右腕に手を加えることで力を与えたのではない。右腕を切り離し、バーバ＝ヤガーがつくったそれを接合させたのだ。

「安心しろ、すぐ近くにあるとも。ちと他の用途に使わせてもらっておってな。戦姫の身体は戦姫でない者とどう違うのか……」

バーバ＝ヤガーがそこまで言ったときだった。

「――虚空回廊」

ミリッツァが竜技を使う。次の瞬間、リーザとミリッツァの姿は魔物の頭上にあった。

「やあああっ！」

落下の勢いを利用して、ミリッツァがバーバ＝ヤガーに斬りかかる。この攻撃が陽動だと見抜いた魔物は身体をねじり、漆黒の翼でミリッツァを弾きとばした。リーザを見上げる。

だが、彼女の視界に映ったのは風をまとった白銀の髪の戦姫だった。ミリッツァが魔物に襲いかかった瞬間を狙って、リーザと魔物の間に割りこんだのだ。

「エリザヴェータに気をとられて、私から目を離したな」

それはほんの一瞬のことだったが、それこそがミリッツァの待っていた隙だった。

氷の鷹や雷の蟲を生みだしても、間に合わない。そう悟ったバーバ＝ヤガーは、口から放射状に炎を吐きだした。だが、エレンのアリファールは暴風を巻き起こして炎の勢いを削る。そして、エレンは果敢にも炎に飛びこみ、突破した。

怪鳥を思わせる叫び声を、魔物はあげる。体勢を崩すのを承知で、翼を羽ばたかせた。右の翼を斬り裂かれながら、エレンを吹き飛ばす。

そこへ、リーザがミリッツァのときと同じく、まっすぐ落ちてきた。

「──鋼鞭《クスタル》！」

リーザが叫ぶ。ヴァリツァイフが彼女の右手に絡みついて手を形成し、さらにそこから硬質化させた先端を伸ばした。遠目には両手で短槍を握りしめているように見えるだろう。

魔物めがけて、リーザが突きかかる。バーバ＝ヤガーは体勢を崩しており、避けられないかと思われた。

だが、バーバ＝ヤガーはにたりと不気味な笑みを浮かべ、ヴァリツァイフにかじりつく。強靱な顎でリーザの一撃を受けとめ、かつ動きを封じた。リーザが顔色を変える。

「もう逃げられぬぞ」

魔物とリーザの周囲に、無数の氷塊と雷光が生まれた。リーザも魔物に笑いかける。

「もう逃がさない」

その態度をバーバ＝ヤガーが訝しむよりも早く、リーザは黒鞭を手放した。彼女の意志を受けた黒鞭が形を解いて、右腕から離れる。

「――ヴァリツァイフ！」

そうして彼女が叫ぶと、魔物の口から竜具がかき消えて、リーザの手元に出現した。

バーバ＝ヤガーの動きが止まる。戦姫が呼びかければ、竜具がその手の中に現れることを、この魔物は知っていた。それにもかかわらず、意表を突かれたのだ。

「やっとだ。これが、ソフィーの分！」

金色の瞳と碧色の瞳に戦意と殺意を燃えあがらせて、リーザは竜具を振りあげる。黒鞭はまばゆいばかりの光を放ち、ふくれあがった稲妻の余波が大気に悲鳴をあげさせた。ヴァリツァイフは柄の先から九本にわかたれ、それぞれが尋常ならざる雷撃をまとう。

「――天地撃ち崩す灼砕の爪《グロン・ラズルガ》！」

竜技が炸裂した瞬間、熱と光と衝撃があふれて空と地上にほとばしり、光の柱となる。獣のそれを思わせる絶叫があがった。

体勢を崩してリーザは頭から落ちたが、地面に激突する前にエレンに抱きとめられた。

三人の戦姫の視線の先で、光の柱が消える。

空中に、バーバ＝ヤガーは浮かんでいた。リーザたちは反射的に身がまえる。

だが、魔物はもう動かなかった。全身から色が失われ、翼が根元から折れて落下し、粉々に砕け散る。風を浴びた土人形のように身体の欠片がこぼれていき、形を失っていく。

かつてバーバ＝ヤガーだった土塊だけが、地面に降り積もった。それも、風に吹き散らされ

てなくなる。

忌まわしい敵を倒して気が抜けたのか、リーザはその場に座りこんだ。どうしたものかという顔で彼女を見下ろしていたエレンが、ため息をひとつついて手を差しのべる。

「つかまれ」

素直にその手をつかんだリーザを、エレンは引っ張りあげて立たせ、肩を支えた。エザンディスを杖代わりにして歩いてきたミリッツァに尋ねる。

「おまえは無事か?」

「まあ、何とか。落ちたときに打った背中の方が痛いぐらいです」

答えて、ミリッツァはバーバ=ヤガーだったものを見つめる。

「ルサルカと同じ最期ですね」

「レーシーもこんなふうだった。こいつは滅んだと思っていいわけだ」

小さく息を吐くと、エレンはリーザに視線を向けた。

「おまえの他に、ソフィーとオルガとリュドミラがこの町にいるのだろう? とりあえず、ソフィーはどこにいる? あいつに詳しい話を聞かねばならん」

「さっきまではいっしょにいた」

リーザがそう言ったとき、ソフィーが通りの向こうから走ってくるのが見えた。リーザに気づいて彼女は笑顔になったものの、エレンとミリッツァを見て戸惑った表情になる。

三人の前まで来ると、呼吸を整えながら聞いた。

「あなたたち、どうしてここに？」

「その前に、こいつを頼む」

エレンがリーザをソフィーに押しつける。リーザを抱きとめたソフィーは、傷だらけの彼女を見て「まあ」と、声をあげた。自分のドレスの袖で拭こうとしたが、幾度かの戦いでかなり汚れてしまっていることに気づき、諦める。

「ごめんなさい、リーザ。しばらくそのままで我慢して」

リーザはそんなことを気にするふうもなく、得意満面の笑みでソフィーに報告した。

「私、あの耄碌《もうろく》ばばあに勝った」

きょとんとするソフィーに、エレンが「魔物だ」と、補足する。

「やつは滅んだ。それより状況を教えてくれ。戦はどうなっている？」

その質問に、ソフィーは気を取り直してうなずいた。バーバ＝ヤガーが町の城門をすべて開けたこと、ルテティア軍がすべての城門から攻めよせていることを簡潔に説明する。

「突破されかけたところもあったけれど、いまはすべて撃退して押し返して、中に入られないよう懸命に食い止めてる。町の住人の避難もさきほどすんだわ」

「とくに劣勢なところは？」

「オルガがいるところ以外、すべて」

そう答えたソフィーの緑柱石の瞳に希望の輝きが満ち、口元に微笑がにじんだ。

いまはどうしようもなく劣勢だ。だが、バーバ＝ヤガーは滅んだ。リーザは無事で、エレンとミリッツァが加わった。ソフィーも迷うことなく戦場に駆け戻れる。

「戦姫ではなく、遊撃隊の客将としてお願いするわ。エレン、それにミリッツァ、わたくしたちに力を貸してちょうだい」

「任せておけ」

不敵に笑って、エレンは承諾した。ミリッツァも大鎌を担ぎ直してこくりとうなずく。

ソフィーたちが戦場に飛びこんだことで、戦況は一転した。

エレンの斬撃は風がそのまま刃となったかのように、ルテティア兵たちを斬り伏せる。ソフィーの錫杖による打突は黄金の輝きを放って敵兵を圧倒した。

リーザとミリッツァは、二人一組でルテティア兵に挑みかかった。魔物との戦いで疲れきっているリーザを、まだ戦慣れしていないミリッツァが支える形だ。

リーザの振るう黒鞭は、雷光を帯びて不規則な軌道を描き、ルテティア兵を片端から地面に叩き伏せた。その傍らで、ミリッツァは向かってくる敵だけを大鎌で迎え撃っている。エザンディスの湾曲した刃は剣も槍も容易に砕いて、一切の敵を寄せつけなかった。

味方がルテティア兵たちを押し返したのを確認すると、戦姫たちは次の城門へ急ぐ。

こうなると、ルテティア軍がすべての城門に攻めかかったのが裏目に出た。一ヵ所ごとの陣容が薄くなり、遊撃隊に各個撃破の好機を与えてしまったのだ。

だが、彼らは兵を集結させようとしなかった。どこかひとつの城門を突破して町の中に侵入できれば、町の外と中から攻撃して他の城門もおさえられる。その考えを捨てることができなかったのだ。何より、彼らは戦姫たちの参戦を知らなかった。

一方、遊撃隊の兵たちはおもわぬ救援に息を吹き返し、戦意を燃えあがらせた。身体ごとぶつかる勢いでルテティア兵に襲いかかり、剣や盾を叩きつけ、槍の柄で殴りつける。

「おまえたち、斧姫殿のご友人にいいところをすべて持っていかれるなよ！」

部隊長のひとりなどはそう叫んで、配下の兵たちを煽った。

やがて、ソフィーたちはオルガのいる城門にたどりついた。エレンを見たオルガはさすがに驚いて、動きを止める。エレンは呼吸を整えながら、オルガに笑いかけた。

「ひさしぶりだな。あれから背も伸びたようだ」

「……あのときは、ありがとう」

その感謝の言葉は、あまりに唐突で、場違いなものだったかもしれない。

しかし、オルガにとっては三年前からずっと伝えたい言葉だった。エレンはオルガを助けたあと、すぐに去っていたので、言えなかったのだ。

エレンは不思議そうな顔をしたあと「ああ」と、思いだして苦笑をこぼした。

このころには、遊撃隊はいくつかの城門を閉じることに成功し、まだ開いている城門に兵を集中させはじめていた。兵の数でいえば、依然としてルテティア軍が優位に立っている。しかし、勢いは遊撃隊にあった。

城門の半数以上で撃退され、何人かの部隊長が討ちとられたという報告がもたらされると、ルテティア軍の指揮官もついに戦いを断念する。後退するよう各部隊に命じた。

四半刻後、ルテティア軍はヌーヴィルから離れ、去っていく。安全な場所まで撤退したら、バシュラル軍のもとへ向かうのだろう。

城壁上からルテティア軍の様子を見ていたマスハスは、傍らの兵に短く命じた。

「勝ち鬨をあげろ」

その命令は驚くほどの早さで他の兵たちに伝わり、ほどなく城壁全体から勝利を喜ぶ叫びがあがる。それを聞いて、マスハスはようやく表情を緩めた。ここから動かず、指揮に専念した老伯爵の髪と髭は、緊張の汗で濡れて不自然に固まっている。

「さて、戦える者の数を確認して、軍を再編しなければな」

ティグルたちが上手くやってくれていれば、レグナス軍はいまごろこの町を目指しているはずだ。だが、こうなったからには、こちらから動いて合流を急ぐべきだった。

この戦いで、ベルジュラック遊撃隊は三百の死者と、その二倍の負傷者を出した。圧倒的に不利な状況で戦いがはじまったことを思えば、少ない犠牲といってよいだろう。

一方、ルテティア軍は一千を超える死者と、千五百以上の負傷者を出し、三百人ほどが遊撃隊の捕虜となった。これは戦姫たちの戦いぶりと、遊撃隊の兵の奮戦に気圧されて、降伏した者が少なくなかったためだ。ひとりでに城門が開くというありえない出来事に恐怖を抱いたという者も、数十人ほどいた。

マスハスは丸一日かけて軍の再編をすませ、約五千の兵を南下させることにした。自身は負傷者たちとともに、ヌーヴィルに留まる。兵たちの指揮は、オルガがとることになった。

三百人の捕虜は、兵たちの進軍にともなって解放された。

ただし、彼らには手土産が渡された。「ジスタート軍が五万の兵と一万の軍船をそろえ、ブリューヌの北半分を攻める」と書かれた羊皮紙の束である。書いたのはもちろんソフィーとエレンだった。

この捕虜たちは、撤退したルテティア軍約七千に合流することとなる。

5　途切れた道

夜の帳が地上に降りて、薄雲をまとった月が空にぼんやりとたたずんでいる。星々の大半も、雲に隠れて静かに眠っているかのようだった。

地上の一隅では、いくつもの篝火が闇を払い、人間たちの喧噪が静寂を退けている。バシュラル軍だった。レグナス軍と戦ったあと、彼らは戦場となったソローニュから北西に十ベルスタ（約十キロメートル）ほど離れたところに幕営を築いたのである。

諸侯も兵もうかれていた。バシュラルが食糧と葡萄酒《ヴィノー》を兵たちに振る舞ったからだ。

「次の戦いで、レグナスの首をとる。そのつもりで戦に臨んでくれ」

バシュラルの言葉に、兵たちは歓声で答える。次の戦ではたしかな武勲をたててみせると息巻く兵たちの笑声が、夜気に溶けていった。

突然の敵の出現に驚いて撤退したとはいえ、精強を謳われるナヴァール騎士団やラニオン騎士団を打ち負かす寸前までいったことも、諸侯たちにはひそかな自信となっている。

だが、騒ぐ兵たちの中に、総指揮官であるバシュラルの姿はない。彼は己の幕舎《ばくしや》の中で、苛立ちも露《あら》わに葡萄酒を傾けていた。

たしかに自軍はレグナス軍を圧倒し、さんざんに打ちのめした。

だが、レグナスを討ちとることができなかった。

――次の戦では逃がさず、確実に仕留める。

そのためにバシュラルは考えを巡らせていた。

――厄介なのは、飛竜《ヴィーフル》とジスタートだな。

テナルディエ公爵のもとに一頭の飛竜がいるのは知っていたが、遠くアニエスの地でムオジネルに睨《にら》みをきかせていると聞いていたので、気に留めずともよいと判断していた。まさか、こちらへ来ているとは思わなかった。

ジスタートについては、介入してこないように手は打ってあると、ガヌロンが言ったのを信じていた。それがこのざまだ。戦姫だけでも面倒なのに、王国そのものがレグナスに味方したら、次の戦いがどれほど困難なものとなるか。

ソローニュの戦いのあと、バシュラルはすぐに王都へ使者を送った。どちらかだけでもガヌロンに対処させるためであり、彼の返答が届き次第、軍を動かすつもりだった。

もっとも、ガヌロンをあまりあてにせず、自分でも対策を考えておくべきだろう。

――俺のオートクレールなら、竜を叩き斬ることもできるが……。

それについては、王子と認められて間もないころにたしかめている。ガヌロンがどこからか連れてきたという地竜《スロー》と戦わされたのだ。

だが、自分が飛竜を相手どるなら、その間、誰かがロランや戦姫たちをおさえなければならない。多数の兵をぶつけて押し潰すとしても、相応の能力を持つ指揮官が必要となる。

——問題はジスタートだ。首を突っこませないようにするには……。

一日も早くレグナスを討って、ジスタートから介入の口実を奪うしかない。

それ以外の手がないか、考えを巡らせていると、幕舎の外からタラードの声がした。中に入ってきた副官は、バシュラルの顔を見てほっとしたように笑う。

「まだ酔ってはいないようだな」

「葡萄酒ごときで酔えるか。ジスタートの火酒《ウオトカ》か、キュレネーの麦酒《ビエレ》ぐらいでないとな」

「そんな酒の強いおまえにお客さんだ。粗相のないようにな」

タラードは軽口を叩くと、幕舎の外に待たせていたらしい者を招きいれた。

長旅をしてきたらしく、薄汚れた外套に身を包んでいる。目深《まぶか》にかぶったフードの端から、黒髪が覗いていた。バシュラルの前に立つと、その人物はフードを外す。

現れたのは、浅黒い肌をした女性の顔だった。二十歳にはなってないだろう。口元には再会を喜ぶ微笑が控えめに浮かんでいる。

バシュラルは目を瞠《みは》り、おもわず「ベア……」と、昔の愛称で彼女を呼んでいた。

タラードが去って二人きりになると、ベアと呼ばれた女性は小さく頭を下げる。

「おひさしぶりです、バシュラルさま」

彼女の名はベアトリス。バシュラルとは家が隣同士で、幼なじみだ。いまはカトマゴスの町のモーシア神殿に、巫女として務めているはずだった。

「馬鹿、おまえは『さま』なんてつけて呼ばなくていいんだ」

そう言ってから、バシュラルは困ったような顔になる。彼女と再会したことを素直に喜ぶ気持ちと、彼女を疎んじる気持ちとがいりまじったものだった。

心の中でタラードに毒づいてから、バシュラルは大きなため息をつく。

バシュラルが心を開く相手は、亡き母を除けばタラードと、このベアトリスぐらいだ。だからこそ、いまここで追い返さなければ戦意が萎えてしまう。それがわかっていながら、バシュラルは行動に移せなかった。

彼女をその場に座らせると、バシュラルは自分の銀杯に葡萄酒を注いで渡す。

「おまえ、カトマゴスにいるはずだろう。わざわざここまで来たのか？」

ぶっきらぼうな口調で尋ねると、ベアトリスはバシュラルの目を見つめてうなずいた。

「あなたに話したいことと、聞きたいことがあって」

彼女が務めているモーシア神殿にミラたちが訪ねてきたことを、ベアトリスは話した。彼女たちにどのようなことを聞かれたのかも。

「――俺のことを嗅ぎまわって、どうしようというんだか」

馬鹿馬鹿しいというふうに、バシュラルは笑ってみせた。それは演技というより、この話はこれで終わらせようという合図であり、彼女には間違いなく通じるはずだった。

しかし、ベアトリスはゆるやかに波打つ黒髪を揺らして、首を横に振る。

「あなたは本当にバシュラルなの？」

バシュラルの顔から笑みが消えた。無意識のうちに、彼は右手を強く握りしめる。

「おかしな質問をするじゃねえか、ベア。俺の偽者でも見たのか？」

緊張に顔が強張り、声が低くなるのをバシュラルは自覚した。やめてくれと思う。余計なことまで知っているとわかったら、彼女を手にかけなくてはならなくなる。

しかし、その願いもむなしく、ベアトリスは首を縦に振った。

バシュラルと話をしたいという想いが、決して旅慣れていない彼女を支えてきたのだ。ここで話を終わらせては、何のために遠いカトマゴスからここまで来たのか、わからなくなる。

「私はいまでも覚えてる。あの夜、カルパントラに帰ってきたあなたは、顔の半分が包帯で覆われていて、右腕が肘からなくなっていた。元気で傷ひとつないあなたを見て、あれは見間違いだったのかと思ったけど……」

「そういう夢を見たんだろう。おまえ、俺が帰った日から七日も寝こんでいたじゃねえか。俺の右腕はご覧の通りだ。顔だって、傷跡はあるがそれぐらいだ」

右目のうっすらとした傷跡をなぞって、おどけるようにバシュラルは言葉を返す。

「どうしても、話してくれないの？」

「俺はすべてを話しているとも。おまえの見間違いじゃないという証拠でもあるのか？」

からかうように笑いかけると、ベアトリスはうつむいた。バシュラルは心の中で安堵《あんど》の息をつく。だが、まだ話は終わっていなかった。

ベアトリスが顔をあげる。自身を鼓舞《こぶ》するように、膝の上で両手を握りしめた。

「ひとつ、教えてほしいことがあるの。おばさま──あなたのお母様を看取《みと》ったとき、おばさまはあなたに何か言った？」

バシュラルは眉をひそめる。どうしてそんなことを気にするのかと思ったが、母はもしかしたら、彼女にも何か言い残すつもりだったのかもしれない。隣同士で昔からのつきあいだし、昨年の春のはじめから病に臥せっていた母の看病をしていたのは、ベアトリスだ。

「幸せになって。母は俺にそう言った」

その言葉を聞いたベアトリスは、哀れむような眼差しをバシュラルに向ける。

バシュラルは戸惑った。どうして彼女から、そのような目で見られなければならないのか。母の言葉に、自分ではわからないような意味がこめられていたのだろうか。

「あなたが傭兵をやっていることに、私とおばさまが反対だったのは覚えてる？」

「……そりゃあな」

カルパントラに帰るたびに言われていたのだ。忘れようがない。ベアトリスは続けた。

「昨年の春、おばさまのお世話をしていたときに、頼みごとをされたの。今度、あなたが帰ってきたときに、無事かどうかでかける言葉を変えると。もしも自分が言える状態じゃなかったら、代わりに私から伝えてほしいと」

愕然とした顔で、バシュラルはベアトリスを見つめた。嘘だという言葉が喉元まで出かかったが、彼女がこのような嘘を言う人間ではないことは、誰よりも自分が知っている。

それに、母も、彼女にならそのようなことを頼むだろう。

悲しみをおさえようとするかのように、ベアトリスは両手を胸にあてる。

「おばさまは私にこう言ったわ。もしも大怪我をしていたら、『幸せになって』。もしも無傷だったら『お父様のような勇気のあるひとになってほしい』と」

二重の衝撃が、バシュラルから言葉を奪った。よりにもよって母の言葉から、あのときの自分がどのような状態だったのか、知られてしまうとは。

母のもうひとつの言葉にも、動揺を隠せなかった。バシュラルが父のことを聞いたときは、いつも笑って受け流すだけだったのに。

心の奥底にたたずむある想いに、亀裂が走る音をバシュラルは聞いた。

それは、彼の野心を支える重要な柱のひとつだった。

タラードが総指揮官の幕舎に再び顔を見せたのは、バシュラルがベアトリスと再会してから半刻ばかりが過ぎたころである。すでにベアトリスの姿はなく、バシュラルは副官に無言で空の銀杯を投げつけた。タラードはとっさにそれを受けとめる。

「ずいぶん機嫌が悪いな。ふられたか」

「ふざけるなよ」と、バシュラルはいつになく険しい表情でタラードを睨みつけた。

「これから大事な一戦が控えてるってのに、どうしてあいつをここに通した」

「おまえにとって重要なことだと思ったからだ」

真剣な顔でタラードは答える。腰に手をあてて、傲然《ごうぜん》と続けた。

「俺がパーニアに行くときに、おまえが頼んだことを忘れたのか？　可能ならあの子を連れてきてほしいと言っただろう」

反論できず、バシュラルは口をつぐむ。タラードはいくらか声をやわらげた。

「俺は故郷を捨てた。だが、おまえは違うだろう。大切にしろ」

二人の視線がぶつかりあう。ため息とともに降参を認めたのは、バシュラルだった。

「悪かった」と、やつあたりをしたことを詫びる。

「ところで、あの子はどうした？　こんなところで放りだすのは気の毒だぞ」

「信頼できるやつをつけて、近くの町に向かわせた。戦が終わったら迎えにいく」

母が亡くなったときの自分の身体について見抜かれたことを、バシュラルは言わなかった。言えば、どうやって現在の身体を得たのかということまで説明しなければならなくなる。

魔物の力を借りていることは、タラードにすら言っていなかった。

一昨年の冬、バシュラルは戦場で失態を犯した。

右目と右手を失って、傭兵稼業を続けられなくなった。

傭兵には珍しいことではない。身体の一部を失って去っていく者を、バシュラルはいままで幾人も見てきた。ただ、自分に対する失望はあった。

ともかく、バシュラルは身体を休めるためにカルパントラに帰った。傷を見られたくなかったので、真夜中になるのを待ち、ひそかに町に入った。

ひさしぶりに会った母は、病に罹っていた。彼女はバシュラルの手を握り、それまで話そうとしなかった自分の生まれと父親の正体について語った。翌朝、母は息を引き取った。

失望が、絶望に変わった。

いままで母のために生きてきたのに、生きる支えが失われた。

夜、バシュラルはひそかに身を投げた。そこで彼の人生は終わったはずだった。

だが、バシュラルは助けだされた。

ドレカヴァクという老人と、バーバ＝ヤガーという少女に。

「力がほしくないか」と、少女が訊いた。

「従うならば、右目と右手を元通りにしてみせよう」と、老人が言った。

バシュラルは「やれるんならやってくれ」と、答えた。

本気で望んだわけではない。自分は死ぬ直前に夢を見ているのだと、そう思っていた。二人のまとう恐ろしい雰囲気も、そう考えさせた。

人間ではないものに助けだされたのだと、考えもしなかった。

翌日、自分の家で目を覚ましたバシュラルは、身体に負った傷のほとんどが治っていることに驚かされた。右目と右手まで、元に戻っている。感覚も正常だった。

その日の夕方、ドレカヴァクがバシュラルの前に現れた。そして、告げた。

王子としてブリューヌの王宮に潜りこめと。

彼らは、バシュラルがファーロン王の子であると知っていた。そして、彼らの企みにそれを利用しようとしていた。

ひとまず、バシュラルはおとなしく従うことにした。むろん、機会を見て彼らから逃げだすつもりだったのだが、その機会は予想以上に早く訪れた。

数日後、バシュラルの前にひとりの男が現れたのだ。ガヌロン公爵だった。

ガヌロンも、バシュラルに対して同じ要求をしてきた。王子であると明かせと。

ただし、ガヌロンはバシュラルの後見役となって、支援するという条件をつけてきた。ドレカヴァクたちについてもこちらでおさえると。

バシュラルは、彼の提案に乗った。

ガヌロンの仲介によってファーロン王に謁見し、庶子の王子として認められ、武勲をたてるために動きまわった。レグナスを狙い、ロランやティグルと戦って、いまに至る。

勝つことだと、声に出さず、自分に言い聞かせる。自分は今日まで勝ち続けてきた。次も勝って、ロランとレグナスを仕留める。ガヌロンや魔物たちも滅ぼす。

そうすれば、自分の野心を支える柱は元に戻る。タラードにも、ベアトリスにも、いつか笑って話せる日が来る。母に報告できる日も、きっと。

決意を固めて右手を握りしめたとき、バシュラルは違和感を覚えて右腕を見る。肘のあたりから指先にかけて、軽い痺れを覚えたのだ。


ソローニュの戦いから二日後、レグナス軍は驚くべきことを二つ、公表した。

「私の名はレギン。女性の身ながら、いままで王子として育てられてきました」

ブリューヌでは王女に王位継承権を認めていない。この宣言は、敵であるバシュラルに次代の玉座を譲ると言っているようなものだ。バシュラルにも王位継承権はないが、彼は間違いなくファーロン王の息子なのだから、その点でレギンより有利となる。

だが、レギンにその意図がないことは、もうひとつの宣言からあきらかになった。

「ジスタート王国は、王女としての私を尊重した上で協力を約束してくれました。その証として、我が軍にはジスタートの戦姫殿がいます」

この二つの宣言は、レギンとテナルディエが放った使者によって近隣の町に伝えられた。

そして、レギン軍と通称が変わった約四千の軍は、北上しはじめたのである。テナルディエ軍もまた、王女の軍を追うように行軍を開始した。

レギンの宣言は、その日の昼になる前にバシュラル軍に伝わった。

兵たちの大半は戸惑いを露わにし、どう反応したものかわからないようだった。いままでだまされていたと怒る者もいれば、我が軍が有利になったと喜ぶ者もいる。ジスタート軍が敵についたことを不安がる者もいるという具合だ。

いくらか目端のきく諸侯たちは、警戒心を抱いた。不利になるとしか思えない宣言をするからには、レギンとジスタートにはよほどの勝算があるのではないか。

彼らは総指揮官であるバシュラルの幕舎を訪ねて、進言した。

「殿下、ここは慎重に進むべきではないでしょうか」

「レグナス……いえ、レギン王女には、我々の想像もできない一手があるかと」

そのような彼らの主張を、バシュラルは笑って退けた。

「ここで及び腰になれば、連中の思うつぼだ。時間の経過はやつらにとって有利になる」

まず、ジスタートだ。彼らが本当にレギンに協力するのならば、軍を派遣してくるだろう。手をこまねいていては、レギン軍の戦力が増強されてしまう。

次に、食糧の問題がある。約四千の兵の胃袋を満たせばいいレギン軍に対し、バシュラル軍は二万を超える兵を食わせなければならない。悠長に様子を見ている余裕などない。

納得した諸侯たちに向かって、バシュラルは覇気のある笑みを浮かべて告げる。

「やつらを追う。ただちに幕営を引き払え」

王都にいるガヌロンからの返事は、行軍中に受けとることになるだろう。ともかくレギン軍に引き離されてはならなかった。

諸侯たちが敬礼して退出すると、バシュラルはタラードを呼んだ。

「どこでやつらと戦うことになると思う？」

地図を広げながら、率直に尋ねる。タラードは迷う様子もなく答えた。

「連中の目的は遊撃隊《ファルタス》と合流することだ。そこから考えるとヌーヴィルより南だな」

「俺たちもルテティア兵と合流するか」

「その方がいい。ところで、テナルディエはどうする」

テナルディエ軍は、いまだにレギン軍に合流していない。その理由を、バシュラルはすぐに見抜いた。テナルディエは囮《おとり》役を買って出たのだ。むろん、好機と見ればためらうことなく己の利益を追求するのだろう。

「放っておくわけにもいかんが……五千で止められると思うか」

バシュラルとしては、テナルディエにあまり兵を割きたくないというのが本音だ。

「二万を超える軍勢がたった五千に足止めをくらったら、テナルディエの名誉に傷がつく。何としてでも潰しに来るだろう。ふつうに考えれば一万はいるな」

タラードはそう答えたが、考えていることはバシュラルと同じだ。

二人は地図を見ながら、しばらく話しあった。

†

レギン王女による宣言から三日が過ぎた。

約二万三千のテナルディエ軍は、レギン軍の約二十ベルスタ（約二十キロメートル）ほど後方にいる。隊列を大きく崩すことなく、王女の軍との距離を保ちながら街道を進んでいた。朝と呼ぶには遅いが、昼と呼ぶにはまだ早い頃合いだ。

兵たちの間には緊張が漂っている。行軍をはじめる際、全軍の指揮を預かっている騎士スティードが、敵の襲撃の可能性に言及したからだ。

そのような次第で、小さな丘を越えた先に、約五千の敵兵の姿が発見されたときも、彼らはうろたえなかった。むしろ、警戒した。

「バシュラルも、たった五千で我々を止められるとは思っていまい」

スティードは行軍を止めて、いくつもの偵察部隊を放つ。昼になるころ、敵軍の後方と右側面に広がる森の中に、かなりの数の敵兵が潜んでいることがわかった。

報告を受けたテナルディエ公爵は、つまらなそうに鼻を鳴らした。

こちらがかさにかかって攻めよせれば、五千の敵兵は巧みに動いて森の中の友軍と連係し、複数の方向から攻撃を仕掛けてくるのだろう。

「焦らずともよい。敵の兵力をつかむことに努めよ」

テナルディエはそのように命じた。進軍を阻まれるのは業腹だが、手痛い目に遭わされるのはもっと我慢がならない。レギン軍との距離が開いてしまうのは仕方がないと割り切った。

やがて、森の中にいる敵兵の数は五千ほどだという報告が届けられる。合計一万だ。下手に動けば、強烈な打撃をくらっていただろう。

「我々がここで足踏みしている間に、バシュラルは王女に挑むでしょう」

スティードが淡々と意見を述べる。テナルディエは嘲《あざけ》るような笑みを浮かべた。

「死んでしまうならそこまでだ。だが、あの王女はこれまで何度もバシュラルの軍と戦って、生き延びてきた。そう簡単に討ちとられはすまい。黒騎士や戦姫殿、それにザイアンもいる」

自分たちは目の前の敵をどうするか、考えるべきだろう。

テナルディエは何やら考え、スティードと相談をはじめた。

†

レギン軍はオージュールと呼ばれる草原で、ベルジュラック遊撃隊と合流を果たした。王女の宣言から五日後の朝である。街道をまっすぐ進んでくる軍勢に敵かと警戒したが、青地に白い天馬を描いたベルジュラック家の軍旗が見えて、味方だとわかったのだ。

ティグルとミラ、リュディは素直に再会を喜んだが、エレンとミリッツァの姿を見て、すぐにそれは驚きや戸惑いへと変わった。

「エレオノーラ、どうしてあなたがここにいるのよ」

眉を吊りあげて敵意をむきだしにするミラに、エレンは胸を張って視線を受けとめる。

「それはこちらの台詞だ。ソフィーから聞いたが、ずいぶんこの国に長居しているそうだな」

ティグルとソフィーがすぐさま仲裁に入らなかったら、二人の睨みあいはすぐに取っ組み合いへと変わっていただろう。オルガとミリッツァは呆れた顔でその光景を眺めたものだった。

リーザはリュディを見ると、元気よく手をあげた。

「幸せはやってきた？」

「そう、ですね……。ええ、殿下と合流できましたから」

リュディは笑顔で応じたが、半分ほどは演技だった。

ティグルたちはレギンやロランに戦姫を紹介しながら、慌ただしく情報交換をすませる。

アルサスを襲ったルテティア軍をライトメリッツ軍が撃退したと聞いて、ティグルはエレンとミリッツァの手をそれぞれとって、深く頭を下げた。

「礼を言わせてくれ。アルサスを守ってくれて、ありがとう」

自分の考えが甘かったことを、ティグルは思い知らされた。もしも二人がいてくれなかったらと思うと、ぞっとする。

「なに、礼はおまえの父君からたっぷりいただいた。とはいえ、おまえが感謝しているというのなら、遠慮するのもかえって失礼だろうな」

ミラを挑発するように、エレンは笑う。ミラとしてはこの際、何も言えず、見守るしかない。だが、そこで前に出た人物がいる。リュディだった。

彼女はエレンの手をとって、笑顔で礼を述べたのである。

「私の大切な友人であるティグルの故郷を、そしてブリューヌにとっても大事な地であるアルサスを守ってくれたこと、私からもお礼を言わせてください。アルサスは私にとっても思い出の多い地ですから」

エレンが一瞬、呑まれかけるほどの見事さだった。

あとで、エレンはミラにこう言ったものである。

「おまえ、他の女にティグルを取られたりしないだろうな？」

「ど、どうしてあなたにそんなことを心配されなくちゃいけないのよ」

「当然だろう。ティグルがおまえを好きだというから、私はおまえたちの仲を認めたんだ。他の女がティグルを横取りするのなら、先に私がもらっていく」

ミラはとっさに反論に窮した。

しかし、そうやってにぎやかにしていられたのは半刻ほどだった。バシュラル軍がこちらに向かっているという報告がもたらされると、兵たちの顔を緊張が彩る。急いで軍の再編が行われ、遊撃隊はいくつかの部隊に分割してレギン軍に組みこまれた。

ベルジュラック遊撃隊は役目をまっとうしたのである。

オージュールの野に姿を見せたバシュラル軍の兵力は、約二万六千。ヌーヴィルを攻め落とせなかったルテティア軍を吸収して、これだけの数になったのだ。

ちなみに、バシュラルがテナルディエ軍に差し向けたのは、北部の諸侯の兵で構成された約七千の部隊だ。森の中にさまざまな偽装をほどこすことで、一万の軍勢に見せていた。

一方、レギン軍は約九千。この数字だけを見るならば、勝負にならない。戦場も、大軍の展開に有利な草原だ。

だが、総指揮官の幕舎の中で、レギンに意見を求められたロランとティグルは、ここで戦うように主張した。

「我々の知っているかぎり、もう国内にまとまった軍勢はありませぬ。味方を求めて歩きまわっても、時間と体力を消耗するだけです」

「それに、我々には飛竜を駆るザイアン卿と、ジスタートの戦姫たちがいます。また、エレオノーラ殿の宣戦布告が敵にきくのは、いまだけかと」

ルテティア軍がバシュラル軍に合流したのは、すでに確認してある。敵軍にいる北部の諸侯たちはさぞかし動揺しているだろう。

だが、それもいずれは虚言だとわかってしまう。その前に仕掛けるしかない。

「ティグルヴルムド卿は、ずいぶんと戦姫殿を信頼しているのですね」

レギンは碧い瞳に不満そうな輝きを宿したが、二人の意見を退けることはしなかった。

「わかりました。私としても、戦いをこれ以上長引かせたいとは思いません。ここが勝負の時なのでしょう。私は最後まで本陣に留まるつもりですが、軍の指揮は任せます」

二人はそろって頭《こうべ》を垂れる。だが、ティグルはすぐに顔をあげた。

「申し訳ありません。ひとつ、殿下にお願いしたいことが……」

王女に睨まれて恐縮しながらも、ティグルは言葉を続けた。

「バシュラルに降伏勧告をしたいのです」

「……ありえないとは思いますが、彼が降伏したら許せというのですか？」

レギンの美しい顔に、激情がにじむ。冬の終わりごろにナヴァール城砦を攻められて以来、多くの者が、彼女を守るために命を落としていったのだ。バシュラルを許すというのは、彼らを蔑ろにすることのように思えて、彼女は懸命に怒りをおさえなければならなかった。

「お詫びいたします。言葉が足りませんでした」

ティグルは深く謝罪する。だが、要望を取りさげることはしなかった。

「私もバシュラルを無条件で解放しろとは申しません。ガヌロン公爵と手を組んで殿下に刃を向け、国王陛下を王宮に閉じこめた。これだけでも死罪はまぬがれないでしょう。ですが、彼にしたがっているのは私たちと同じブリューヌ人です」

レギンは目を瞠る。煮えたぎり、あふれかけていた感情がおさまっていくのが、ティグルにもわかった。二十を数えるほどの沈黙のあと、王女は静かに「許可します」と、言った。

ところが、この降伏勧告ははねのけられた。

ティグルはロランに付き添ってもらってバシュラル軍の幕営まで行ったのだが、そこで追い返されたのである。バシュラルに会うことすらできなかった。

「やむを得ん。戦場でやっと相見えたら、私が伝えておこう」

ティグルの肩を叩いて、ロランがそう言った。ティグルは感謝して苦笑を返す。

「そうですね。ロラン卿から言ってもらった方が効き目があると思います」

ティグルは残念そうな顔で、バシュラル軍の幕営を振り返る。

降伏勧告をしたいというのも本心だが、バシュラルに聞きたいことがあった。

なぜ、ガヌロンと手を組んでいるのかと。

バシュラルがどのような野望を抱いているのかはわからない。

しかし、ガヌロンと協力関係にあるかぎり、それが望む形でかなうことは、おそらくない。

魔物というのはそういうものだからだ。それともバシュラルは、自分ならガヌロンをおさえることができると思っているのだろうか。

話しあうことができれば、流血を回避して、ともにガヌロンに立ち向かっていけたかもしれない。だが、その可能性は閉ざされた。

それが悔しかった。

†

戦がはじまる日の朝、マクシミリアン＝ベンヌッサ＝ガヌロンは王宮の謁見の間にいた。玉座の傍らに黙然と立っている。あたかもそこが自分のいるべき場所だというように。

そして、彼の周囲には四つの死体が転がっていた。いずれも革鎧と短剣で武装している。彼らのうち二人は頭部を半分砕かれ、残り二人は顔の肉をさんざんにちぎられていた。死体の周囲は血で赤く染まり、臓腑の破片が飛び散っている。

「入り婿殿も哀れだな。救出に来た者たちが、このていどの技量しか持たぬとは」

この四人は、ベルジュラック公爵ラシュローを救出するために、公爵夫人が放った者たちだった。優れた身体能力の持ち主だったが、ガヌロンを出し抜くことはできなかった。

もはや死体には微塵も関心を示さず、ガヌロンは遠くを見つめて独り言をつぶやく。

「──いよいよか。こちらもそろそろ動かねばならんな」

彼はここにいながらにして、バシュラルたちの動きをつかむことができていた。王宮から動かないのは、そのためだ。

ジスタート軍と戦姫たちの介入は、彼にとっても予想外だった。戦姫の独断専行のようだが、あるいは、いかにも独断専行しそうな戦姫を選んだのかもしれない。

それ以外は、おおむね予想通りだ。飛竜と、それから戦姫たちへの対処には、バシュラルのもとにあるものを運ばせた。それを活用できなければ、彼に運がなかったということだ。

ふと、ガヌロンが眉をひそめる。謁見の間の空気が不自然にゆらめいた。

何もないはずの空間に、黒いローブをまとい、フードをかぶった三つの影が現れる。ガヌロンは驚きこそしなかったが、面倒くさそうな視線を彼らに向けた。

「何用かな、キュレネーの方々」

彼らもまた、ガヌロンの足下にある死体を一瞥《いちべつ》すらしない。影のひとりが言葉を発した。

「まだ器は完成しないのか」

「急かすものではない」と、年少者をたしなめる年長者のような口調でガヌロンは答える。

「おぬしらにとっても、これは重要な儀式であろう。失敗は許されぬはず」

「だが、これは『試し』でしかない。あまり時間をかけるな」

影の言葉に、ガヌロンはおおげさなため息をついてみせた。

「悠久の時を生きる割に、ずいぶんとせっかちだな。そんなことだから、貴様らは今日まで成功できなかったのだぞ。おとなしく待っていろ」

「わかった、そうしよう」

ガヌロンにとっては意外にも、影はあっさりと引き下がる。別の影が言葉を発した。

「戦を覗いてもいいでしょうか」

丁寧なもの言いの中に、傲慢さがうかがえる。ガヌロンは視線で理由を問うた。

「黒竜の妻たちが気になりまして」

戦姫のことだ。彼女たちに興味を持ったらしい。ガヌロンはわずかに驚いたが、「好きにするがいい」と答える。その影はおおげさな身振りで一礼すると、フードを外した。

現れたのは、鋭い輪郭を持つ黒い犬の頭部であった。目は白い輝きを帯び、口の間に覗く舌は細長く、血のように赤い。細かな牙は鋭かった。

犬頭の影から、魔物に並ぶほどの禍々《まがまが》しい瘴気があふれだす。この謁見の間にまともな人間がいたならば、生命力を根こそぎ吸われて息絶えていたかもしれない。

だが、ガヌロンが顔をしかめたのは、瘴気をまき散らされたからではない。

犬頭の影が現れた途端、死体や血の臭いすらかき消すほどの強烈な香油の匂いが周囲に満ちたのだ。香油に慣れないガヌロンにとっては、はなはだ不快だった。

――キュレネーでは、香油は神々が人間に与えたものといわれているらしいが。

ろくな神ではなかったのだろうと、ガヌロンは思った。

三つの影が、現れたときと同じように音もなく消え去る。

気を取り直すように、ガヌロンは首をまわした。

非常に大規模な戦いだ。おびただしい量の血が流れ、多くの屍が野に積みあげられるだろう。

その状況をつくりだしたバシュラルには、報いてやらねばならない。

†

オージュールの野は広大で起伏のゆるやかな草原だ。北から西へ広く浅い川が流れ、南に小高い丘が点在している他は、とりたてて特徴がない。

だからこそ、敵味方合わせて三万を超える数の兵が戦う戦場に選ばれた。

レギン軍は数こそ少ないが多彩な戦士に恵まれ、士気も高い。

バシュラル軍は兵力においてレギン軍を圧倒しているが、士気が低い。全体の約三割を占める諸侯の兵と、タラードがパーニアから連れてきた兵たちが、ジスタート軍の侵攻に怯えて戦意を失いかけているからだ。

ルテティア兵は、彼らの主であるガヌロンを信頼しているのか、そのような恐怖心を抱いてはいないが、バシュラルとタラードを主の部下だとでもいうかのように見下している。

あてになるのは奴隷と傭兵、そして南部の諸侯の兵という始末だった。

「味方は混成軍。敵はおかしいのがうようよ。こんな戦ははじめてだ」

バシュラルは、馬上のひととなってバシュラル軍の先頭にいる。軍全体の指揮はタラードに任せ、先頭に立って斬りこむつもりなのだ。

似たような感想を、レギン軍の総指揮官も抱いている。

「実際に指揮する者は大変でしょうね」

戦場を見渡せる小高い丘の上に設置した本陣で、レギンは同情するようにつぶやいた。ちなみに、実際に指揮するのはナヴァール騎士団副団長のオリビエだが、彼はさほど苦労と思っていなかった。「別働隊がたくさんいるだけだろう」というのが、その理由である。

レギン軍において、戦姫たちは部隊を率いず、個人として行動する。異国の人間に、一部隊を指揮させるわけにはいかないからだ。また、ザイアン＝テナルディエにも、自由に動いてもらうように伝えてある。飛竜と連携のとれる部隊などない。

ティグルとロランもやはり個人として動いてもらい、タラードとバシュラルをおさえてもらうことになる。

あとに残るのはナヴァール、ラニオン両騎士団と、南部の諸侯の兵、そして遊撃隊だ。これらには、それぞれ指揮官がいるので、何の問題もなかった。

平原の東側に布陣したレギン軍は、中央に三千、左右両翼に二千ずつ兵を配置し、後方に騎兵の一隊と、さらに予備兵力を待機させている。予備兵力もすべて騎兵だ。

ティグルとロランは中央の部隊にいる。ザイアンは右翼の端だ。敵の左翼を突き崩すことが期待されていた。戦姫たちは中央の後方にまとまっている。

一方、バシュラル軍は中央と右翼にそれぞれ約七千、左翼に約一万の歩兵を並べている。中央の後方に、予備兵力として二千の騎兵を待機させていた。

中央部隊の約七千は、奴隷と傭兵で構成されている。右翼はルテティア兵だ。左翼がもっとも数が多いが、北部の諸侯と南部の諸侯、パーニアの兵の混成軍であるため、バシュラルは彼らに期待していなかった。

夏の朝の陽射しを浴びながら、両軍はそれぞれ紅馬旗《バヤール》を掲げて対峙する。

軍の先頭に立っているバシュラルとロランが、戦意に満ちた視線をぶつけあった。

馬を進ませて、バシュラルが口上を述べる。

「レギン王女殿下はどこにおられる！　俺は戦士として、また王族の一員として、軍の先頭に立っているのだから、王女もそうなさってはどうか」

ロランは胸を張って堂々と応じた。

「貴様を王族の一員とは思わぬとの、王女殿下のおおせだ。貴様が今日までにしてきたことを振り返ってみるがいい」

「恥じるようなことは何ひとつしていないとも」

ぬけぬけと、バシュラルは言葉を返す。

「恥知らずとは、貴様のためにあるような言葉だな。殿下の御手をわずらわせるには及ばぬ。我が剣で貴様を討つ」

「よろしい。王子がじきじきに稽古をつけてやる。逃げ上手のロラン卿よ、ナヴァール城砦で見せてくれた逃げ足の速さを、ここでも披露できるかな」

「見たいというなら、見せてやらぬでもない。貴様の技量が俺を上回っていればの話だが」

両者の舌戦に、それぞれの軍の兵たちも士気を昂揚《こうよう》させ、喊声《かんせい》をあげた。角笛が鳴り響き、軍旗が打ち振るわれ、両軍はほとんど同時に動きだす。

ロランが馬上のひととなり、猛然と馬を走らせた。これを見たレギン軍の兵たちも、黒騎士に付き従うかのように戦場を駆ける。

数が少ないからこそ守勢にまわらず、攻めるべきだった。

ロランに対して、バシュラル軍の兵たちが石や槍を投げつける。だが、ロランはデュランダルの一振りでそれを薙ぎ払った。待ちかまえていたバシュラルに大剣を打ちおろす。

金属的な響きが戦場の一隅を震わせ、これが本当の戦の合図となった。

「元気がいいなあ、黒騎士」

「睨みあいは性に合わんのでな」

バシュラルもまたオートクレールを縦横に振るって、ロランを迎え撃つ。二人の戦士の周囲で斬撃が乱れ舞い、兵たちは慌てて彼らから離れた。下手に近づけば、甲冑を着ていようとも吹き飛ばされるのを、わかっているのだ。

中央と両翼で、両軍の兵たちが激突する。戦がはじまったばかりだというのに、早くも槍を折り、盾を割られる者が続出する。血で染まった地面の上に、新たな血が降り注ぐ。攻防の激しさは、すでに最高潮だった。

バシュラル軍の左翼からどよめきがあがる。ザイアンが飛竜を飛翔させ、空から急降下しての突撃を仕掛けてきたのだ。狙いがずれたので、敵陣の中に飛びこむというふうにはならず、その端をかすめるに留まったが、それでも威力は絶大だった。

一部の兵が混乱し、恐慌状態に陥る。中には武器を捨てて逃げだす者もいた。三十チェート（約三メートル）以上の巨大な生き物が襲いかかってくるのだから無理もない。

そこへ、レギン軍の騎兵が南に現れる。後方に待機させていた一隊で、その数は約一千。彼らを率いているのはリュディだった。

「突撃！」

戦場によく通る叫びとともに、騎兵部隊が敵陣に斬りこむ。

北部の諸侯などで構成されているバシュラル軍の左翼は、もともと士気が低い。加えて、ザイアンの攻撃で動揺し、浮き足立っている。慌てて迎え撃とうとしたが、その動きは鈍く、まとまりを欠いた。

リュディは剣を振るって、馬上からバシュラル兵を次々に斬り伏せた。バシュラル軍左翼が崩れる。それを見逃さず、レギン軍の右翼が突撃した。

剣と槍が交差し、血が地面を濡らす。初夏の昼前の陽射しの下で、人間たちは怒号と刃をぶつけあった。倒れたときには息があった者も、敵と味方に踏みつぶされて息絶える。兵士たちは相手の殺意を浴びて、己の殺意を増幅し、それを連鎖させているかのようだった。

しばらくして、レギン軍の右翼が後退を開始した。バシュラル軍の左翼はそれにつられて前進する。隊列がさらに乱れた。

レギン軍の右翼と、リュディ率いる別働隊が、正面と側面からバシュラル軍左翼を攻めたてる。バシュラル軍左翼は盾をかまえる余裕もなく、散々に打ちのめされた。

そのとき、レギン軍の左翼とバシュラル軍右翼の間で、新たな動きが起こる。こちらはバシュラル軍右翼が、レギン軍左翼を一方的に打ちのめしていた。

バシュラル軍の指揮を執っているタラードが予備兵力の騎兵を投入してきたのだ。

ただぶつけてきたのではない。二千の騎兵を二百ずつで十の部隊にわけ、突撃を順番に行わせることでレギン軍に間断のない打撃を与えてきたのだ。

一度の突撃なら盾を並べて、耐えることもできる。だが、それが間を置かずに何度も行われれば、とうてい耐えられるものではない。タラードはそれをやってきた。

レギン軍全体の指揮を執っているオリビエは、戦姫たちのもとへ伝令を走らせた。

戦がはじまってから、ミラたち六人の戦姫は中央部隊の後方に待機している。自由に動いていいとはいわれているが、目立ちすぎてもよくないとわかっているため、控えていたのだ。左翼が苦戦しているという伝令の知らせを受けて、彼女たちは動きだした。

「行くわよ、みんな」

ミラがラヴィアスを握り直して、自身に気合いを入れるように言った。ソフィーがからかうようにくすりと笑う。

「あらあら、ティグルのためだと張り切るのね」

ミラは赤面せず、胸を張って受け流した。

「そうよ。ティグルには是非とも武勲をたててもらわないといけないもの。それに、こうなった以上、私たちもそれなりに戦ってみせないと、それぞれの名誉に関わってくるわよ」

「ブリューヌ兵たちの手柄を横取りしないていどに力を尽くそう。私はバシュラルとやらを見てみたかったが……」

エレンが言った。ミラひとりでは勝てなかったと聞いて、興味を持ったのだ。

「わたしは、そんな恐ろしい相手には近づきたくないですね」

ミリッツァが言葉を返す。オルガが彼女に蔑むような視線を向けた。

「戦うのがいやなら後ろへ引っこんでいればいい。こんな小さなリーザも戦うのに」

「私、小さくないよ？」

オルガの言葉に、リーザがきょとんとする。ミラは呆れた視線を三人に向けた。

「こんな状況で喧嘩はしないの。でも、ミリッツァ、あなたは無理をしないでいいわ。すべての戦姫が戦場で勇敢に戦う必要はないもの」

「いえ、わたしも戦場を体験するにはいい機会ですから」

オルガの言葉が気にくわなかったらしい、ミリッツァはむきになって答えた。

ミラとソフィー、エレンは無言で顔を見合わせる。ソフィーが小声で言った。

「リーザはわたくしが見ておくわ」

「ミリッツァは私が見ていよう。連れてきたのは私だからな」と、エレン。

「お願いするわ。戦姫としての戦いぶりをあるていど見せたら、後退しましょう」

そう言いながらも、ミラの青い瞳には激しい戦意の輝きがある。

——私がティグルに並ばないといけない。

ブリューヌに来てから、ミラは何度かそう考えたことがある。ティグルのすぐ隣で、彼の成長を目の当たりにしているからこそ出てきた思いだった。いつか、ティグルが蒼氷星《シズリート》に矢を届かせたとき、自分はそれにふさわしい存在になっているだろうかと。

そうして動きだしたミラたちだったが、戦場から離れたある地点で動きを止めた。

自分たちの竜具《ヴィラルト》を見る。眠ってしまったかのように、竜具が反応しなくなっていた。

「どういうことだ……？」

困惑も露わに、エレンがアリファールを見つめる。ミラとソフィーは顔を見合わせた。二人だけは、このような状況を体験したことがあった。

「魔物が近くにいる可能性があるわ」

ミラは、エレンたち四人に説明する。かつてアスヴァールでトルバランと戦ったとき、魔物は竜具の力を封じる鎖を使って、ミラたちを窮地に陥れた。

「竜具は、あのときとまったく同じよ。この戦場のどこかに仕掛けられたんだわ」

話を聞き終えたエレンは、鼻を鳴らした。

「もともと敵兵相手に竜技《ヴェーダ》を使おうとは思っていないが……レーシーのようなのがこの戦場のどこかにいたら厄介だな。どうする？　その仕掛けとやらをさがすのか」

「それしかないわね。ティグルたちには悪いけど……」

そこまで言ったとき、急に周囲の空気が濁ったように思えて、ミラが言葉を呑みこむ。

他の者たちも同じように感じたらしく、竜具をかまえて周囲に視線を走らせた。

ミラたちの前に、音もなく黒い霧のようなものが出現する。黒い霧から感じられる禍々しさに、ミラたちは息を呑んだ。ミラとエレン、ソフィーが、他の三人をかばうように前へ出る。

「魔物か？」と、エレン。

「似てはいるけれど……」

黒い霧は静かにふくらんでいき、ローブのような形状となる。その中央から、鋭い輪郭を持つ黒い犬の頭部が現れた。目は白く、口から覗いた舌は赤い。

「そろっているとは楽でいい」

犬の頭部が人語を発した。首から下は、黒いローブをまとった姿となる。

直感で、ミラたちは理解した。竜具が反応しなくなったのはこの怪物の仕業であり、この犬頭は倒すべき敵であると。

不意に、オルガが顔をしかめる。他の戦姫たちも相次《あいつ》いで眉をひそめた。風向きが変わり、犬頭の怪物から強烈な香油の匂いが漂ってきたのだ。

戦姫たちの反応に、怪物は舌を揺らしながら笑った。

「あの男もそうでしたが、しょせん人間にはこの匂いが理解できないようですね」

言葉を返さず、ミラとエレンが馬を走らせて左右から攻めかかる。ほぼ同時に繰りだした刺突と斬撃は、しかし黒いローブに弾き返された。

馬を後退させながら、二人の戦姫は驚愕を禁じ得ない。力を失っているとはいえ、竜具は鉄の甲冑すらもたやすく貫き、斬り裂けるのだ。それが、棒や木剣で岩に打ちかかったかのごとく通用しない。尋常な存在ではなかった。

「おまえ、何者なの」

ミラの疑問に、犬頭は首をかしげる。

「ひとの世では、こういうとき、名のるほどのものではないと言うとか」

「ずいぶんとひとを舐めた態度だな」

エレンが舌打ちをした。剣の通じる相手ならば、彼女はいくらでも果敢に挑める。だが、そうでないとなれば、戦い方を考えなければならない。

犬頭が動いた。地面を蹴ったというより、見えざる翼で空を飛んだかのような跳躍だった。一瞬でソフィーとの距離を詰め、頭上から襲いかかる。

ソフィーは反射的に錫杖を振るったが、犬頭のローブの裾に弾きとばされ、落馬した。

オルガとリーザ、ミリッツァが怪物を囲んで、同時に竜具を振るう。だが、ミラたちのときと同じように、怪物のローブに阻まれた。

ローブの裾をなびかせて、犬頭が体当たりを仕掛ける。オルガを弾きとばし、空中で方向を変えてリーザ、ミリッツァを次々に馬上から叩き落とした。

「黒竜の力を借りることができなければ、こんなものですか」

その言葉は嘲笑《ちょうしょう》というより、事実の確認という響きを帯びている。だが、ミラたちの自尊心を傷つけるには充分だった。

怪物のローブの裾から、重い金属的な響きをたてて、何かが地面に落ちる。それは漆黒の鎖だった。ミラたちが愕然とする中で、その鎖は腐蝕したかのように急激に崩れ去る。

同時に、ミラたちは竜具が力を取り戻すのを感じた。竜具に埋めこまれているそれぞれの宝玉が、使い手の戦意に呼応して淡い光を放つ。

「おまえが私たちの竜具の力を封じていたのね」

「いいや」と、怪物はミラの言葉に首を横に振る。

「これは戦場に仕掛けてあったものです。あなたたちを、ただのひとにするために。それをちょっと借りたんですよ」

怪物の意図を、ミラたちは悟らざるを得なかった。竜技で挑んでこいと言っているのだ。

ミラとエレン、オルガが怪物を囲む。ソフィーは錫杖をかまえて、リーザとミリッツァを背中にかばった。ミラの周囲で白い冷気が渦を巻き、エレンの白銀の髪を風が巻きあげる。オルガの足下で地面がめくりあがった。

気合いの叫びとともに、三人は同時に竜技を繰りだす。

「――空さえ穿ち凍てつかせよ《シェロ・ザム・カファ》！」

「――大気ごと薙ぎ払え《レイ・アドモス》！」

「――破壊の伍《ドラクジルニエ》！」

鋭い氷の柱が怪物の足下から突きあげられ、暴風の刃が怪物の頭上に打ちおろされる。大地を走る力の塊が横殴りに怪物を襲った。

怪物は竜技を避けようともせず、静かに立っている。

三つの竜技は怪物を中心に絡みあい、渦を巻いて白い光の柱を形作った。その余波で突風を起こし、戦姫たちが後退を強いられるほどの猛々《たけだけ》しい力の塊となり、怪物をその中に呑みこんで天を突かんばかりに噴きあがる。

息を切らしたミラたちが見守る中、十いくつかを数えるほどの時間が過ぎて、光の柱が消え去る。はたして、犬頭の怪物はさきほどと変わらぬ状態で、そこに立っていた。

愕然とする戦姫たちに目もくれず、怪物は己のローブを見下ろす。それから顔をあげて、ソフィーたちに視線を向けた。

「今度はあなたがたの力を見せていただけませんか」

犬頭が不気味な笑みを浮かべた。

ザイアン＝テナルディエは、飛竜の背に座りこんだ状態で焦りと恐怖に包まれていた。

あのあと、ザイアンはもう一度、急降下による攻撃を行った。今度は敵左翼の側面に着地したのだが、それでもバシュラル兵たちを混乱させ、翻弄することができた。

だが、三度目の攻撃を行ったとき、敵兵が何かを投げつけ、それが飛竜の鼻面に当たると、急に竜の制御が効かなくなったのだ。

「何だ、これは。おい、どうした。しっかりしろ」

ザイアンは飛竜の背筋を叩いて呼びかけたが、飛竜はふらふらと酔っ払ったように飛びまわって、まるで言うことをきかない。いつものように機嫌を悪くしたり、こちらをからかったりしているわけでもないようだ。

苛立ったザイアンだが、あることを思いだした。

屋敷で世話をしている馬に、かつてザイアンは馬酔木《あせび》の葉を食べさせて酔っ払わせたことがある。馬が酔うという話を聞いて、試してみたくなったのだ。ちなみに父は許してくれたが、父の腹心のスティードには叱られた。

そのときの馬の状態に、いまの飛竜の動きは似ている。

「何か酔うようなものを投げつけられたということか……!」

その通りだった。それは、ガヌロンが竜への対策としてバシュラルに与えたものだ。ごく一部の兵にしか用意させることはできなかったが、威力は絶大だった。

バシュラル兵がザイアンと飛竜に群がる。鞍に自分を固定しているベルトを外している暇はない。邪魔になるからと剣や槍を用意しなかったザイアンは、反射的に腰の短剣を抜く。だが、殺到する敵兵たちの前に、短剣の鈍い輝きはあまりに頼りなかった。

そのとき、騎士の一団がザイアンとバシュラル兵たちの間に割りこんだ。驚くザイアンに、騎士のひとりが振り返る。デフロットだった。

「テナルディエ家の坊主！　おぬしのことは嫌いだが、騎士として借りは返す！」

坊主呼ばわりされてザイアンは反射的にかっとなったが、助けられたのは事実だ。慌てて腰や脚のベルトを外し、飛竜のそばに降りたつ。飛竜はすっかりおとなしくなっていた。

「くそ、こっちに来い！」

騎士たちに守られながら、ザイアンは飛竜を叩いて叱咤《しった》し、戦場から離れていく。ただ逃げるのではない。北の川に向かっていた。飛竜の鼻面を洗い流すために。


ティグルは中央部隊において、百人ほどの兵を従え、奮戦している。敵に攻めかかっては部隊長を弓矢で討ちとり、敵を混乱させて足並みを乱していたのだが、中央にいる敵兵は想像以上に勇猛で、しぶとかった。何より、彼らは部隊長を失ってもほとんど混乱していない。

彼らはバシュラルによって解放された奴隷だからだ。バシュラルへの忠誠心は、遠くから飛来する矢への恐怖を乗り越えさせていた。単独や少数で戦うことにも慣れている。

「ひとりひとりが優れた戦士だな」

相手のしぶとさに感心しながら、ティグルは判断に迷った。右翼か左翼に狙いを変えるべきではないか。それに、さきほど南の方で光の柱らしいものが見えたのが気になる。あのときは敵味方の兵がわずかながら動きを止めたものだった。

――ミラたちの身に何かあったんじゃないか。

焦りがじわじわと胸中に広がる。六人の戦姫と戦える者がそうそういるとは思えないが、ガヌロンあたりが現れたのなら苦戦はまぬがれないだろう。

──いや、いまは戦場に集中しないと。

そろそろ味方に限界が来る。士気において優るとはいえ、数の差は歴然としているのだ。戦意で補えない状況が訪れれば、押し潰されるだろう。

そのとき、ティグルのもとに伝令が訪れた。左翼の救援に向かってほしいという。

「左翼には戦姫殿たちが向かったんじゃないのか」

そう聞いてみたが、まだ到着しておらず、左翼は劣勢のままだということだった。

「わかった」と、短く答え、配下の兵を率いて左翼に向かう。

ところが、左翼に到着したところで、ティグルに向かって矢が飛んできた。とっさにかわしてそちらを見れば、三百アルシン（約三百メートル）先の敵陣に、タラードの姿があった。

──まずい。

ティグルは危機感を抱いた。矢はまだ充分にある。タラードに勝つ自信もある。だが、相手もそれはわかっているだろう。だとすれば、とってくる手段はこちらを引きずりこみ、縛りつけることだ。

はたして、タラードは距離を保って矢を射かけてきた。こちらが前進しても、味方の兵を押しだして巧みに後退する。何より、レギン軍左翼はバシュラル軍右翼に押されていた。ティグルも思ったほど前進できず、距離を詰められない。

ティグルのまわりでも、体力が尽きて動きの鈍くなった兵たちが敵兵に斬り伏せられ、突き倒され、討ちとられていく。

——こうなれば、多少の危険を冒してでも、敵の部隊長たちを狙って……。

そう考えたとき、戦場の一隅でどっと声があがった。誰かがバシュラル軍右翼の一角を切り崩したようだ。別働隊を迂回させてくれたのだろうかとティグルは思ったが、その誰かはバシュラル兵たちを次々に斬り伏せて流血と死体で道をつくりながら、こちらへ向かってくる。

ほどなく現れたその人物を見て、ティグルは目を瞠った。

白い髪飾りが映える艶やかな黒髪、戦場にそぐわない白いドレス、血煙をまといながらも薄れることのない気品。その手の中で輝くのは、漆黒と黄金が交差した刃を持ち、鍔から黄金の鎖が伸びている不思議な剣だ。その刃は鮮血で赤く染まっている。

ティグルはその剣がアスヴァールの宝剣カリバーンであることを知っていた。

「ギネヴィア殿下……!?」

戦場であることも忘れて、ティグルはおもわず叫んでいた。

「ごきげんよう、ティグルヴルムド卿」

ギネヴィアは優美な微笑を返す。見れば、彼女の後ろにはアスヴァールでともに戦った巨躯の長弓使いハミッシュがいた。さらに十人ほどの兵士が、二人に付き従っている。

「あなたの従者から話を聞いて、駆けつけましたの。ところでロラン卿は？」

ティグルはおもわず彼女から視線を外して、ハミッシュを見た。ハミッシュは無言でうなずきを返した。わかってくれというふうに。

ギネヴィアとハミッシュがブリューヌ王国の大地を踏んだのは、二十日近く前のことだ。そのときには、小さな港町にすらも、ガヌロンが王都を奪ったという話が伝わっていた。

最初にハミッシュが進言したのは、兵士を集めることだ。

「この際、傭兵でもかまいませぬ。数も十人いればよろしい」

ハミッシュに、目算はあった。アスヴァールの内乱が終わったのは昨年の秋の終わりごろであり、いまは春の終わりごろだ。内乱を避けるか、あるいは内乱で敗れてブリューヌに逃げた者が、まだいるはずだった。

その狙いは当たり、数日で十人の男がハミッシュに従った。

そして、ギネヴィアとハミッシュは、彼らを率いてマスハス＝ローダントの治めるオードの地を目指した。ギネヴィアがこの地で多少なりとも信用できると考えたのが、かつていくらか言葉をかわしたことのあるマスハスだったのだ。

同時に、これは篩《ふるい》でもあった。ついてこられない男は途中で捨てていくつもりだったのだ。

十人の男たちは、皆、ついてきた。

オードの地に着いたところで、ギネヴィアははじめて彼らに素性を明かしたのである。

そして、オードの地を守っていたリリアーヌからだいたいの話を聞いたギネヴィアは、まず王都を目指し、遊撃隊の情報を得てヌーヴィルの町に目的地を切り替え、さらにオージュールへと進路を変えたのである。

だが、戦場でそのような話を長々とできるはずもない。

ティグルはとにかく「感謝します」と、頭を下げた。

一方、タラードは、三百アルシン離れたところからこの光景を見て愕然としていた。なぜ、ギネヴィアがここにいるのか、理解できなかった。

ギネヴィアがタラードに視線を向ける。両者の間には三百アルシンの距離があったが、ギネヴィアが宝剣を振りかざして駆けると、バシュラル兵は反撃すらもほとんど許されず、次々に血飛沫を噴きあげて倒れた。その強さ、鋭さは戦姫に匹敵するだろう。

タラードは矢をつがえたものの、ギネヴィアに向けるのをためらった。ひとつには、矢を放てばティグルに射倒される恐れがあったからだ。かといって、逃げることもできなかった。

バシュラル兵たちに囲まれて、ギネヴィアがタラードの前に立つ。

「タラード、ひさしぶりですね」

声をかけられれば、返事をせざるをえない。タラードは呻《うめ》いた。

「一介の敵将に過ぎなかった私を、覚えておいででしたか……」

「あなたを評価していた者はそれなりにいたのですよ。——私に仕えなさい」

それは、あまりに率直な降伏勧告だった。タラードは鼻白んだ。

「俺はアスヴァールに帰らないと決めております」

「それならここで、私に斬られなさい」

答えず、タラードが馬首を返す。彼は剣にも自信があったが、ギネヴィアの戦いぶりを見てかなわないことをわかっていた。

当然追いかけようとしたギネヴィアだったが、そこへタラードの側近たちが左右から襲いかかる。ギネヴィアは宝剣を煌めかせて彼らを打ち倒したが、その間にタラードは馬を走らせて遠くへ逃げ去っていた。

「まあ、いいでしょう。部外者があまり手柄をたてるのもよくありませんし、ティグルヴルムド卿は味方に恵まれていますから」

その言葉に安堵したのは、付き従うハミッシュたちだったろう。

「では、レグナス殿下……レギン殿下だったかしら。あの方にご挨拶をしに行きましょうか。いえ、やはり、先にロラン卿をさがしましょう」

このとき、ティグルは周囲の兵たちに「アスヴァールの援軍が来たぞ」と、叫んでいた。実際、バシュラル軍の右翼にかなりの打撃を与えたのだから、間違いない。

この叫びが浸透すると、レギン軍左翼はどうにか持ち直した。

——もうひと押しあれば。

矢を射放って敵を討ちとりながら、ティグルは歯噛みした。敵は粘っているが、もう少しで突き崩せる。もっとも、こちらも似たようなものだ。ギネヴィアがさっと戦場から離脱してしまったらしいのは残念だが、そもそも王女を戦場に投入するのが間違っている。

予備兵力を投入してもらおうと、伝令を呼ぼうとしたとき、南の方に兵の一団が現れたという報告が届けられる。

――敵か……？

味方に別働隊を放つ余裕などはもうないはずだ。ティグルの顔を冷や汗がつたう。

だが、違った。その兵たちは五百ほどの歩兵だったが、彼らは喊声をあげて、バシュラル軍右翼の側面に襲いかかったのである。バシュラル軍は完全に不意を突かれた。

「味方……？」

喜ぶより先に、ティグルは戸惑いを覚えた。だが、ともかくこれは絶好の機会だ。兵たちを激励し、突然現れた軍と連携する形で敵陣に攻めかかる。

バシュラル軍右翼は厚みを生かして耐えようとしたが、ずるずると後退を強いられた。ティグルたちと不思議な援軍が合流する。

「傭兵か……？」

援軍の不揃いな武装を見て、ティグルはそう思った。

革鎧を着こんでいる者もいれば、甲冑をつけている者もいる。武器も多彩で、剣、槍、斧に棍棒どころか、鎖付きの鉄球を両手で操る者もいた。正規の軍ではない。

「若！」と、ティグルにとって馴染《なじ》み深い声が聞こえたのはそのときだった。見れば、ラフィナックとガルイーニンがこちらへ駆けてくる。

「ラフィナック！　ガルイーニン卿！」

ティグルが受けた衝撃は尋常なものではなかった。二人と別れて数ヵ月が過ぎている。無事でいてくれと、ミラとともに何度、神々に祈ったことだろう。それにしても、二人はどうしてここにいるのか。

「無事か、二人とも。怪我は？」

「見ての通りです。頑丈だけが私の取り柄でしてね」

前歯を突きだして、ラフィナックは笑う。ガルイーニンもやわらかな物腰で答えた。

「ちょっと寄り道をしまして、そうしたらずいぶん帰りが遅くなってしまいました」

「寄り道？」

訝《いぶか》しむティグルに、援軍の兵たちを見ながらラフィナックが答える。

「アスヴァールでいい返事がもらえなかったので、ザクスタンまで足を伸ばしました。そうしたら、アトリーズ殿下とヴァルトラウテ殿が傭兵を五百人ほど用意してくれまして」

「殿下が……」

ティグルはそれ以上、言葉が出てこなかった。ブリューヌの状況を、アトリーズとヴァルトラウテがどのていど把握しているかはわからない。だが、下手に介入すれば大きな問題になるだろうことは、容易に想像できるはずだ。ましてアトリーズならば。

それを覚悟の上で、彼は傭兵隊を派遣してくれたのだ。

同時に、理解する。ギネヴィアは、この傭兵たちの存在を知っていたのだ。だから、この状況でも安心して戦場を離れたのだろう。

「何としてでも勝って、アトリーズ殿下に礼を言わないとな」

体力の充分にある傭兵たちの猛撃に、バシュラル軍右翼はさらに後退する。

「──ティグル！」

そのとき、想い人が自分を呼ぶ声がした。見ると、ミラを先頭に戦姫たちが駆けてくる。全員無事らしいことに、ティグルは安堵の息を漏らした。

「さっきの白い光は何だったんだ」

「おかしなやつが現れたの。魔物みたいだけど、そうでもないような……」

ミラは簡潔に、犬頭の怪物について説明する。怪物はソフィーたちの竜技を受けても無傷だったが、満足したように姿を消したというのだ。

「まるで、私たちの力を試そうとしているみたいだったわ」

ミラたちは気味の悪さを拭えなかったが、すぐに気を取り直して救援に来たのだという。

──ガヌロンの配下のものか？

ティグルはそう考えかけて、すぐに打ち消す。ミラたちが来てくれたように、いまは目の前の戦に集中するべきだ。危害を加えてこなかったものが、また戻ってくるとも考えにくい。

ミラたちも攻撃に加わり、バシュラル軍右翼の崩壊はさらに進む。武器を捨てて逃げる者が続出した。


中央では、ロランとバシュラルの一騎打ちが続いている。

二人とも、相手の斬撃によってとうに馬を失い、地面に降りたって剣をまじえている。

バシュラルは早い段階からロランを防戦一方に追いこんでいたが、いまはロランが少しずつ反撃に転じていた。打ちおろし、突きかかり、薙ぎ払い、叩きつけ、二人はあらゆる角度から大剣を振るって、激しい攻防を繰り広げた。

バシュラルの顔には焦燥がにじんでいる。ロランを圧倒できないばかりか、ロランの剣が次第に自分の身体をかすめるようになってきたからだ。対照的に、自分の剣はかわされ、あるいは受けとめられる頻度があがっている。

加えて、少し前から右手が痺れ、徐々に力が入らなくなっていた。まるで、それが自分のものではないと主張するかのように。

さらに、兵たちから不吉な叫びが聞こえてくる。アスヴァール軍やザクスタン軍が現れ、レ

ギン軍に味方していると、ひとりや二人ではなく、多くの兵が悲鳴をあげていた。

——ジスタート、アスヴァール、ザクスタン……。

レギン王女には、諸国を味方につけるだけのものがあるというのか。いや、レギンでなくとも、そのような人物が敵にいるというのか。

何十合目の激突だったろうか。異様な音が響いて、オートクレールの刀身に亀裂が走った。

バシュラルが息を呑む。その亀裂は、彼自身と軍の崩壊を示したもののように思えた。

弱気になるな。バシュラルは自らを叱咤して、ロランに笑いかける。

「ソローニュでも俺にかなわなかったのに、強くなったじゃねえか。どんな手を使った？」

そんな質問をしたのは、力の入らない右手に、後ろめたさを感じたからだろうか。とくに答えを期待してはいなかったが、ロランは実直に返事をした。

「俺がこうして貴様と互角に戦えているのは、貴様の動きをおおよそつかんだからだ。ナヴァール城砦、ソローニュ、そしてこの戦場で。ようやく読めるようになってきた」

バシュラルの顔が強張る。額に汗がにじんだ。

「そんなことが……」

「経験の差だ。貴様とて、物心ついたときから剣を振っていたわけではないだろう」

ロランは十三で騎士となり、それから十六年、己を鍛え続けてきた。多くの騎士からさまざまな技術を学び、ただ剣技で圧倒するのではなく、相手の動きを覚える術も身につけた。

むろん、バシュラルも傭兵としてそうした技術は身につけてきた。並みの相手なら、何度戦っても動きをつかませることなどなかっただろう。

だが、相手は黒騎士だった。

負けるという考えが、バシュラルの脳裏をかすめる。それはある恐怖をともなって、彼から一瞬だけ判断力を奪った。

怒号とともに、大剣を叩きつける。いままでのバシュラルからは考えられない隙だらけの動きだった。ロランはそれを受け流して、デュランダルを振るう。

金属的な響きが大気を震わせた。オートクレールのぶ厚い刀身が、折れたのだ。今日までの間にデュランダルと何十合も激突を繰り返してきた結果だった。

鍔と柄だけになったオートクレールを落として、バシュラルの右手が宙を泳ぐ。

ロランは手首を返した。流血の虹が虚空に描かれ、バシュラルの右手が斬り飛ばされる。

バシュラルが悲鳴をあげた。それは、何に対する悲鳴だったのか。

ロランは地面に転がった右腕を見て目を瞠る。男のものとは思えない細い右腕の断面からは血の一滴も流れでていない。そして、黒い炎のような瘴気が噴きあがっている。

――何だ、これは。

バシュラルは、何か妖術の類でも使っていたのか。

庶子の王子に視線を転じて、ロランはさらなる驚きに襲われた。バシュラルの右目のまわりが、突然赤く染まったのだ。

よく見れば、うっすらと消えかかってさえいた傷跡がにわかに深くなり、血があふれでたのだとわかっただろう。だが、それを自覚したのはバシュラルだけだった。しかも、彼の目は何も触れていないのに、ひとりでに潰れた。

「右目……？」

つぶやき、ロランは行軍中にティグルから聞いた話を思いだしていた。

故郷に帰ってきたとき、バシュラルは右手と右目を失っていたと。

そのとき、戦場の一角で新たな喊声があがる。それは、テナルディエ軍の別働隊が到着したことを知らせるものだった。七千の兵に足止めされたテナルディエは、ひそかに別働隊を編制して、こちらへ向かわせていたのである。どちらかといえば息子のためだった。

しかし、バシュラルにはそのことを気にする余裕が失われていた。

バシュラルが悲鳴じみた叫びをあげて、その場にうずくまる。

彼の身体に、異様な変化が起きはじめた。皮膚が白く乾いて、全身に鱗のようなものが浮かびあがる。左右の耳の上からねじれた角が生え、軍衣が引きちぎられたかと思うと、背中から翼が飛びだした。呆然とするロランの目の前で、バシュラルは怪物へと変貌していく。

「バシュラル……貴様は……」

豪胆な黒騎士が、それだけしか言葉を発せなかった。まわりにいた兵たちは、レギン軍、バシュラル軍に関係なく、絶句して立ちつくしている。

空を仰いで、バシュラルが吼えた。

ロランはデュランダルをかまえて様子をうかがう。彼が魔物と対峙するのは、アスヴァールで戦ったトルバラン以来だが、バシュラルからはトルバラン以上の重圧を感じた。

バシュラルがロランに襲いかかる。しかし、それは狙いすました一撃ではなく、感情任せに振るわれたものだ。戦意もなかった。

バシュラルの爪を、デュランダルで受け流す。この宝剣でなかったら、ロランは剣ごと身体を吹き飛ばされていただろう。

これまでの戦いで消耗していたロランは、強烈な一撃を受けて体勢を崩す。そこへ、バシュラルが第二撃を叩きこもうとした。

黄金の閃光が疾走《はし》って、バシュラルの爪を音高く弾き返す。ロランをかばうように、ひとりの娘が立っていた。

「最後の最後でどうにか間に合いましたわ、ロラン卿」

長い黒髪をなびかせて、その娘はロランを振り返るとにっこりと笑った。アスヴァールのギネヴィア王女であった。

「どうしてあなたがここにいるのかはわからぬが」

ロランはすばやく体勢を立て直して、ギネヴィアの隣に並んだ。

「お力添え、感謝する。だが、あまりご無理はなさらぬよう」

「ロラン卿がいっしょにいてくれれば、私は常に全力で戦えますのよ」

だが、バシュラルの方には、もう戦意が残っていなかった。さきほどの一撃も、この姿を見られたことによる衝撃と絶望、怒りによるものだったのだ。

多くの兵たちが、恐怖と戦慄の目をバシュラルに向けている。バシュラルの口から呻き声が漏れた。半ばだった道は、このとき断たれた。すべてが失われた。

風を巻きあげて、バシュラルが翼を広げる。羽ばたきとともに、足が地面から離れた。左右に揺れながら、バシュラルは飛翔していく。逃げきれるかと思われた。

だが、そこに人間を乗せた飛竜が飛んできた。ザイアンだ。飛竜にぶつけられた粉を川で懸命に洗い流して、ようやく戦線に復帰したのだ。

ザイアンは言葉にならない叫びをあげた。バシュラルを見つけて飛んできたわけではない。だが、この怪物が視界に入ったとき、恐怖と嫌悪が戦意に転じた。こいつを倒さねばならないと衝動的に思った。

飛竜の鉤爪をまともにくらって、バシュラルは空中でよろめいた。かすり傷しか負わなかったが、彼の視線は地上で黒弓をかまえているティグルを捉えていた。

ティグルにも、それがバシュラルとはわからなかった。だが、この距離からでも感じとれる禍々しい瘴気は、見逃せるものではなかった。黒い鏃《やじり》にミラの冷気を加えて、矢を形作る。

あのあたりは中央部隊が激突しているところだと思いあたって、ティグルははっとした。

まさか、あの怪物はバシュラルなのか。

考えている暇はない。力をこめた一矢を、空中の怪物に向かって放つ。

鏃はバシュラルの胸から背中へと抜け、右の翼を粉々に吹き飛ばして虚空に消えた。

バシュラルは片翼で、北の方へと飛んでいった。

戦は、急速に終わりつつあった。

自分たちの総指揮官が魔物になったのを見て、バシュラル軍の兵たちは混乱している。彼らは完全に戦意を喪失し、逃げるか、その場に膝をついて呆然としていた。

もとより一部の兵は士気が低かったし、奴隷たちも主が怪物であったことに衝撃を隠せなかった。そうなれば、傭兵たちも戦う手を止めて、後退する。レギン軍の兵たちも、毒気を抜かれた顔で彼らの降伏を受け入れた。

ロランとバシュラルの一騎打ちが繰り広げられていた場所にリュディが姿を見せたのは、そのころだ。彼女は別働隊を率いて、戦場を駆けまわっていたのだ。

胸の奥に悔しさがある。自分では勝てない相手だとわかってはいたし、任された役目の重要さも理解していたが、それでも己の剣でバシュラルに挑みたかった。

ふと、彼女は地上の一点に目を留める。

視線の先には、オートクレールの折れた刀身が転がっていた。

バシュラルが立っていたところに、右腕が転がっている。ロランが斬り飛ばしたものだ。

ソフィーはわずかな逡巡《しゅんじゅん》のあと、地面に光華《ザート》を置いた。両手を使って慎重に右腕を拾いあげる。目を瞠ったのは、てのひらにぬくもりとやわらかさが伝わってきたからだ。斬り落とされたものとは思えなかった。

――おそらく、これはリーザの腕だわ……。

断面は黒い炎のような瘴気に覆われている。魔物の仕掛けた呪いの断片だろうか。

――リーザやエレンの話だと、バーバ＝ヤガーは執拗に力を求めさせていたそうね……。

バーバ＝ヤガーの名は、昔話によく登場する老婆として、ジスタート人にとっては馴染みのあるものだ。物語によってまったく存在が異なり、妖術を駆使する魔女だったり、子供をさらって喰らう怪物だったり、困っている者に力や知恵を与えて助ける妖精だったりした。

それらの物語のひとつに、隻眼の子供に目を与える話がある。邪悪なバーバ＝ヤガーは、怪物の目を子供に植えつけるのだ。何も知らない子供ははじめのうちこそ喜ぶが、怪物の目を通じて徐々にバーバ＝ヤガーに操られていき、最後には怪物になってしまうのである。

――もしもバーバ＝ヤガーがリーザから腕を取りあげて、バシュラルに与えていたとしたら。

物語はあくまで物語だ。だが、超常の力を持つ魔物の存在は現実である。ありえないと断言するべきではなかった。

後ろから、ソフィーを呼ぶ声がした。振り返ると、リーザが歩いてくる。彼女はソフィーが持っているものを見て、顔をしかめた。

「何、それ。腕なの……？」

「ええ。リーザ、ちょっとこれを持ってくれないかしら。試したいことがあって」

リーザは露骨にいやそうな顔をしたが、ソフィーの頼みを断ることはしなかった。

右腕を渡すと、ソフィーは地面に置いていた光華を握りしめて、姿勢を正す。彼女の意志に応えて、錫杖の竜具は先端にある円環から黄金の輝きを振りまいた。

「――我が地を祓え舞い散る欠片《スリプティーエ》よ」

無数の黄金の粒子が、リーザと、彼女が手にしている右腕に音もなく降り注ぐ。リーザは呆けた顔でその様子を見つめていたが、不意に短い悲鳴をあげて痛みを訴えた。

リーザ自身の右腕と、手に持っている右腕のそれぞれの断面から白い煙が噴きあがる。リーザは顔を歪め、呻き声を漏らしてその場にうずくまった。

やがて、二つの断面がそれぞれ淡い光を帯びる。リーザは顔をあげ、不思議そうに自分の右腕と斬り落とされたそれを見つめた。落ち着きを取り戻したのは、痛みが急に消えたからだ。

「私の腕なの……？」

恐る恐る、リーザは斬り落とされた腕を、自分の右腕に押し当てる。再び激痛が走り、接合部からさきほどに倍する量の白煙が立ちのぼった。同時に、強烈な頭痛が彼女を襲う。左手で頭を抱えて、リーザは地面を転げまわった。

「リーザ……！」

ソフィーが息を荒らげながら、その場に膝をつく。彼女の表情には疲労感が色濃く浮かんでいた。この竜技は、他のそれよりも体力を消耗する。まして、今回は魔物の呪いを解こうとしたのだ。顔中に汗が浮かんで、前髪が額に張りついていた。

だが、ソフィーは自分のことなど気にせず、リーザを抱き起こす。

リーザは気を失っていたが、その表情は穏やかなものだった。呼吸もしている。

彼女の右腕に視線を向ける。驚くべきことに、右腕は接合部の跡もなくつながっていた。はじめから切断などされていなかったというふうに。

「よくがんばったわね」

ソフィーはリーザを抱きしめた。


戦場から五ベルスタほども離れた小さな丘のふもとに、バシュラルは倒れている。人間の姿に戻っていたが、その身体からは右目と右手が失われ、胸には大きな穴が開いて、上半身は血に染まっていた。

タラードがそこにたどりついたのは、戦の勝敗が決したころだ。彼は次々に降伏する兵たちを見て、軍を捨ててきたのだった。

顔を青ざめさせてタラードが駆け寄ったとき、バシュラルは死に瀕していた。

皮肉めいた笑みを浮かべて、バシュラルは副官を見上げた。

「怒るか……？」

「そうだな。事前に相談してほしかった」

タラードは努めて冷静に答えた。バシュラルは空を見上げて、昨年の春、自分の身に起きたことを語った。

話し終えたバシュラルの身体が、炭のように黒く染まって、ぼろぼろと崩れはじめる。驚愕するタラードに、彼は笑って言った。

「得体の知れない力を借りたんだ。得体の知れない死に方をすることは覚悟していたさ」

何と声をかけるべきか、タラードは迷った。終わってみれば、半年ほどの短い時間だった。だが、信頼できる男とともに、一国を手に入れるために知恵を尽くし、力を尽くした日々は、アスヴァールでジャーメイン王子に仕えていたときよりもはるかに充実していた。

「何かやってほしいことはあるか？」

これ以外に、かけるべき言葉が思い浮かばなかった。

ふと気配を感じて、タラードは振り返る。

ベアトリスがそこに立っていた。戦いの前に、バシュラルが近くの町へ向かわせたはずの。

彼女はバシュラルに駆け寄り、タラードの隣に膝をつく。

バシュラルの目が動いて、ベアトリスを見上げた。笑ったように見えたが、痙攣にも思えた。

バシュラルの目の焦点は、すでに合わなくなっている。タラードの言葉が届いたのかどうかも怪しかった。いくばくかの間を置いて、彼の口からいくつかの単語がこぼれ出た。

「母……イフ、リキア……王……」

最後に王と言ったとき、一瞬だけ彼の目に輝きが戻り、タラードを見つめたように思えた。

驚くべきことに、バシュラルは肘から先が失われ、肩まで炭化したかのように変色している右腕を動かして、タラードが腰に差している短剣を示した。

それが、彼の最期の行動となった。バシュラルは炭の塊のようになって、静かに崩れ去る。

もしもここにティグルや戦姫たちがいれば、魔物の最期を想起したかもしれない。

ベアトリスが黒灰の塊を見つめ、身体を震わせながら両手でそれをすくって、抱きしめた。

地面に散っていた黒灰を、風がさらっていった。

――道半ばで終わったか……。

そう思いかけて、タラードは首を横に振る。

生きている者の道は、途切れない。前に進まなければならないのだ。

エピローグ

戦後処理を終えたあとのレギン軍――ブリューヌ軍はたいへんな騒ぎになった。

ミラとガルイーニンはおたがいの無事を喜び、ロランはギネヴィアに頼まれて彼女のそばを離れられず、ティグルはザクスタン傭兵のひとりひとりに礼を言い、そこにリュディとレギンも同行するという具合で、挨拶だけでも一刻近くかかる事態となったのだ。

ザイアンもまた、多くの諸侯から声をかけられている。彼の活躍は多くの者が認めるところだった。何より、逃げていった怪物に一撃をくらわせたことは、皆が賞賛した。

一方で、バシュラルが怪物になったことについては、誰もが不自然に口をつぐんだ。悪夢に触れたくないというかのように。現実のものとして受けとめ、飲み下すべきか、迷ったのだ。

それはティグルたちも同様だった。バシュラルのことについては、ガヌロンが何か知っているはずだ。遠からず、彼と戦うことになる。そのときまで保留することにしたのである。

「皆、最後までよく戦ってくれました。あなたがたの奮戦には、必ず報いましょう」

レギンはリュディたちをともなって、諸侯ひとりひとりにねぎらいの言葉をかけた。降伏したバシュラル兵たちの処遇について、彼女は次のように宣言した。

「私は彼らの降伏を認めます。許し、自由を与えます。多くは己の役目をまっとうしただけであると信じるからです。これからはブリューヌの民として尽くすことを、期待します」

ブリューヌ軍はヌーヴィルの町に向かい、マスハスたちとも合流を果たすと、町の周囲に幕営を設置して兵たちを休ませた。降伏したバシュラル兵も、その中で休む。

賓客に対してはさすがにそのような扱いはできないので、レギンはヌーヴィルの長と話し、宿や屋敷を借りあげた。

ミラたち戦姫も、一邸の屋敷を提供された。

その一室で、エレンとオルガ、ミリッツァは葡萄酒《ヴィノー》を手に談笑している。

「すっかり英雄になったな、ティグルは」

「もっと積極的に迫っておけばよかった？」

オルガに聞かれて、エレンは笑って答えた。

「それはおまえの方だろう。今度の一件で、私とミリッツァはあいつに貸しをつくった。私の場合は借りを返しただけだが、ティグルもヴォルン伯爵も、信頼には信頼で応えてくれる男だ。かける時間は充分にある」

「わたしの公国はアルサスから遠いので、貸しをつくっても……という気分はありますけどね。ティグルヴルムド卿を通じて、リュドミラ姉様に何かお願いをするのは楽しそうですが」

そう言ったのはミリッツァだ。彼女は肩に傷を負っている。最後に戦場に飛びこんで負ったものだった。

「ところで、リュドミラ姉様はティグルヴルムド卿に対して行動を起こすと思いますか？」

ミリッツァが右手で口元を隠しながら尋ねる。エレンは首をかしげた。

「どうだろうな。あの女、いままでに機会は何度もあったのだろう」

「立場が立場ですから。ただ、そろそろそれも通じなくなっています」

ティグルとミラには思い違いがあった。単純に、小貴族であるティグルが武勲をたてれば、戦姫であるミラとの距離が縮まるに違いないというものだ。だから、ミラは待っていた。

ところが、現実はそれほど単純ではなかった。ティグルが武勲をたて、諸国を巡って名声を得ても、ミラとの距離は思ったほどには縮まらず、むしろ他の道が開けてきたのだ。

「焦りは、行動を起こすのに充分な理由なのだと、あの二人を見ているとよくわかります」

「ふむ。賭けるか……？」

エレンの提案に、ミリッツァは口元に笑みをにじませる。

「どちらの方に？」

「今夜のうちに行動を起こす」

「では、わたしは起こさない方に」

「やはり、おまえはあの陰険腹黒女の弟子だ」

即答したミリッツァに、エレンは肩をすくめた。話題を変える。

「そういえば、ソフィーとエリザヴェータは？」

「寝室で休んでいます」

リーザは右腕とともに記憶を取り戻した。それからずっと無言だったが、この屋敷に着くなり、寝室に引っこんでしまった。ソフィーがいっしょにいるので危険なことはないだろうが、エレンは複雑な表情になる。これから彼女とどう接すればいいのだろう。

そのころ、寝室で、リーザもエレンと同じように思っていた。

記憶がよみがえった彼女は、身もふたもないことをいえば、あまりに居たたまれなくなって逃げたのである。

灯りもつけず、膝を抱え、背中を丸めて寝台に座りこんでいた。

そんな彼女に、ソフィーが隣に座って優しく声をかける。

「記憶が戻ったのはよかったじゃない」

「ええ、それは否定しないわ」

リーザはソフィーを睨《にら》みつけた。

「許せないのは、冬から今日までの私よ！　何よ、あれは。あんなの私じゃない」

「そうかしら。いまのあなたも、記憶を失っていたときのあなたも、同じよ」

「違うわ。あんな単純で、あけっぴろげで、何も考えてなくて、わがままで、感情的で……」

「素直で、正直で、ひとに頼ることができて」

リーザの罵倒を、ソフィーが言い換える。リーザは色の異なる瞳に苛立ちをにじませて、怒鳴りつけようとした。だが、歯ぎしりをするばかりで、言葉は出てこなかった。

「ねえ、リーザ」と、ソフィーはことさらに明るい声で話しかける。

「諦めましょう」

　リーザは胡乱《うろん》げな顔でソフィーを見つめた。

「何を諦めろというの……？」

「時間を巻き戻してなかったことにするなんて、できないでしょう。また記憶を失うわけにもいかない。あなたは間違いなく冬をアスヴァールで過ごし、春から今日までをわたくしたちとともに過ごした。いろいろなものを見て、聞いて、話して、笑いあった」

「それは私じゃないわ。私だったら絶対にそんな行動はとらない」

「この数ヵ月間を、すべて忘れてなかったことにしてしまうの？　それこそ無理でしょう」

　反論できずに、リーザは拳をわななかせる。ソフィーは続けた。

「建設的に考えるなら、諦めて、受け入れてしまって、それをもとに動くしかないじゃない」

「あなたはいつも明るいからそんなことが言えるのよ……」

　横を向いて、リーザは吐き捨てる。

「あんなふうに、私は動けない」

「そうね。わたくしも、いまのあなたといつもいっしょに湯浴みをするのは恥ずかしいわ。たまにするならともかくね」

「私をからかってるでしょう?」

振り返って、リーザは再びソフィーを睨みつける。ソフィーは肩をすくめた。

「まさか。でも、わたくしがいま言ったことは、誰でも納得できるでしょう。誰も、記憶を失っていたときと同じ態度でいることを、あなたに望みはしないわ。ただ、忘れないでほしい。そうしたら、わたくしたちは前よりもっとよい関係になれると思う」

「よい関係、ね……」

ようやくリーザは感情をいくらか鎮める。ソフィーが肩に置いた手も振り払わなかった。


ティグルもまた、屋敷をひとつ提供されている。諸国の協力を得られたのは、ティグルが尽力したからだと評価されたのだ。

日が暮れたころ、ティグルはミラと、屋敷の寝室に二人きりでいた。

小さな明かりがひとつあるだけの薄暗い部屋の中で、ミラは軍衣だけの姿でティグルの前に立っている。どちらからともなく抱きしめあう。ミラが先に唇を押しつけてきて、ティグルは少し驚いたが、すぐに自分の唇を彼女に擦りつけた。

すると、今度はミラの方から舌を差しこんでくる。しばらくの間、二人は唇を押しつけあって舌を絡ませた。やがて、二人は口を離す。

「今夜はずいぶん積極的だな」

身体が熱くなるのを感じながら、ティグルは意外な思いでいた。これまでも、ミラの方から口づけをしてきたことはあった。しかし、こんなに激しかったのははじめてだ。

沈黙を先立たせたあと、薄闇の中でミラは言った。

「あなた、リュディに想いを告げられたでしょう」

ティグルは新たな驚きに襲われた。そのことは誰にも言っていない。どうやって知ったのかと思っていると、ミラが続けて言った。

「リュディが話してくれたの。あなたに断られたことも、それでも諦めてないってことまで」

ティグルは呆れた。彼女の行動力には毎回、敬服させられる。

「あなた、馬鹿よ」

いくぶん熱を帯びた声で、ミラが言った。

「リュディを受け入れた方が、何もかも上手くいくじゃない。それなのに……」

「それは違うぞ、ミラ」

ミラを抱きしめる腕に力をこめて、ティグルは続ける。

「俺が君を好きになったのは、アルサスのためになるからとか、何かを上手くいかせたいからじゃない。たしかにヴォルン家の息子として、それは考えなくちゃいけないことだが」

「そう、それを最優先に考えるべきなのよ。私だって戦姫であることと、オルミュッツのことを最優先に考えてるもの」

「でも、俺を好きだろう？」

正面から堂々とティグルが言うと、ミラは再び唇を押しつけてきた。ただし、離す間際にティグルの唇を軽く噛んでいく。彼女なりの愛情と抗議の表現らしい。

「ええ、そうよ。だから……」

間を置いて、ミラは小さな声で続けた。かすかな衣擦れの音が聞こえる。

「あなたの気持ちに、全力で応えたいと思ったの……」

ティグルがミラを選ぶというのは、ブリューヌでの栄誉、栄達を捨てることだ。戦姫としてのミラは、まだその想いに応えることができない。ブリューヌやジスタートの人々が納得しないだろうからだ。いまの自分にできることを考えたミラの結論が、これだった。

ティグルはミラを抱きしめ、彼女の気持ちを確認するように愛撫を繰り返す。滑らかな背中を撫で、腰の下の丸みのある曲線を揉みしだく。額や頬への口づけを繰り返した。ミラもティグルの身体にすがりついて、押し寄せる愛情の波にその身を委ねる。

ティグルの舌がミラの顎をなぞる。首筋に吸いつくと、ミラが官能の吐息を漏らした。ミラをそっとベッドに押し倒した。左手で豊かな乳房を撫でまわしながら、右手で軍衣を少しずつ剥ぎ取っていく。肌着と下着だけの姿になったミラは、蕩《とろ》けた目でティグルを見上げた。

肉づきのよい太腿を撫でながら、肩や鎖骨、乳房に接吻する。

そうして肌着に手をかけたときだった。

戸口の方に気配を感じて、ティグルは手を止める。

振り返ると、扉がわずかに開いており、そこからこちらを覗きこんでいる者がいた。

「あら、見つかっちゃいましたか」

ミリッツァだった。驚きに固まっているティグルとミラに、ミリッツァは平然と続ける。

「どうぞ、わたしにかまわず」

そう言われて続けられる度胸は、ティグルにもミラにもない。

おたがいに何とも言いがたい顔を見合わせたあと、ティグルはミラの額に軽く口づけをしてベッドから離れた。

水を頭からかぶりたかった。


一夜明けて、ブリューヌ軍にひとつの知らせが届いた。

王宮にいたガヌロン公爵が、ファーロン王とベルジュラック公爵を人質として王都から逃げたというのである。

ふつうに考えれば、バシュラルがいなくなった以上、王都を守りきれないと判断して己の領地に逃げたのだろうというところだが、ガヌロンの恐るべき力を知るティグルたちは、そうは思わなかった。ガヌロンは逃げたのではなく、王都での目的を果たしたのではないか。

レギンは、「まずは王都を取り戻しましょう」とだけ告げた。それに、降伏して何万にもふくれあがった兵をそのままにしておけないという事情もあったし、テナルディエ軍とも合流する予定だった。

リュディは顔を青ざめさせて、その日、一言も口をきかなかった。


ルテティアにあるガヌロンの屋敷の一室に、三人の男がいる。

ひとりは屋敷の主であるガヌロン、あとの二人はファーロン王とベルジュラック公爵ラシュローだった。

ただし、ファーロン王の様子はおかしい。心ここにあらずというふうに、目の焦点が合っていない。しかも、手には剣を持っていた。

ラシュローもまた、剣を持っている。ガヌロンが笑いかけた。

「ベルジュラックよ、一撃を受けとめたなら、おぬしを解放しよう。王女たちにこちらの要望を告げる使者も必要ゆえな。せいぜい奮戦してくれ」

ラシュローはガヌロンの言葉など聞いていなかった。彼の目の前に立つファーロンを、慚愧の念で見つめている。ガヌロンは、今度はファーロンに声をかけた。

「おぬしの名は？」

かすれた声で、ファーロンは答えた。

「シャ……ルル……我が名は、シャルル」

「そうだ。シャルルよ、目の前にいるこの男を、斬ってみせよ」

ガヌロンが言い終わらないうちに、ファーロンが動いた。ファーロンを知る者なら、誰もが目を瞠《みは》っただろう。驚嘆すべき速さであり、すさまじさだった。

ラシュローは、反応した。ナヴァール騎士団の団長を務めたこともある技量と経験が、彼に反応させた。剣を垂直にかまえて、ファーロンの斬撃を受けとめようとした。

だが、ファーロンの剣はラシュローの剣を真っ二つに折り、そのまま彼の首をはねた。

「見事だ」

ガヌロンは感嘆をこめて短くつぶやいた。ファーロン――シャルルを見る。

「シャルルよ、間もなく、おぬしはすべてを取り戻す」

そして、ガヌロンは内心で考えを巡らせる。『試し』は成功した。

キュレネーの者たちは次の段階に移るだろう。

すなわち、本当によみがえらせたいものを、地上によみがえらせるのだ。

あとがき

こんにちは。花見の季節ですねとは言いづらいご時世なので、桜餅の季節ですねという挨拶を思いついたのですが、いまではスーパーやコンビニでいつでも買えてしまうので、伝わらないなと諦めました。川口士《かわぐちつかさ》です。『魔弾の王と凍漣の雪姫《ミーチェリア》』八巻をお届けします。

今巻はバシュラルとの決着の物語になります。八巻までくると、敵味方とも登場人物たちがずいぶんにぎやかになりまして、本当にぎりぎりまで時間をいただくほどの難産でしたが、楽しんでいただければ幸いです。

さて、二つほど宣伝を。

的良《まとら》みらんさんによる漫画版の『魔弾の王と凍漣の雪姫』が、ニコニコ静画内「水曜日はまったりダッシュエックスコミック」にて好評連載中です。

ミラやエレンは表情がころころ変わる子なのですが、そのあたりを的良さんに丁寧に描いていただいてまして、本当にありがたいかぎりです。

漫画ならではのティグルとミラ、エレンの活躍を、ぜひ読んでいただけたらと。

本作と同日に、僕が原案を、瀬尾《せお》つかささんが執筆を、八坂《やさか》ミナトさんがイラストを担当する『魔弾の王と聖泉の双紋剣《カルンウェナン》』五巻も発売します。アルトリウスとの戦いもついにクライマックスを迎えます。こちらもぜひ。

それでは謝辞《しゃじ》を。戦姫たちはもちろん、アルエットからガヌロンまでと幅広く本作を彩ってくれた美弥月《みやつき》いつか様、ありがとうございました！　今巻のお気に入りはリュディとザイアンを描いた一枚なんですが、一応、この二人は次代の大貴族なんだよなとブリューヌの未来が心配になりましたね。

新編集のＨ様、そして今回も原稿チェック等々手伝ってくれたＴ澤さん、本当にぎりぎりのぎりぎりまでご迷惑をおかけしました。

本作が書店に置かれるまでの工程に携わった皆様にも感謝を。

最後に読者の皆様、今巻もおつきあいくださり、ありがとうございました。次巻は夏ぐらいを予定していますが、ご期待いただければ幸せです。

川口　士

的良みらんが贈る、新たな凍漣の物語
「水曜日はまったりダッシュエックスコミック」にて好評連載中
『魔弾の王と凍漣の雪姫』
presented by
的良みらん

単行本1巻は2021年夏発売予定

ティグルとリュドミラの新たなる物語
待望のコミック版発売
presented by
kakao
魔弾の王と
凍漣の雪姫《ミーチェリア》
序章
『魔弾の王と凍漣の雪姫―序章』
作画:kakao 原作:川口士
キャラクターデザイン:美弥月い
好評発売中

アスヴァールの地に蘇った伝説の
英雄たちと、かつての魔弾の王が
ティグルとリムの前に立ち塞がる！
presented by
bomi
『魔弾の王と聖泉の双紋剣』
コミック版、今夏連載開始

ダッシュエックス文庫

魔弾の王と凍漣《ミーチェリア》の雪姫8

川口 士

2021年4月28日　第1刷発行

★定価はカバーに表示してあります

発行者　北畠輝幸
発行所　株式会社　集英社
〒101−8050　東京都千代田区一ツ橋2−5−10
03(3230)6229(編集)
03(3230)6393(販売／書店専用) 03(3230)6080(読者係)
印刷所　図書印刷株式会社

ISBN978-4-08-631414-5 C0193